GERHARD LOIBELSBERGER

Schönbrunner Finale

Ein Roman aus dem alten Wien

GMEINER

Immer informiert

Spannung pur – mit unserem Newsletter informieren wir Sie regelmäßig über Wissenswertes aus unserer Bücherwelt.

Gefällt mir!

Facebook: @Gmeiner.Verlag
Instagram: @gmeinerverlag
Twitter: @GmeinerVerlag

Besuchen Sie uns im Internet:
www.gmeiner-verlag.de

Im Ehnried 5, 88605 Meßkirch
Telefon 07575/2095-0
info@gmeiner-verlag.de

5. Auflage 2021

Lektorat: Claudia Senghaas, Kirchardt
Herstellung: Mirjam Hecht
Umschlaggestaltung: U.O.R.G. Lutz Eberle, Stuttgartunter Verwendung der Bilder von: © https://commons.wikimedia.org/wiki/File:Gustav_Klimt_020.jpg und © https://commons.wikimedia.org/wiki/File:Kolo_Moser_-_Vogel_Bülow_-_1899.jpeg
Druck: Custom Printing Warschau
Printed in Poland
ISBN 978-3-8392-2210-2

Für Lisa. Danke!

Ein großes Dankeschön auch an Claudia Senghaas, die die Nechyba-Saga von Anfang an begleitet und lektoriert hat, sowie an Zdenka Becker, die alles, was in diesem Buch Tschechisch ist, übersetzte, bearbeitete und korrigierte.

VERZEICHNIS DER HISTORISCHEN PERSONEN:

Friedrich Adler (1879–1960): Redakteur, Hochschullehrer, Politiker, Kriegsgegner

Viktor Adler (1852–1918): Politiker, Arzt, Journalist

Arthur Arz von Straußenburg (1857–1935): Generaloberst der k. u. k. Armee

Arnold Baral (?–?): Agitator während des Jänner-Streiks 1918

Stephan Graf Burián (1852–1922): k. u. k. Außenminister

Georges Clemenceau (1841–1929): französischer Ministerpräsident

Ottokar Graf Czernin (1872–1932): k. u. k. Außenminister

Julius Deutsch (1884–1968): Unterstaatssekretär der Republik Österreich

Marie Drda (1896–1918): Mordopfer

Wilhelm Eisner-Buba (1875–1926), Oberst, Leiter des k. u. k. Kriegspressequartier

Josef Fischer (1857–?): Mörder der Marie Drda

Edmund Ritter von Gayer (1860–1952): Innenminister

David Lloyd George (1863–1945): britischer Ministerpräsident

Dr. Albin Haberda (1868–1933): Gerichtsmediziner

Johann Haderer (?–?): Onkel von Josefine Selewosky

Regina Herzl (1875–1918): Mordopfer

Friedrich Hexmann (1900–1991): Agitator während des Jänner-Streiks 1918

Josef Graf Hunyadi (1873–1942): Obersthofmeister Kaiser Karls

Karl I. (1887–1922): Kaiser von Österreich, König von Ungarn.

Franziska »Fanny« Kerl (?–1916): Wilhelm Kerls Frau

Wilhelm Kerl (1855–1922): Cafétier des Café Landtmann

Egon Erwin Kisch (1885–1948): Journalist, Revolutionär

Gustav Klimt (1862–1918): österreichischer Maler

Michael Kohn-Eber (?–?): Agitator während des Jänner-Streiks 1918

Franz Koritschoner (1892–1941): Agitator während des Jänner-Streiks 1918

Adolf Kratochwilla (1860–1938): Cafétier des Café Sperl

Karl Anton Kraus (1864–1933): Cafétier des Café Landtmann

Leopold Kulcsar (1900–1938): Agitator während des Jänner-Streiks 1918

Heinrich Lammasch (1853–1920): österreichischer Ministerpräsident

Wladimir Graf Ledóchowski (?–?): Flügeladjutant Kaiser Karls

Tomas Masaryk (1850–1937): Philosoph, Schriftsteller, Politiker

Viktoria Moldaschl (1842–1874): Mordopfer

Vittorio Emanuele Orlando (1860–1952): Präsident des Ministerrats des Königreichs Italien

Leo Pjatigorski (?–?): Agitator während des Jänner-Streiks 1918

Leo Rothziegel (1892–1919): Agitator während des Jänner-Streiks 1918

Edith Schiele (1893–1918): Egon Schieles Frau

Egon Schiele (1890–1918): österreichischer Maler

Dr. Johann Schober (1874–1932): Leiter der Wiener Polizeidirektion, Polizeipräsident

Josefine Selewosky (1896–?): Mörderin der Veronika Wessely

Sidney Sonnino (1847–1922): italienischer Außenminister

Karl Graf Stürgkh (1859–1916): österreichischer Ministerpräsident

Stefan Graf Tisza (1861–1918): ungarischer Politiker

Sándor Wekerle (1848–1921): ungarischer Ministerpräsident

Karl Werkmann (1878–1951): Privatsekretär Kaiser Karls

Johannes Wertheim (1888–1942): Agitator während des Jänner-Streiks 1918

Veronika Wessely (1838–1918): Mordopfer

Friedrich von Wiesner (1871–1951): Diplomat, Gesandter

Wilhelm II. (1859–1941): deutscher Kaiser

Woodrow Wilson (1856–1924): Präsident der USA

Zita von Bourbon-Parma (1892–1989): Gemahlin Kaiser Karls

PROLOG I

Oberleutnant Lukáš winkte verärgert mit der Hand. Auf dem Weg zum Lebensmittellager kam ihm der verwegene Gedanke, dass Österreich den Krieg schon allein deswegen nicht gewinnen kann, weil die Soldaten ihren Offizieren die Leberwurstdosen wegfressen.

Zitat aus: Jaroslav Hašek, Die Abenteuer des braven Soldaten Schwejk 2, aus dem Tschechischen übersetzt von Zdenka Becker.

14. SEPTEMBER 1917

»Kompanie, raustreten!«

Karel Husak kroch aus dem Erdloch, das seiner Kompanie als Unterstand diente. Hinter ihm hörte er Ambrosius Zach fluchen. Mit wackeligen Beinen und knurrendem Magen traten die Soldaten dort an, wo der Schützengraben etwas breiter war. Husak sah sich um und registrierte mit Schrecken, wie wenige sie infolge des italienischen Dauerbeschusses geworden waren. Resigniert schüttelte er den Kopf.

Zach sah diese Geste und brummte:

»Ein Jammer …«

Hasserfüllt maß er Oberleutnant Weissenbacher, der nun ebenfalls aus dem Erdbunker gekrochen kam. Das Schwein hatte tatsächlich noch ordentliche Stiefel an. Zach verfluchte im Geiste seinen Kompaniekommandanten. Er selbst verrichtete seit Wochen nur mehr in notdürftig zusammengebundenen Lederfetzen seinen Dienst im Schützengraben. Ich sollte ihm in der Nacht die Stiefel fladern*. Aber was würde das helfen? Nichts, denn am Morgen würde der feine Herr Oberleutnant mich zur Verantwortung ziehen. Entweder, indem er mich während des ärgsten Feindbeschusses ins Feuer hetzen oder mir auf der Stelle eine Kugel in den Schädel jagen würde. Ich müsste ihn umbringen. Umbringen und mich dann päulisieren** …

---

* stehlen

** verduften

»Soldaten! Männer! Ihr werdet Zeugen eines historischen Ereignisses werden …« Oberleutnant Weissenbacher machte eine kunstvolle Pause, bevor er fortfuhr: »Der Kaiser höchstpersönlich wird an die Front kommen und unser Bataillon visitieren. Davon werdet ihr noch euren Kindern und Enkelkindern erzählen können.«

Wenn uns nicht vorher die Katzelmacher* überrennen und abkrageln**, schoss es Karel Husak durch den Kopf. Wenig später hellte sich seine Stimmung auf, als er erfuhr, dass eigens für die Kaiservisite ihr Bataillon von der Front abgezogen und durch ein frisch zusammengestelltes Reservebataillon ersetzt werden würde. Endlich weg aus dem Totengraben, dachte Husak, als er plötzlich in der Ferne das Donnern der italienischen Geschütze hörte und der Feldwebel »Alarm!« brüllte. Augenblicke später pfiffen die ersten Granaten durch die Luft. Detonationen, Schrapnelle flogen, Erde stob. Ein Verwundeter brüllte vor Schmerz.

»Husak und Zach, holt's Munition! Alle anderen auf ihre Gefechtsstellungen! Die Katzelmacher greifen an!«

Dem Befehl des Oberleutnants gehorchend, krochen Zach und Husak zum Munitionsbunker. Detonierende Granaten, Splitter, Dreck, Staub, bebende Erde. Schreie, Gewehrfeuer, Rauch, Inferno. Im Munitionsbunker angekommen, verschnauften beide für einige Augenblicke. Zach musterte Husak und brummte:

»Verkriech ma uns einfach, bis alles vorbei ist?«

»Wird nix helfen. Wenn unsere haben ka Munition, dann werden Katzelmacher uns überrennen. Dann sind ma tot.«

---

* Italiener
** töten

»Und wenn ma jetzt rauskriechen mit den Munitionskisten?«

»Dann sind ma vielleicht auch tot. Aber vielleicht a net. Meglicherweise überleb ma. Und können sehen den Kaiser.«

Zach schnappte eine Munitionskiste und stieß zwischen zusammengebissenen Zähnen hervor:

»Scheiß auf den Kaiser!«

Das Reservebataillon traf in der Nacht ein. Und so setzten sich unter dem Kommando von Oberleutnant Weissenbacher und Major Novotny die Reste des Bataillons in Richtung Aldeno in Bewegung. Im Morgengrauen des 13. Septembers kamen sie in dem Winzerdorf an, wo sie bereits von einigen Stabsoffizieren nervös erwartet wurden. Hundemüde kampierten sie auf einer Wiese. Zach sah sich um und murmelte:

»Wenn ich mich so umschau, muss ich feststellen, dass wir ein trauriger Haufen sind. Unterernährt, in Lumpen gehüllt und stark dezimiert. Bin gespannt, was der hohe Herr dazu sagen wird.«

Husak nickte müde:

»Recht hast. Schaun wir sehr traurig aus. Vor allem man sieht, dass Bataillon große Verluste gehabt hat. Nur mehr 50 Mann oder weniger haben manche Kompanien.«

»Bestenfalls 50. Manche haben nur mehr 20 …«

Und während Zach und Husak im Gras liegend vor sich hin dösten, marschierten nach und nach kleine Gruppen von Soldaten an. Alles keine Frontsoldaten, sondern Offiziersdiener und Mannschaften aus den Versorgungs- und Nachschubkompanien: Schuster, Schneider, Tragtierführer, Pferdewärter und Köche. Letztere erkannte Zach an ihren Bäuchen. Plötzlich fuhr mit dröhnendem und qualmendem Motor ein Lastkraftwagen vor. Er hielt an, ein Oberst stieg aus, sah sich um und begann zu brüllen:

»Fix Laudon noch einmal! Was ist das hier für eine Sauwirtschaft? Kann keiner mehr grüßen?«

Die am Boden liegenden Soldaten erhoben sich mühsam, der Oberst füllte die Lunge mit Luft und tobte weiter:

»Bagasch* übereinand. Was glaubt ihr eigentlich, wo ihr seid? Ihr seid im Krieg und nicht auf Sommerfrische! Ihr dreckigen Falotten, ihr! Seine Majestät kommt zur Besichtigung seiner glorreichen Truppen und ihr liegt faul auf der Erd' umadum**? Unverschämtheit, so was!«

Alle standen stramm. Die Blicke gesenkt. Der Oberst schritt in frisch gebügelter Uniform und mit blank geputzten Stiefeln die Reihe der müden Soldaten ab. Vor der mittlerweile recht großen Gruppe der Neuangekommenen, die durch die Bank besser ernährt aussahen und vor allem nicht in Uniformlumpen gehüllt waren, blieb er stehen und befahl:

»Ihr bildet die ersten beiden Reihen. Ihr schaut einigermaßen respektabel aus.«

Dann machte er auf dem Absatz kehrt und gab den Frontsoldaten folgenden Befehl:

»Ausziehen! Alles ausziehen!«

Die Männer sahen einander verwundert an, gehorchten jedoch. Und während immer mehr von ihnen pudelnackt auf der Wiese standen, holten der Lastwagenfahrer

* Gesindel
** herum

und ein Feldwebel stapelweise neue Uniformwesten und Hosen, Stiefel sowie neue Tschakos aus dem Lastkraftwagen. Nach Größe sortiert, wurden sie in der Wiese aufgestapelt. Dann ertönte der Befehl an die Nackten, neue Uniformen auszufassen. Husak murmelte:

»Da schau her, Majestät schenkt uns neiche Kleider.«

Zachs Blick streifte über Husak und die anderen Nackten. Lauter jämmerliche Krispindln*, ein Krüppelg'spiel neben dem anderen. Von fahler, geschundener Haut überzogene Skelette. Haut, die von Wanzen- und Flohbissen, Schrunden und Krätze gepeinigt wurde. Nervös begann sich Zach zwischen den Arschbacken zu kratzen. Dort hatte er seit Wochen eine Entzündung, die der Bataillonsarzt als »Wolf« diagnostiziert hatte. Wortlos schlüpfte er in passende Uniformteile und schnallte sich den Leibriemen um. Mit vor Freude zitternden Fingern schnürte er die funkelnagelneuen, blitzblank geputzten Stiefel zu. Kaum war er adjustiert, war von Ferne das Geräusch herannahender Automobile zu vernehmen.

»Kompanien, antreten!«

Der Oberst hatte einen blutroten Schädel und brüllte, was das Zeug hielt.

»Marsch, marsch, ihr faules Pack! Bagasch! Gsindl miteinander!«

Just in dem Augenblick, als die Kompanien des Bataillons Aufstellung genommen hatten, erschien die Wagenkolonne des Kaisers. Die Automobile hielten, Generalstabsoffiziere, Adjutanten, Chauffeure wuselten diensteifrig umher. Kaiser Karl stieg aus seinem Wagen. Schlank und rank, in tadellos gebügelter Uniform, an den

* dünne Menschen

Händen elegante Lederhandschuhe, an den Füßen blitzblank gewienerte Stiefel. Seine Backen schimmerten rosig, der schmale Oberlippenbart war sorgfältig gestutzt. Der Oberst salutierte und meldete, dass das Bataillon vollständig angetreten sei. Des Kaisers Blick schweifte über die Mannschaft. Er nickte und bemerkte anerkennend:

»Sehr gut. Wie ich sehe, hat das Bataillon während der letzten Gefechte kaum Verluste erlitten. Sehr brav. Weiter so.«

In der kommenden Stunde schritt der Kaiser das Bataillon Zug um Zug ab, blieb vor jedem Mann einige Sekunden stehen und brabbelte in einem fort Floskeln wie:

»Sehr gut! Aha! Sehr brav! Nur weiter so!«

Als er vor Zach stehen blieb und ihn für einen Sekundenbruchteil ansah, hatte Zach das Bedürfnis, ihm ins Gesicht zu spucken. Aber es kam nicht dazu. Als er genügend Spucke in seinem ausgetrockneten Mund gesammelt hatte, war der Kaiser schon ein ganzes Stück weiter. Vor Zach stand gerade ein Generalleutnant mit schiefem Gesicht, geöltem Haar und neckisch auf dem Kopf sitzendem Tschako. Für den lohnt sich die Spucke nicht, dachte Zach und schluckte.

PROLOG II

Je länger der Krieg dauerte, desto schwieriger wurde die Lage der Monarchie. Zur großen Sorge ob der wachsenden Feindseligkeit der slawischen Nationen gegen den Staat, kamen die kaum geringeren Besorgnisse über die Haltung der unterernährten, rechtlosen und deshalb immer unzufriedener werdenden Arbeiter in der Kriegsindustrie.

Zitat aus: Julius Deutsch, Ein weiter Weg – Lebenserinnerungen, Amalthea Verlag, Zürich-Leipzig-Wien, 1960.

Abdruck mit freundlicher Genehmigung des Amalthea Verlages

10. JÄNNER 1918

Goldblatt war müde und fühlte sich gar nicht wohl. Im Kriegspressequartier hatte er den Tag damit zugebracht, Artikel zu redigieren, zu überarbeiten und umzuschreiben. Im Prinzip hatte er Schönfärberei des Kriegsverlaufs und der militärischen Erfolge der k. u. k. Armee und ihrer Verbündeten produziert. Eine Lüge nach der anderen, dachte Goldblatt, als er in den Ringwagen einstieg. In der Tramway herrschte ein unglaubliches Gedränge, die Scheiben waren angelaufen und es stank. Er fuhr den Ring vor bis zur Station Babenberger Straße, wo er ausstieg. Das letzte Stück zum Café Sperl legte er zu Fuß zurück. Als er eintrat, sah er sich nach dem Oberinspector um. Der saß nicht auf seinem Stammplatz, sondern einen Tisch weiter.

»Nechyba, ich begrüße Sie!«

Der Angesprochene sah kurz von der Zeitung auf und murmelte:

»Grüß Sie, Goldblatt! Nehmen S' Platz!«

Goldblatt setzte sich und rief dem vorbeigehenden Ober zu:

»Das Übliche, Herr Franz!«

»Sehr wohl, Herr Leutnant!«

Goldblatt holte seine Tabatiere heraus und zündete sich eine Zigarette an. Seitdem er Soldat war, rauchte er wieder. Nicht manisch, aber ab und zu, wenn er Gusto hatte. So wie jetzt zum Beispiel, um sich zu entspannen und um seine Arbeit, die ihm zutiefst zuwider war, zu vergessen. Das gelang aber nicht, denn Nechyba ließ die Zeitung, es war die ›Neue Freie Presse‹, sinken und klopfte mit dem Zeigefinger auf einen Artikel.

»Ich hab' mir gerade die 14 Punkte des amerikanischen Präsidenten Wilson angesehen. Die Bedingungen, unter denen er Frieden schließen will. Hier ist genau definiert, wie er sich die Nachkriegsordnung vorstellt.«

»Nechyba, ich bitt' Sie! Hören S' mir auf mit der Politik und dem Krieg! Können wir nicht über etwas Privates plaudern?«

Der Ober kam und servierte dem Leutnant seinen Goldblatt*. Der nippte an dem heißen Gebräu, nahm einen Zug von seiner Zigarette und blies eine schlanke Rauchsäule in die Luft. Nechyba beobachtete ihn und dachte sich, jetzt hätte ich Lust auf eine Virginier. Da ihm aber das Rauchen ärztlicherseits streng verboten worden war, unterdrückte er den Impuls.

»Also gut, Goldblatt, erzählen S' mir was Privates.«

Der Leutnant machte einen langen Zug von der Zigarette und begann dann zu erzählen:

»Wie Sie wissen, ist meine Lebensgefährtin, Judith von Zweytick, Malerin. Und da ich letztes Jahr eine Zeit lang mit dem Kunstmaler Egon Schiele in der Konsumanstalt für die Gagisten** der Armee im Felde zusammengearbeitet habe, machte ich die beiden miteinander bekannt. Das führte dazu, dass sich eine Freundschaft entspann. Egon Schiele, der derzeit ungeheure Anerkennung von allen Seiten erfährt, entwarf nicht nur das Plakat für die 49. Ausstellung der Secession, die jetzt im Februar stattfindet, sondern stellt dort 29 Gemälde sowie 19 Zeichnungen aus.«

---

* schwarzer, kurzer Kaffee mit Trebernschnaps
** Offiziere

»Da kann man ihn ja nur beglückwünschen. Aber was hat das mit Ihrer Lebensgefährtin zu tun?«

»Nun, dank Egon Schiele wurde sie in die Gemeinschaft der Secessionisten aufgenommen und präsentiert bei dieser Ausstellung erstmals zwei ihrer Ölgemälde der Öffentlichkeit.«

»Na, da gratuliere ich, lieber Goldblatt! Das ist übrigens die erste erfreuliche Nachricht heute.«

»Welche Laus ist Ihnen denn über die Leber gelaufen?«

»Lauter ungute Sachen im Bureau. Aber damit hab' ich zu leben gelernt. Was mir allerdings wirklich an die Nieren geht, ist das da.«

Neuerlich tippte Nechyba mit dem Zeigefinger auf die Seite 2 der ›Neuen Freien Presse‹.

Goldblatt warf einen Blick auf den Artikel und sagte dann gelangweilt:

»Seit wann interessieren Sie sich für die Politik des amerikanischen Präsidenten?«

»Das kann ich Ihnen schon sagen: Seit Präsident Wilson uns den Krieg erklärt hat und sich massiv in unsere Angelegenheiten einzumischen beginnt.«

»Wie meinen Sie das?«

»Da! Da lesen S' den Punkt zehn! Bei dem wird mir angst und bang.«

Goldblatt nahm die Zeitung und las besagten Punkt langsam und laut vor:

»*Den Völkern Oesterreich-Ungarns, deren Platz unter den Nationen wir geschützt und gesichert zu sehen wünschen, soll die erste Gelegenheit zu autonomer Entwicklung gewährt werden.*«

Er ließ die Zeitung sinken, nahm einen Schluck Kaffee und machte einen letzten Zug von seiner Zigarette. Dann murmelte er:

»Das wäre das Ende Österreich-Ungarns.«

Nechyba nickte:

»Das seh' ich auch so.«

15. JÄNNER 1918

Was zum Kuckuck war das?

Aurelia war heute schon früher nach Hause gekommen und hatte Abendessen gekocht. Nechyba, der mit einem Bärenhunger an den heimischen Herd zurückgekehrt war, hatte seine Frau liebevoll umarmt und sich einfach nur gefreut: dass Aurelia schon da war, dass es in der Wohnküche wohlig warm war und dass das Abendessen auf dem Herd in einem Reindl* leise vor sich hin blubberte. Er hatte die Gummigamaschen ausgezogen, war aus seinen knöchelhohen Schnürschuhen heraus- und in die Hauspatschen** hineingeschlüpft. Sakko und Gilet*** waren auf einem Haken fein säuberlich aufgehängt worden. Danach hatte er sich von der Krawatte und dem steifen Hemdkragen befreit, das Hemd aus- und den bequemen Hausmantel angezogen. Von Aurelia waren inzwischen zwei Teller mit dampfendem Inhalt auf den Küchentisch gestellt worden. Mit einem zufriedenen Lächeln und einem wohligen »Ahhh …« war er auf den Küchensessel geglitten, hatte zum Löffel gegriffen – und dann das!

Was zum Kuckuck hatte Aurelia da gekocht? Skeptisch rührte er mit dem Löffel in der braunen Suppe. Weiße Bohnen schwammen drinnen. Aber wo war die Wurst? Oder vielleicht das eine oder andere Stückchen Fleisch? An dicke, weich gekochte Speckstücke, die sich im Mund

---

* Kasserolle
** Hausschuhe
*** Weste

so herrlich gallertartig anfühlten und die einen zarten Räuchergeschmack am Gaumen hinterließen, war in Zeiten wie diesen sowieso nicht zu denken. Aber eine Bohnensuppe ohne irgendein Fuzerl* Fleisch war eine Zumutung.

»Nechyba, was hast denn? Was rührst denn in deinem Teller umadum?«

»Es ist noch sehr heiß ...«, log Nechyba.

»Suchst vielleicht a Wurst- oder ein Fleischstückerl?«

Der Oberinspector sah seine Frau wie ein ertappter Lausbub an und grinste beschämt.

»Beides ist in diesem Rezept net vorgesehen.«

»Was is' denn das für a Rezept?«

»Bohnen mit Paradeis**.«

»Bohnen mit Paradeis? Aha. Woher hast denn dieses Rezept?«

»Aus einem gerade erschienenen Büchl, das, was ›Zeitgemäße Kriegsküche‹ heißt.«

»Zeitgemäße Kriegsküche. So a Topfen***! Weißt, was zeitgemäß wär'?«

Aurelia sah ihren Mann fragend an und schüttelte den Kopf.

»Zeitgemäß oder besser gesagt höchste Zeit wäre es, wenn dieser vermaledeite Krieg aufhören würd'. Der macht alles kaputt. Weißt, was ich heut Abend vor dem Heimgehen erfahren hab'? In Niederösterreich sind Streiks ausgebrochen. Ausgehend von den Daimler-Werken in Wiener Neustadt. Und weißt, warum? Weil die Regierung den Hacklern**** die Mehlquote gekürzt hat.

---

* kleines Stück
** Tomaten
*** Blödsinn
**** Arbeiter

Und weil's jetzt noch weniger zum Fressen kriegen, verweigern Tausende die Arbeit. Ich versteh' die Leut'. Der Krieg is' a Schas!«

»Wem sagst du das?«, seufzte Aurelia und begann, die Bohnen mit Paradeis zu essen. Nechyba saß wie ein trotziges kleines Kind da, sah sie vorwurfsvoll an und brummte:

»Was ist denn da drinnen?«

»Wie der Name schon sagt: Bohnen und Paradeiser. Dazu kommen noch zehn Deka* gekochte und geriebene Erdäpfel**. Ich hab' das Ganze mit einem bisserl Thymian, Bohnenkraut und einem Lorbeerblatt verfeinert.«

»Wo hast denn die Paradeiser her?«

»Die hat uns deine Cousine letzten Sommer mitgegeben, als wir sie draußen in ihrer Gärtnerei besucht haben. Daraus hab' ich a Sauce gekocht und die hab' i dann eingerext. Als eiserne Reserve. Zwei Gläser hamma noch.«

Nechybas Magen brummte. Er sah verzweifelt auf seinen immer kleiner werdenden Bauch, seufzte voll Resignation, griff zum Löffel und begann mit Todesverachtung die Bohnen mit Paradeis in sich hineinzuschaufeln. Nach etwa der Hälfte hielt er inne und streichelte über Aurelias linke Hand, die schwer und müde auf dem Tisch lag.

»Schmeckt gar nicht so übel. Obwohl ka Fleisch drinnen is'.«

Nun seufzte auch Aurelia.

»Fleisch kriegt man im Moment wirklich kaum mehr. Es is' a Jammer. Dabei bräuchte ich so dringend eines. Weil, der Herr Hofrat is' schon ganz rappelig. Er will

* 1 Deka = 10 Gramm
** Kartoffel

endlich wieder Fleisch essen. Wurscht*, was es kostet. Geld hat er ja.«

Nechyba aß auf. Und weil es ihm nun doch recht gut geschmeckt hatte, wischte er mit dem Zeigefinger den Teller aus und schleckte ihn anschließend genussvoll ab. Aurelia sah ihm irritiert zu, beschloss aber, ihn nicht zur Ordnung zu rufen. Stattdessen sagte sie mit verzagter Stimme:

»Ich bin verzweifelt. Ich weiß wirklich nicht, wie ich den Appetit meines Dienstgebers auf Fleisch stillen kann.«

Nechyba lehnte sich zurück und ließ einen fahren. Die Bohnen beginnen ihre Wirkung zu entfalten, dachte er. Und als er so entspannt mit leidlich gefülltem Magen dasaß, kam ihm eine Idee:

»Ich könnt' mit dem Guadn reden …«

»Mit dem Karminsky?«

»Wie du weißt, hat der eine eigene Fleischerei** und obendrein die besten Beziehungen überallhin.«

---

* egal

** Metzgerei

19. JÄNNER 1918

Der Oberinspector genoss mit Bedacht sein Gabelfrühstücksbier, als das Telefon läutete.

»Himmelherrgott!«

Er wischte sich den Bierschaum aus dem mächtigen, aufgezwirbelten Schnurrbart, hob den Hörer ab und brummte:

»Ja?«

»Nechyba, guten Morgen! Schober spricht.«

»Guten Morgen, Herr Doktor.«

»Ich bräuchte Sie dringend bei mir in der Polizeidirektion. Könnten Sie herüberkommen?«

»Wann, Herr Doktor?«

»Sofort. Wenn es sich bei Ihnen einrichten lässt …«

»In zehn Minuten? Ist das in Ordnung?«

»Wunderbar. Bis gleich.«

Nechyba legte den Hörer auf und starrte das Telefon feindselig an. Wenn er irgendwas in dieser Welt ändern könnte, dann würde er zuallererst das Telefon abschaffen. Diese Telefonie war wie eine Krankheit, die sich immer mehr ausbreitete. Monat um Monat gab es mehr Apparate und damit mehr Möglichkeiten zu telefonieren. Diese neumodische Art zu kommunizieren wuchs sich zu einer Manie aus. Krethi und Plethi griffen zum Telefon und tratschten miteinander. Unablässig klingelte der Apparat. Niemals gab er Ruhe. »Abschaffen!«, brummte Nechyba. »Dieser Blödsinn gehört abgeschafft!« Mit zwei langen Zügen trank er das Bier aus und rülpste lautstark. Sofort wurde die Bureautür geöffnet und sein Assistent Pospischil trat ein.

»Darf ich abservieren?«

»Ich muss rüber in die Polizeidirektion. Wahrscheinlich komm ich erst wieder nach Mittag zurück.«

»Jawohl, Herr Oberinspector.«

Nechyba schlüpfte in den schwarzen Überzieher, setzte die Melone auf und verließ seine Arbeitsstätte, während Pospischil hinter ihm leise die Bureautür schloss. Nechybas Magen grummelte. Er hatte das Bier zu schnell getrunken. Noch dazu ohne Gabelfrühstück. Heute hatte die Landerl, die Greislerin, bei der er seit Jahren einkaufte, nicht einmal ein Stückerl Brot oder einen Zipfel Wurst für ihn gehabt. Keinen Käse, keine Russen*, einfach gar nichts. Das hatte er auch noch nie erlebt. Sein Magen knurrte, und Nechyba war grantig. Erstmals seit Jahrzehnten kein Gabelfrühstück. Selbst als junger Sicherheitswachmann hatte er immer ein Gabelfrühstück zu sich genommen. So viel Zeit musste sein. Allerdings: Zeit war ja nicht das Problem. Zeit hatte er im Dienst mehr als genug. Wie das aber mit der Lebensmittelversorgung weitergehen würde, stand in den Sternen. Ganz Wien hungerte. Es war ein Jammer. Mit grimmiger Miene betrat er die Polizeidirektion. Die zwei Uniformierten, die hier Wache hielten und normalerweise alle Eintretenden streng kontrollierten, zuckten zusammen. Einer der beiden zog es vor, schnell in die Gegenrichtung zu schauen und so zu tun, als ob er Nechyba nicht bemerkt hätte. Der andere schlug die Hacken zusammen und salutierte:

»Habe die Ehre, Herr Oberinspector!«

---

* eingelegter, marinierter Hering

Nechyba nickte brummelnd und ging, ohne eine Erklärung abzugeben, schnurstracks zu der Stiege, die zu Schobers Bureau führte. Keiner der beiden Wachleute hatte sich zu fragen getraut, wohin er wolle. Wenn der Oberinspector diesen Gesichtsausdruck hatte, war es ratsam, auszuweichen oder am besten gar nicht da zu sein. Schließlich hatte er im Polizeikorps den Ruf, ein veritabler Grantscherm* zu sein. Schnaufend marschierte Nechyba zu den Räumlichkeiten des Polizeipräsidenten. Wer immer ihm auf seinem Weg begegnete, wich ihm aus und war froh, dass er mit dem Oberinspector aus dem benachbarten Polizeiagenteninstitut nichts zu tun hatte. Nechyba trat, ohne anzuklopfen, in das Vorzimmer des Polizeipräsidenten ein. Er grüßte den Adjutanten des Präsidenten mit einem Kopfnicken und brummte:

»Der Herr Dr. Schober hat mich gerufen. Es pressiert.«

Der Adjutant nickte, sprang auf, eilte zur Tür von Schobers Bureau, öffnete diese und sagte:

»Oberinspector Nechyba ist da.«

»Er soll bitte reinkommen!«

Der Adjutant nickte und Nechyba betrat Schobers Bureau. Zu seiner Überraschung war er nicht alleine. Hofrat Dr. Roderich Schmerda war ebenfalls anwesend. Was zum Teufel machte Aurelias Dienstgeber hier?

»Darf ich die Herren einander vorstellen? Hofrat Dr. Schmerda vom Innenministerium. Oberinspector Nechyba vom Polizeiagenteninstitut.«

Schmerda war aufgestanden, winkte ab und raunzte:

»Mein lieber Schober, lassen Sie's gut sein. Wir kennen einander bereits. Herr Oberinspector, ich begrüße Sie.«

---

* grantiger Mensch

»Meine Hochachtung, Herr Hofrat.«

»Nechyba, nehmen S' bitte Platz. Ich hab' Sie hergerufen, weil es um eine äußerst heikle Angelegenheit geht …«

»Heikel ist eine Untertreibung!«, unterbrach Schmerda den Leiter der Wiener Polizei. »Faktum ist, dass es um Wohl und Wehe unserer Armee, der Monarchie und auch unseres geliebten Kaiserhauses geht!«

»Um Gottes willen! Was ist passiert?«

Schmerda lehnte sich in seinem Sessel zurück, schlug die Beine übereinander, holte tief Luft und begann zu dozieren:

»Am Montag dieser Woche hat in Wiener Neustadt um halb acht in der Früh die Belegschaft der Daimler-Motorenwerke die Arbeit niedergelegt und ist geschlossen zum Wiener Neustädter Rathaus marschiert. Diesem Marsch haben sich die Arbeiter der Lokomotivfabrik, der Radiatorenwerke, der Flugzeugfabrik und der Munitionswerke Rath angeschlossen. Bis zum Nachmittag hatten sich 10.000 Demonstranten am Rathausplatz versammelt. Am Dienstag hat sich dieser lokale Streik zu einer politischen Massenbewegung gewandelt. An diesem Morgen legte in Ternitz die Belegschaft der Schoeller-Werke die Arbeit nieder und marschierte ins benachbarte Wimpassing, wo sich ihr die Beschäftigten der Gummifabrik und aller anderen dort ansässigen Unternehmen anschlossen. Der Marsch führte weiter nach Neunkirchen, wo sich ebenfalls sämtliche Betriebe an dem Ausstand beteiligten. Weiters schlossen sich alle Arbeiter in Enzesfeld-Hirtenberg, in Leobersdorf, in Wöllersdorf sowie im ziemlich weit weg liegenden Sankt Pölten dem Streik an. Am Mittwochmorgen erreichte die Streikbewegung Wien. Im Arsenal legten 15.000 Arbeiter die Arbeit nieder, in den Fiat-Werken in Floridsdorf waren es 2.000. Im Laufe des Tages wuchs dann die Zahl der Streikenden auf über 80.000 an. Bemerkenswert war, dass es den Streikenden nun in erster Linie nicht mehr nur um eine bessere Lebensmittelversorgung ging, sondern um ein politisches Ziel …«

Schober nickte und warf ein:

»Nun ging es den Streikkomitees um die Friedensverhandlungen in Brest-Litowsk*.«

Schmerda fügte hinzu:

»In der Brigittenau forderten Kundgebungsteilnehmer, dass die Regierung einer Arbeiterdelegation Zutritt zu den Friedensverhandlungen gewähren sollte.«

Nechybas Magen grummelte laut und vernehmbar. Um diese Geräusche zu übertönen, fragte er:

»Und was sagt Unsere Allerhöchste Majestät dazu?«

Schmerda zog ein Stück Papier aus der Innentasche seines Sakkos und antwortete flüsternd:

»Er ist in höchstem Ausmaß besorgt. Ich zitiere aus einem Telegramm, das Seine Majestät gestern an unseren Außenminister, den Grafen Czernin, in Brest-Litowsk gesandt hat:

Ich muß nochmals eindringlichst versichern, daß das ganze Schicksal der Monarchie und der Dynastie von dem möglichst baldigen Friedensschluß in Brest-Litowsk abhängt …

und ich zitiere weiter:

Kommt der Friede nicht zustande, so ist hier die Revolution, wenn auch noch so viel zu essen ist. Dies ist eine ernste Warnung in ernster Zeit …

---

* Friedensverhandlungen zwischen der neuen Sowjetführung Russlands und Österreich-Ungarn

Meine Herren, diese Information ist streng vertraulich und bleibt unter uns, gell?«

Nechyba und Schober nickten. Der Hofrat räusperte sich und fuhr mit dem Lagebericht fort:

»Im Laufe des Mittwochs konnte der Parteivorstand der Sozialdemokraten mit Müh und Not einen Streik der Eisenbahner verhindern. Trotzdem befanden sich in Wien und Niederösterreich am Ende des Tages gut und gerne 150.000 Arbeiter im Streik. Es gab unzählige Versammlungen in Arbeiterheimen und Gastwirtschaften, und es kam zu Demonstrationen auf den Straßen. Aus Favoriten sind einige Tausend Arbeiter in Richtung Stadtmitte marschiert und haben den Verkehr zum Stillstand gebracht. Diese Demonstration wurde von berittener Polizei aufgelöst.«

Nechyba bemühte sich, durch eine andere Sitzposition seinen unruhigen Magen zur Ruhe zu bringen. Gleichzeitig bemerkte er:

»Davon hab' ich gehört. Mir ist auch zugetragen worden, dass sich in den Betrieben Arbeiterräte gebildet haben.«

Schmerda nickte und fuhr fort:

»Zum Glück haben die Funktionäre der Sozialdemokratischen Partei rasch reagiert und waren im Laufe des Donnerstags zu Hunderten von Versammlungen gegangen und haben dort die Situation so weit unter Kontrolle bekommen, dass Bezirksarbeiterräte gewählt wurden. In diesen Räten saßen als kooptierte Mitglieder wiederum gestandene Funktionäre der Sozialdemokraten. Damit wurde versucht, die linksradikale umstürzlerische Grundtendenz der Rätebewegung in den Griff zu bekommen. Am Donnerstagmorgen ist außerdem in der ›Arbeiter-

Zeitung‹ eine Erklärung des Parteivorstandes veröffentlicht worden …«

Schober schaltete sich ein:

»… in der vier Forderungen formuliert wurden. Und zwar: Friede, Verbesserung der Ernährungssituation, Demokratisierung des Gemeindewahlrechts sowie Aufhebung der Militarisierung der Betriebe. Darüber will die Parteiführung der Sozialdemokraten mit der kaiserlichen Regierung verhandeln.«

Schmerda nickte und fuhr fort:

»Allerdings weitete sich am Donnerstag die Bewegung neuerlich aus, erstmals wurde auch in einem Kronland, nämlich in Krakau, gestreikt. Donnerstagabend befanden sich in Wien, Niederösterreich und der Steiermark über 200.000 Arbeiter im Ausstand. Gestern hat dann der österreichische Außenminister aus Brest-Litowsk eine Erklärung verlautbaren lassen …«

Schmerda kramte neuerlich in seinen Taschen und zog einen weiteren Zettel heraus, von dem er vorlas:

»*Ich hafte und bürge* … äh … *dafür, daß der Friede unsererseits nicht an Eroberungsabsichten scheitern wird …*

und weiter:

… *Wir wollen von Rußland weder Gebietsabtretungen noch Kriegsentschädigungen. Wir wollen nur ein freundnachbarliches, auf sicherer Grundlage beruhendes Verhältnis, das von Dauer ist und auf gegenseitigem Vertrauen ruht.*«

Nach einer kurzen Pause fuhr Schmerda fort:

»Trotzdem hat sich die Bewegung im Laufe des gestrigen Tages weiter ausgebreitet. Das betraf sowohl Betriebe im Mur- und Mürztal, in Linz und Steyr als auch in Brünn, Mährisch Ostrau, Triest und Budapest.«

Schober runzelte die Stirn und blätterte in den Unterlagen.

»Wir haben leider keine konkreten Zahlen mehr, weil das Ganze nicht mehr überschaubar ist. Unserer Schätzung nach befinden sich allein in Cisleithanien* derzeit zwischen 700.000 und einer Million Arbeiter im Ausstand.«

Schmerda schnaufte und wischte sich mit einem Taschentuch über die Stirnglatze:

»In Wien hat sich gestern Abend ein 14-köpfiger zentraler Arbeiterrat konstituiert, der die bereits erwähnten vier Forderungen mit der Regierung verhandeln soll. Diese Verhandlungen laufen derzeit. Hoffen wir, dass dabei was Vernünftiges herauskommt.«

Nechybas Magen revoltierte neuerlich und er versuchte, ihn mit lauter Stimme zu übertönen:

»Ich danke recht schön für diesen informativen Überblick. Aber was hat das mit uns, mit dem Polizeiagenteninstitut, zu tun? Faktum ist, dass wir bemüht sind, unsere Leute in die größeren Streikversammlungen einzuschleusen und die linksradikalen Aufwiegler zu identifizieren und vorzumerken. Mehr können wir im Moment nicht tun.«

Schmerda nickte:

»Genau um diese Kräfte geht es. Um die linksextremen Aufwiegler. Ich habe da eine Liste der besonders gefährlichen Agitatoren …«

Er holte einen weiteren Zettel hervor und begann vorzulesen:

»Also, das wären die Herren Baral, Beer, Hexmann,

---

* die österreichischen Kronländer (Transleithanien = die ungarischen Kronländer)

Hübl, Kodanich, Kohn-Eber, Koritschoner, Kulcsar, Pjatiorski, Rothziegel und Wertheim.«

Schober sah Nechyba an und sagte in sanftem Befehlston:

»Diese Herrschaften, Nechyba, werden Sie und Ihre Leute am Montag verhaften. Ausnahmslos. Das ist unser Beitrag zur Deeskalation dieser unerfreulichen Geschichte. Sehen Sie zu, dass Ihre Agenten bei diesen Einsätzen bewaffnet sind. Falls nötig, sorgen Sie für ausreichend Unterstützung durch die Sicherheitswache.«

Nechybas Magen brummte und grummelte. Abrupt stand er auf und sagte laut und deutlich:

»Jawohl, Herr Doktor. Am Montag werden wir die Subversiven aus dem Verkehr ziehen. Herr Hofrat, darf ich Sie um die Liste bitten?«

Schmerda stand ebenfalls auf und übergab den Zettel. Schober erhob sich, schüttelte beiden Männern die Hand und bedankte sich für ihr Kommen.

Auf der Stiege ergriff Hofrat Schmerda plötzlich Nechybas Arm, sodass dieser stehen bleiben musste. Schmerda beugte sich zu dem Inspector und flüsterte:

»Ich hab' noch a Bitte an Sie: Ihre Frau Gemahlin hat erwähnt, dass Sie ... dass Sie Verbindungen hätten ... zum Schwarzmarkt. Ich bitt' Sie, könnten Sie mir net a ordentliches Stück Rindfleisch verschaffen? Einen ganzen Rücken oder einen Haxen. Mit Knochen und allem. Ich hab' solche Zähne* auf a Rindfleisch. Ich bitt' Sie inständig. Ich zahl jeden Preis.«

* ich habe so ein großes Verlangen

22. JÄNNER 1918

»JA DA SCHAU HER! Der Herr Oberinspector. Wollen S' nicht Platz nehmen?«

Nechyba setzte sich an den Kaffeehaustisch und brummte:

»Das hätt' i sowieso g'macht. Da brauch' ich ka Einladung.«

Zygmunt Karminsky sah Nechyba fragend an und fuhr dann etwas verunsichert fort:

»Es ist mir eine Freude, Herr Oberinspector. Wünsche einen guten Tag! Geh, Herr Ober, bringen S' dem Herrn Oberpolizeirat einen Schwarzen mit einem ordentlichen Schuss Trebern drinnen. Was? Sie haben keinen Trebern? Na gut, dann nehmen S' halt einen Cogn... äh ... einen Weinbrand!«

Nechyba war irritiert. Karminsky kannte seine persönlichen Vorlieben recht gut. Dieser fuhr in leutseligem Tonfall fort:

»Also, wie geht's denn so immer?«

»Dir bald nicht mehr so gut ...«

»Um Himmels willen! Was liegt denn gegen mich vor? Hab' ich was ang'stellt? Ich bin doch ganz brav.«

»Du bist ein Hurentreiber, ein Strizzi* und ein Stoßspieler**.«

Karminskys Mund verzog sich zu einem verbindlichen Grinsen:

* Zuhälter

** Spieler eines illegalen Kartenspiels

»Aber Herr Oberinspector, ich bitt' Sie! Das muss ich doch entschieden in Abrede stellen. Ich bin der Guade, ein Wohltäter. Ich geb' obdachlosen Mädeln ein Dach über dem Kopf und füttere sie durch. Was bei Gott keine leichte Aufgabe ist in diesen Zeiten. Und was das Spielen betrifft, so tu' ich halt gern ein bisserl dippln*. Aber das mach' ich ausschließlich aus Spaß an der Freud'.«

»Ein Schleichhändler bist obendrein.«

»Ich bin a kleiner Gewerbetreibender. Das hab' ich amtlich mit Brief und Siegel. Wie Sie wissen, gehört mir die Fleischhauerei Trnka. Der Witwe des gefallenen Fleischers hab' ich einen ordentlichen Batzen Geld gezahlt. Seitdem führt sie das Geschäft für mich und verdient ein anständiges Gehalt. Wenn ich ihr mit meinen Beziehungen und meinem Geld nicht geholfen hätt', hätt' sie zusperren müssen und wär' verhungert. Da sehen Sie, was ich für ein sozialer Mensch bin und warum man mich den Guadn nennt.«

»Vorn im G'schäft verkaufst du das bisserl Fleisch, das dir zugeteilt wird. Und hinten im Hof verkaufst du die Schwarzmarktware, du Falott**, du!«

»Geh bitte! Wer hat jetzt im Krieg nix mit dem Schleichhandel zu tun? Das macht doch a jeder! Ohne Schleichhandel würd' ma alle verhungern. Also sind S' nicht so streng, Herr Oberinspector. Außerdem haben Sie ja auch schon öfters von meiner Schwarzmarkttätigkeit profitiert.«

Der Ober servierte Nechyba den Kaffee. Es handelte sich um grauslichen Ersatzkaffee aus Eicheln und

* Karten spielen
** Lump

Zichorien. Nur dem heißen Weinbrand war es zu verdanken, dass das Gebräu einigermaßen angenehm duftete. Nechyba nahm vorsichtig einen Schluck und achtete darauf, sich nicht die Lippen zu verbrennen.

»Werd net frech. Weil, sonst geht's dir gleich wirklich nimmer guad. Wennst mich reizt, verhafte ich dich auf der Stelle. Du Pülcher*, du. Also horch zu: Ich brauch' ein Knöpfel**, und wenn du es auftreiben kannst, auch ein Englisches***.«

Nechyba nahm neuerlich einen Schluck und fuhr ungerührt fort:

»Und zwar gestern. Das Fleisch will ich zerlegt und pariert haben. Die Knochen zerhackt als Zuwaag. Na? Jetzt geht dir der Schmäh aus, was? Jetzt schaust ganz kariert.«

Der Guade nahm einen Schluck Weinbrand und flüsterte:

»Aber das kostet a kleines Vermögen …«

»Hab' i g'sagt, dass ich was gratis will?«

»Haben S' Geld unterschlagen oder geerbt?«

»Noch so eine depperte Bemerkung und du verbringst die Nacht in der Liesl****.«

»'tschuldigung. War nicht so gemeint. Also wann ich a Knöpfel auftreiben kann, wird das Kilo beiläufig um die 20 Kronen kosten.«

»Und das Englische?«

---

* Verbrecher

** Knöpfel ist der Name des hinteren Teils des Rindes gemäß der Wiener Teilungsmethode: Schale, Fledermaus, Zapfen, Hieferschwanzel, Hieferscherzel, Tafelspitz, Tafelstück, schwarzes und weißes Scherzel, Gschnatter, hinterer Wadschunken, Bratzel, Ochsenschlepp

*** Lungenbraten, Beiried, Rostbraten

**** Polizeigefangenenhaus an der Elisabethpromenade

»Marantjosef*! Ich weiß net, ob ich des krieg. Aber unter 25 Kronen das Kilo wird sich da nix abspielen.«

»In Ordnung. Wann lieferst?«

»Das Knöpfel können S' in zwei bis drei Tagen in meiner Fleischerei abholen. Das Englische braucht länger.«

»Ich hol gar nix ab. Übermorgen treff' ma uns wieder hier im Café. Dann bekommst von mir die Lieferadresse.«

Nechyba trank aus, stand auf und wollte grußlos gehen. Doch der Guade war ebenfalls aufgesprungen und hatte seine Hand gepackt. Er schüttelte sie und versicherte mit treuherzigem Blick:

»Herr Oberinspector, es war mir ein Vergnügen. Auf den Kaffee mit Cogn… äh … Weinbrand sind Sie selbstverständlich eingeladen.«

Nechyba schüttelte dem Ganoven, obwohl ihm das peinlich war, die Hand. Dabei grantelte er:

»Den Kaffee hätt' i sowieso net zahlt.«

* Maria und Josef!

6. FEBRUAR 1918

SCHON WIEDER! Schon wieder läutete das Telefon auf des Oberinspectors Schreibtisch. Dieser hielt nach einem kargen Mittagessen im Gasthaus Zum Rebhuhn gerade sein Mittagsschläfchen. Entsprechend langsam und unwirsch war seine Reaktion.

»Haut's euch über die Häuser und lasst's mich in Ruh. Ihr Nebochanten* …«

Da der Apparat partout keine Ruhe gab und unaufhörlich weiterläutete, hob Nechyba schließlich doch ab und raunzte:

»Ja …«

»Herr Oberinspector, sind Sie das? Bin ich richtig verbunden?«

»Wer spricht?«

»Schmerda hier. Hofrat Schmerda. Ich wollt' mich nur bei Ihnen bedanken, Herr Oberinspector. Also die Fleischlieferung ist angekommen und Ihre Frau Gemahlin zaubert derzeit wunderbare Sachen in der Küche. Wie in der guten alten Zeit vor dem Krieg …«

»Das freut mich.«

»Als Zeichen meiner Dankbarkeit und Verbundenheit hab' ich ihr heut beim Mittagessen aufgetragen, dass sie sich Fleischknochen und ein Suppenfleisch mit nach Hause nehmen soll. Es ist nur legitim, lieber Herr Ober-

* minderwertige Menschen

inspector, dass Sie auch wieder einmal ein ordentliches Stück Fleisch und ein kräftiges Supperl bekommen.«

Nechyba, vom Schlaf noch immer benommen, war verdattert.

»Da … da … sag ich ein ganz herzliches Dankeschön. Da machen S' mir eine Mordstrum Freud'.«

»Na, das freut mich dann umso mehr. Übrigens: Die Verhaftung der Aufwiegler haben Sie und Ihre Leute vorbildlich durchgeführt. Jetzt, wo die Rädelsführer alle eing'sperrt sind, ist wieder Ruhe in den Betrieben.«

»Ja, hoffen wir's, dass es so bleibt. Wenn sich die allgemeine Verpflegungssituation aber nicht bessert, sehe ich schwarz. Da werden die Leut' auch ohne die linksradikalen Rädelsführer neuerlich streiken. Weil a knurrender Magen ist wie ein bissiger Hund …«

»Korrekt, Nechyba. Das ist absolut korrekt. Hoff' ma, dass sich alles zum Besseren wendet. Nicht wahr?«

»Hoffen kann man ja …«

»Apropos Hoffnung: Wissen S', auf was ich hoffen täte? Auf einen schönen saftigen Schweinsbraten, eine Schweinsstelze, geselchte Ripperln, einen fesch durchzogenen Schopfbraten vom Schwein und natürlich auf Schweinsschnitzerln …«

Nechyba schwieg. Es knisterte in der Leitung. Schließlich murmelte er:

»Wer hätt' das net gerne?«

»Freilich, Nechyba, freilich. Ich bitt' Sie, denken S' an mich. Vielleicht fällt Ihnen was ein. Es soll nicht zu Ihrem Schaden sein.«

Nechyba dachte an einen Schweinsbraten mit einer knusprigen Kruste und bekam vor Aufregung feuchte Hände. Der Speichelfluss in seinem Mund war kaum zu bändigen, und er musste zweimal schlucken, bevor er antworten konnte.

»Ich werd' mich umhören, Herr Hofrat.«

»Ausgezeichnet, Nechyba. Ausgezeichnet. Also bis bald, gell? Beste Grüße, ich empfehle mich.«

Nechyba saß an seinem Schreibtisch und freute sich auf heute Abend. Fleischknochen und ein Suppenfleisch. Mein Gott! Wie lange hatte es das schon nicht mehr in seiner Küche gegeben? Ja, der Herr Hofrat ließ ihn nicht verkommen. Dafür musste er sich natürlich wiederum erkenntlich zeigen und den Guadn kontaktieren. Dass der dem Hofrat möglichst eine halbe Sau liefern würde. Da müsste dann ja auch wieder etwas für ihn selbst abfallen. Dieser Gedanke trieb seinen Blutdruck in die Höhe, sein Herz pochte schneller, und der Speichelfluss wollte weiterhin nicht versiegen. Nechyba sah auf seine Taschenuhr. Es war halb vier Uhr nachmittags. Im Polizeigebäude herrschte Totenstille und der Oberinspector hatte plötzlich Lust auf etwas Gesellschaft. Mit der Faust pumperte* er an die Wand, sodass es im Nebenzimmer laut und deutlich zu hören war.

Augenblicke später trat sein Adjutant ein, der folgende Instruktionen empfing:

»Pospischil, Er hält die Stellung hier. Falls mein Telefon läutet, hebt Er ab und sagt, dass ich einen Auswärtstermin habe. Falls irgendwer persönlich nach mir fragen sollte, gibt Er die nämliche Auskunft. Anliegen dienstlicher Art werden notiert und mir morgen früh rapportiert. Hat Er verstanden?«

»Jawohl, Herr Oberinspector!«

---

* lautstark klopfen

»Gut. Ich geh jetzt.«

Nechyba setzte seine Melone auf, sein Assistent half ihm, in den Überzieher zu schlüpfen. Dann verließ der Oberinspector eiligen Schrittes seine Dienststätte. Draußen in der kalten Winterluft atmete er einige Male befreit durch und lenkte seine Schritte in Richtung Café Landtmann.

»Der Klimt is' g'storben.«

»Kenn ich den?«

Leutnant Goldblatt sah seinen Freund Joseph Maria Nechyba irritiert an. Er rückte seine randlose Brille zurecht und replizierte:

»Also den wohl berühmtesten zeitgenössischen Maler werden Sie doch kennen.«

Nechyba gab Zucker in seinen schwarzen Kaffee, rührte um und murmelte:

»Sie meinen den Klimt … den … den … Gustav Klimt?«

Leo Goldblatt nickte und bestellte beim vorbeischlendernden Kellner:

»Gehn S', bringen S' mir einen ›Goldblatt‹ ohne Kaffee.«

Der Kellner stutzte, nickte dann und sagte:

»Der Herr Leutnant wünschen einen Trebern. Kommt sofort.«

Nechyba bemerkte amüsiert:

»Noch komplizierter kann man eine Bestellung wirklich net aufgeben.«

»Wieso? Ich hab' Gusto auf einen ›Goldblatt‹. Da es keinen Bohnenkaffee gibt und der Türkische, der mit Ersatzkaffee zubereitet wird, noch grauslicher schmeckt, als wenn man ihn normal kocht, bestelle ich den ›Goldblatt‹ eben ohne Kaffee.«

»Und was bringt das?«

»Na, dass ich die Illusion hab', auch in diesen Zeiten einen ›Goldblatt‹ bestellt zu haben.«

»Mein Gott, wann werden wir wieder eine Schale Bohnenkaffee bekommen?«

»Als Mitglied des Kriegspressequartiers antworte ich Ihnen: Sobald unsere glorreiche Armee den Feind besiegt hat. Inoffiziell, als Ihr Freund, sag ich nur: Lang kann das nicht mehr so weitergehen. An allen Ecken und Enden merken wir es jetzt auch bei der Armee. Die Mangelwirtschaft gibt den Ton an. Es ist schrecklich. Einfach nur schrecklich.«

Nechyba rückte ganz nahe zu Goldblatt und murmelte: »Der Scheißkrieg muss endlich aufhören und …«

Er wurde von einer lauten Stimme unterbrochen:

»Leutnant Goldblatt, na, so eine Überraschung!«

Goldblatt erschrak, stand auf und salutierte.

»Ist schon gut, lieber Freund. Setz' dich, setz' dich …«

»Darf ich vorstellen? Oberst Eisner-Bubna, Leiter des Kriegspressequartiers. Oberinspector Nechyba, er arbeitet im Polizeiagenteninstitut.«

»Charmant, charmant! Da sitzen Vertreter der zwei wichtigsten Säulen unseres Staates beisammen: Armee und Polizei. Da setz' ich mich doch glatt dazu. Meine Herren, was trink ma?«

»Ich hab' gerade ein Stamperl* Trebern bestellt.«

»Genial, Goldblatt! Einfach genial. Herr Ober!«

»Der Herr Oberst wünschen?«

»Der Herr Leutnant hat einen Trebern bestellt. Das geht net. Bringen S' uns die ganze Flasche … und drei

* Schnapsglas

Gläser … weil ma da so charmant beisammensitzen, Armee und Polizei.«

Zwei Piccolos* stellten einen Zusatztisch auf. Darauf kam in einem Eiskübel die Flasche Trebern. Der Oberkellner schenkte den drei Herren mit eleganter Geste ein. Der Oberst erhob sein Glas.

»Also servus, gell. Auf unsere siegreiche Armee und unsere tüchtige Polizei!«

Die drei Herren schütteten den Schnaps hinunter und stellten die Gläser mit klirrendem Geräusch zurück auf die marmorne Platte des Kaffeehaustisches. Der Oberst räusperte sich und sagte:

»Also, wo war ma vorher stehen geblieben? Wo hab' ich euer Gespräch unterbrochen, meine Herren?«

Nechyba verdrehte die Augen und bemühte sich, keinen roten Kopf zu bekommen. Goldblatt antwortete kühl:

»Bei Klimt. Der is' nämlich g'storben.«

»Klimt? Muss man den kennen?«

»Er war Präsident der Secession und Star der Kunstausstellungen in den Jahren 1908 und 1909. Sein Bild ›Der Kuss‹ wurde sogar vom Ärar** erworben.«

»Ich erinner' mich dunkel … viel Gold … viel Gold, nicht wahr?«

»Touché, Herr Oberst. Klimt liebte es, Gold in seinen Gemälden zu verwenden.«

»Auf das Gold! Auf das Gold dieser Welt trink ma jetzt, prost, meine Herren!«

Wieder kippten Nechyba, Goldblatt und Eisner-Bubna ihre Stamperln hinunter. Danach herrschte ergriffene

* Kellnerlehrlinge
** Staat

Stille. Plötzlich kniff der Oberst die Augen zusammen und fragte Goldblatt leise:

»Sag, Herr Leutnant, hat dieser Kimt oder Zimt oder wie er g'heißen hat, hat der nicht auch Nackerte g'malt? Nackerte mit viel Gold?«

»Herr Oberst, du hast ein exzellentes Gedächtnis und einen ausgezeichneten Kunstgeschmack.«

»Jaja ... meine Frau Mama hat immer wollen, dass ich Künstler werd'. Aber mein Herr Papa hat mich in die Militärunterrealschule gesteckt. Na ja ... fotografieren ... nicht wahr ... tu' ich schon gern, da sagt man mir auch ein gewisses Talent nach. Aber dieser Zimt ... alle Achtung! Der hat was können, der hat Nackerte gemalt à la bonne heure.«

Der Oberkellner schenkte neuerlich die Stamperln voll. Eisner-Bubna ergriff seines, erhob es und sagte feierlich:

»Auf den alten Zimt und auf die Hunderttausende Braven, die in unserer glorreichen Zeit für Gott, Kaiser und Vaterland ihr Leben geben ...«

Er hielt inne und fügte leise hinzu:

»... und auf die feschen nackerten Madln von Wien!«

TEIL 1 / AUGUST 1918

Hätte auch die Monarchie als Ganzes ernährungswirtschaftlich eine Blockade des Auslandes aushalten können – Österreich für sich, dessen Produktion naturgemäß durch den Krieg mit seinen Folgeerscheinungen schwer gelitten hatte, konnte die Blockade des Auslandes und eine Absperrung der Zufuhren seitens Ungarns nicht ertragen. Es mußte in die allermißlichste Ernährungssituation geraten, denn der Ausfall der von Ungarn im Frieden gelieferten Mengen an Nahrungs- und Futtermitteln konnte im Kriege selbst bei bester Verwaltung durch Ersparungs- und Verteilungsmaßnahmen nicht wettgemacht werden.

Zitat aus: Dr. Hans Loewenfeld-Russ, Die Regelung der Volksernährung im Kriege, Hölder-Pichler-Tempsky A.G., Wien 1926.

I/1

Am 9. August 1918 war der Morgen strahlend schön. Stanislaus Gotthelf hatte wie immer lange geschlafen. Er streckte und reckte sich. Dann gähnte er herzhaft. Schließlich tapste er zum Waschtisch, goss etwas Wasser in das Lavoir und wusch sich Gesicht, Hals und Oberkörper. Dann applizierte er Rasierseife auf Wangen, Oberlippe und Hals und begann mit der morgendlichen Rasur. Nachdem er die restliche Seife von den glatten Wangen mit kaltem Wasser abgespült hatte, fühlte er sich erfrischt und für den Tag bestens gerüstet. Er zog sich Hemd und Sakko an, riss den Vorhang zur Seite, hinter dem die beiden Bettgeher auf einem Matratzenlager schnarchten. Er stieß mehrmals mit dem Fuß gegen die Matratzen und weckte Zach und Husak mit folgenden Worten:

»Aufwachen, ihr Faulpelze!«

Husak streckte sich, rammte dabei Zach den Ellbogen in den Bauch, sodass dieser laut fluchte. Gotthelf kommandierte:

»Schaut's, dass rauskommt's! Als Bettgeher habt's ihr tagsüber hier nix verloren.«

Langsam standen die beiden auf und streckten sich. Zach funkelte Gotthelf böse an:

»Ich wünsche Ihnen einen guten Morgen, hochwohlmögender Herr von Gotthelf!«

»Wennst mich papierln* willst, kannst heut Nacht auf der Straße schlafen.«

---

* verarschen

»Is schon gut … is' ja schon gut. Gehen schon. Alles in Ordnung«, beschwichtigte Husak und zog Zach aus der Gotthelf'schen Hütte, die sich im zweiten Hinterhof eines Hauses befand.

Plötzlich erklang hoch oben in den Lüften ein mächtiges Brummen. Es war der Lärm von Motoren. Husak sah erstaunt empor, Zach lehnte sich vollkommen verschlafen und desinteressiert an die Außenwand der Hütte und zischte:

»Gotthelf, du Oasch!«

Gotthelf riss es. Er überlegte, ob er Zach antworten sollte, doch seine Neugier war größer. Was ging dort oben am Himmel vor? Was war da draußen los? Mit eiligen Schritten durchmaß er die beiden Innenhöfe und trat hinaus auf die Wienzeile. Und – oh Wunder – es schneite! Mitten im Sommer. Tausende bedruckte Zettel segelten im sanften Sommerwind auf den Erdboden nieder. Gotthelf stand mit dem Kopf im Nacken da, schirmte die Augen mit der Handfläche ab und versuchte, die Ursache dieses Wunders zu ergründen. War es ein Mirakel? Nein, es waren Flugzeuge, die da oben am Himmel flogen. Eins, zwei, drei, vier, fünf Flugzeuge. Und dort, dort war noch ein sechstes! Was waren das für Zettel, die sie da abwarfen? Mit nervösem Blick beobachtete Gotthelf die unzähligen Blätter, die, von der sanften Sommerbrise beflügelt, durch die Lüfte und über die Straße und die Gehsteige tanzten. Er eilte ihnen nach – und da! Da hatte er sich endlich einen geschnappt. Aber halt! Dort flog ja ein bunter, der die Farben der italienischen Trikolore trug. Auch den schnappte er sich. Mit dem Fangen der Flugblätter aus der Luft beziehungsweise mit dem Aufheben derselben waren mittlerweile alle auf der Straße befindlichen Leute beschäftigt. Besonders die Straßenjungen machten sich einen Sport daraus, möglichst viele der Zettel zu ergattern. Plötzlich hörte Gotthelf die Trillerpfeife eines Sicherheitswachmanns. Zwei bloßfüßigen Lausbuben riss der Uniformierte die Zettel aus der Hand, und auch von anderen Passanten verlangte er, die aufgesammelten Flugblätter herauszurücken. Gotthelf faltete seine zusammen und steckte sie in die Tasche des Sakkos. Dann spazierte er laut pfeifend durch die zwei Innenhöfe zurück zu seinem Schuppen.

Bereits vor der Tür hatte er einen Zettel auseinandergefaltet. Verwundert blieb er stehen und starrte die italienische Trikolore an, auf die das Wiener Stadtwappen sowie folgender Text gedruckt waren:

Wiener!
Lernt die Italiener kennen!
Wenn wir wollten, wir könnten ganze Tonnen von Bomben auf euere Stadt hinabwerfen, aber wir senden euch nur einen Gruss der Trikolore, der Trikolore der Freiheit.
Wir Italiener führen den Krieg nicht mit Bürgern, Kindern, Greisen und Frauen. Wir führen den Krieg mit euerer Regierung, dem Feinde der nationalen Freiheit, mit euerer blinden, starrköpfigen und grausamen Regierung, die euch weder Brot noch Frieden zu geben vermag und euch nur mit Hass und trügerischen Hoffnungen füttert.
Wiener!
Man sagt von euch, dass ihr intelligent seid, jedoch seitdem ihr die preussische Uniform angezogen habt ihr seid auf das Niveau eines Berliner-Grobians herabgesunken, und die ganze Welt hat sich gegen euch gewandt.
Wollt ihr den Krieg fortführen? Tut es, wenn ihr Selbstmord begehen wollt! Was hofft ihr? Den Entscheidungs-

sieg, den euch die preussischen Generale versprochen haben?
Ihr Entscheidungssieg ist wie das Brot aus der Ukraina:
Man erwartet es und stirbt bevor es ankommt.
Bürger Wiens! Bedenkt, was euch erwartet und erwacht!
HOCH LEBE DIE FREIHEIT!
HOCH LEBE ITALIEN!
HOCH LEBE DIE ENTENTE!

Gotthelf betrat seine Bude und runzelte die Stirn. Da er nie ordentlich lesen und schreiben gelernt hatte, war dieser Text äußerst rätselhaft für ihn. Er setzte sich und starrte konzentriert auf das Flugblatt. Da war irgendwas nicht koscher. Gotthelf witterte das! Etwas, das ihn wütend machte. Landesverrat! Alleine schon die italienische Trikolore, die Farben der welschen Verräter, die Österreich-Ungarn und Deutschland in den Rücken gefallen waren, ließen seine Zornadern anschwellen. Und stand da unten nicht »Italien«? Hoo...oo...c...h... le... eb...be I...tal...ien? Hoch lebe Italien. So eine Sauerei!

»Was hast denn da? Was ist das für ein Zettel?«

»Der ist draußen vom Himmel oweg'flogen* ...«

»Was steht drauf? Zeig' her!«

»Italien, glaub' ich, steht da g'schrieben ...«

»Wart, lass mich lesen!«

»Und was steht da?«

»Ha! Die Wahrheit, nix als die Wahrheit!«

»Was für a Wahrheit?«

»Na, dass unsere Regierung einen vollkommen sinnlosen und grausamen Krieg führt. Und dass der Entschei-

---

* heruntergeflogen

dungssieg nicht kommen wird. Genauso wenig wie das versprochene Brot und alles, was uns die Großkopferten seit Jahren versprechen, während wir den Kitt aus den Fenstern fressen. Ich scheiß auf den Krieg und auf den Kaiser!«

»Du, pass auf! Du! Sag nix gegen unsern Kaiser! Und nix gegen unsre Regierung und unsre siegreiche Armee! Du Weh*, du!«

»Was? Was hast g'sagt?«

»Dass d' a Weh bist!«

»I bin ka Weh!«

»A Weh! A Wappler**! A gsöchter*** Aff' …«

Faustschlag. Mitten ins Gesicht. Stechender Schmerz. Gotthelf wischt mit der Hand über die Nase. Blut. Versucht aufzustehen. Ein Sessel kracht auf seinen Schädel. Trifft ihn am Buckel. Gotthelf stürzt. Alles verschwimmt. Donnernde Schläge auf seinen Schädel. Blut im Mund. Keine Luft! Schläge, Schläge, Schläge.

»Hilfe! Auf … aufhören … bitte … bitte … bitte … Hilfe …«

---

* Jammerlappen
** unfähiger Depp
*** dünner

I/2

»Wir müssen verschwinden!«

»Aber wohin?«

»Was weiß ich?«

»Hast recht. Können nicht bleiben hier. Wenn Polizei sehen Sauerei, sie uns wird verhaften und ausliefern. An Armee. Und wir dann hängen.«

»Hör auf! Verdammt noch einmal. Hör auf, so einen Stuss zu verzapfen. Wir haben es von Italien bis hierher geschafft. Uns werden sie auch jetzt net erwischen.«

»Hast recht. Aber wohin gemma?«

»Rüber zum Naschmarkt.«

»Und nachher?«

»Nix nachher. Am Naschmarkt pass ma die Köchin ab, die mir gestern schöne Augen g'macht hat. Die begleit' ma heim und schlüpfen bei ihr unter.«

»Das sein Dienstbote. Was wird sagen ihre Herrschaft?«

»Sie hat mir g'steckt*, dass ihre Herrschaft weg is'. Auf Sommerfrische. Irgendwo am Land, wo's noch was zum Fressen gibt.«

Ambrosius Zach und Karel Husak verließen schleunigst das Haus an der Wienzeile, in dessen zweitem Hinterhof der erschlagene Stanislaus Gotthelf lag. Für ein paar Heller hatte er die beiden als Bettgeher bei sich in der Hinterhofhütte unterschlüpfen lassen. Das war

---

* verraten

praktisch gewesen. Bei Gotthelf hatten sie keinen Meldezettel ausfüllen und keine unnötigen Fragen beantworten müssen. Das Geld hatten sie vom letzten Einschleichdiebstahl, den sie bei ihrem Marsch nach Wien begangen hatten. Im Schwarzatal hatten sie einen Bauernhof mit offenen Türen und niemandem daheim vorgefunden. Das Geld war unter der Matratze versteckt gewesen. Zusätzlich hatten sie auch Schmalz und Brot aus der Speisekammer sowie neues Gewand aus dem Kasten des Schlafzimmers und frische Wäsche aus der Waschküche entwendet. Kaum mehr als eine halbe Stunde hatten sie gebraucht, um alles zu finden und wieder zu verschwinden. Solche Einschleichdiebstähle hatten sie während dieses Frühjahrs und Sommers zahlreiche verübt. Es war auch zu einfach: Die Männer und Buben im wehrpflichtigen Alter kämpften draußen an der Front. Die Frauen daheim mussten schauen, dass die Felder bestellt, das Heu gemacht und das Vieh gehütet wurde. Da man am Land sowieso nie die Türen versperrte, hatten Zach und Husak als Einschleichdiebe leichtes Spiel gehabt.

Husak ging zwei Schritte hinter Zach. Immer wenn dieser innerlich vor Wut bebte, hielt der Böhme Abstand. Oft genug hatte er schon Zachs Wutanfälle miterlebt. Das war nicht angenehm. Zach hatte die Fäuste in die Taschen seines in der Steiermark gestohlenen Lodenjankers versenkt und schritt voll Anspannung durch die Menschenmenge, die sich am Naschmarkt herumtrieb. Beim Verlassen des Innenhofs hatte er mehrmals gegen die Mauer der Einfahrt getreten und geflucht:

»So a Oaschpartie! Jetzt samma wieder ohne Obdach!«

Erst war ein Tritt gegen eine Seitentür erfolgt, die scheppernd nach innen aufflog.

»Hurerei und Bigamie!«

Zach hatte dann gegen einen Flügel des mächtigen Einfahrtstores getreten und sich dabei die Zehen angehauen. Rasend vor Zorn war er hinaus auf die Wienzeile gehüpft. Dabei hatte er leise vor sich hin geflucht. Husak hatte grinsen müssen. Geschieht ihm recht, hatte er sich gedacht, aber nichts dergleichen gesagt. Dass Zach seinen Zorn an ihm abreagierte, hätte ihm gerade noch gefehlt.

I/3

Ein Lausbub in zerfetzter Kleidung kam ihnen entgegengerannt. Die Menge stob auseinander, der Bub wurde von einem keifenden Marktweib verfolgt.

»Oaschwarz'n*! Gib sofort die Zwetschken her, die du mir g'stohlen hast!«

Der Bub stürmte auf Zach zu. Offensichtlich dachte er, dieser würde so wie alle anderen ausweichen. Doch da hatte er die Rechnung ohne den Wirt gemacht. Denn der Wirt war in diesem Fall Zach, der ihm die Rechnung in Form einer fürchterlichen Tetschn** servierte. Und nicht nur das! Zach war auch im letzten Augenblick zur Seite gesprungen und hatte dem Lauser ein Bein gestellt. Die Kraft der Watsche*** und der Hebelmoment des gestellten Beins beförderten den Buben aus der Vertikalen in die Horizontale. Mehr hatte der Unglücksrabe nicht gebraucht. Das Marktweib, es war die Naschmarkt-Helli, stürzte sich wie eine Hyäne auf ihn. Sie hob ihren bodenlangen Rock, wobei man ihre von Krampfadern verunstalteten Beine zu sehen bekam, und hockte sich auf ihn. Gerade so, als ob sie einen jungen Hengst zureiten würde. Sie zog allerdings nicht an den Zügeln, sondern prügelte wie wild auf den Buben ein. Husak wandte sich ab. Solche Gewaltorgien erzeugten bei ihm Brechreiz. Zach hingegen sah mit sensa-

* Arschwarze
** Ohrfeige
*** ein weiterer Wiener Ausdruck für eine Ohrfeige

tionslüsternem Glitzern in den Augen der wüsten Rauferei zu. Die Naschmarkt-Helli war ein kräftiges Weib, das ihr Leben lang schwere Gemüse- und Obstkisten gestemmt hatte. Mit so einer legte man sich normalerweise nicht an. Der Lausbub hingegen war ein verhungertes Zniachtl*. Allein dieser physische Gegensatz zog zahlreiches Publikum an.

»Gemma! Helli, gib's ihm. Der hat schon öfters g'stohln.«

»Das Gfrastsackel** kriegt jetzt Dresch …«

»Der arme Bua! Hören S' auf, Frau Helli! Ich kauf nie wieder was bei Ihnen!«

»Net aufhören! Weitermachen!«

»Helli, hau ihm a Wendeltreppn in Schädel!«

»Brich ihm die Finger! Dem Rotzer***!«

»Wenn S' net sofort aufhören, kauf i wirklich nie wieder was bei Ihnen.«

Helli hielt kurz inne. Schaute die gnädige Frau böse an und knurrte:

»Hau die über die Häuser, du Schastrommel****!«

Und schon kassierte der Lausbub die nächste Gnackwatschn*****.

»So eine Unverschämtheit! Polizei! Wo ist denn die Polizei?«

»Bin eh schon da.«

Ein beleibter Sicherheitswachmann schob sich durch die gaffende Menge. Ohne Umschweife packte er die

---

* kleine, schwache Person
** Schimpfwort; wird wie »Arschloch« eingesetzt
*** Rotzbub
**** alte Frau, die von Blähungen geplagt wird
***** Schlag in den Nacken

Fratschlerin* am Genick und riss sie von ihrem Opfer herunter.

»A Ruh' is'!«

Die Naschmarkt-Helli schlug windmühlenartig um sich und traf dabei den Helm des Sicherheitswachmanns. Laut schrie sie auf. Der Beamte beutelte sie energisch. Und zwar so lange, bis sie schließlich in sich zusammensackte. Dann fauchte er:

»Narrische Gretl. Willst in Häf'n**?«

Die Fratschlerin schüttelte betreten den Kopf. Der Polizist ließ sie los und knurrte:

»Dann schleich dich! Aber schnell.«

»Danke, Herr Inspector …«

»Kusch.«

Der Sicherheitswachmann wandte sich nun dem Lauser zu. Der saß benommen auf dem Erdboden und heulte vor sich hin.

»Du schleichst dich ebenfalls. Rotzer!«

Das brauchte er dem Buben nicht zweimal zu sagen. Von den unzähligen Schlägen noch ganz benommen, kroch er auf allen vieren davon. Nicht ohne zuvor mit blitzschnellen Griffen die gestohlenen Zwetschken, die aus seiner Hosentasche gerollt waren, wieder einzustecken.

»Jetzt hat sich der G'schissene das g'stohlene Obst behalten.«

»Lassen S' den armen Buben in Ruhe. Der hat ja nur Hunger.«

»Wer hat das heutzutage net?«

---

* Marktweib

** Gefängnis

I/4

Zach steckte die Hände in die Hosentaschen und schlenderte zufrieden vor sich hin pfeifend über den Markt. Husak folgte ihm. Zahlreiche Stände hatten geschlossen, die, die offen hatten, boten meist Zwetschken und dicke Pflaumen an. Dieses Obst gab es derzeit im Überfluss. Seltener und viel begehrter waren hingegen Salatgurken und Rüben. Trotz der geschmalzenen* Preise standen Trauben von Menschen an, um sich mit diesen Gemüsen einzudecken. Vor einem Stand, der frische Kürbisse anbot, hatte sich eine elendslange Menschenschlange gebildet. Zach beobachtete, dass Husak einen sehnsüchtigen Blick auf die zu einer Pyramide aufgetürmten Kürbisse warf. Grinsend sagte er:

»Willst dich net auch anstellen?«

»Warum?«

»Weilst genauso a Wappler bist wie die, die was da anstehen. Du lasst dir ja auch alles g'fallen.«

»Gib einen Frieden. Musst nicht mich beleidigen. Hab' nix dir getan.«

Zach schlug ihm auf die Schulter und brummte:

»War net bös' gemeint. War nur so ein Gedanke …«

Schweigend schlenderten sie hinunter zum Gasthof Zur Bärenmühle. Zach klopfte Husak gönnerhaft auf die Schulter.

»Weißt was? Trink ma a Krügerl**. Ich lad' dich ein.«

---

* teuren

** großes Bier

Husak nickte und die beiden betraten die Gaststätte, in der sich allerlei uniformiertes Volk aufhielt. Feldsoldaten, Urlauber, Verwundete, die alle seltsame zusammengestoppelte Uniformen trugen, die in keiner Adjustierungstabelle für das k. u. k. Heer und die k. k. Landwehr zu finden waren. Wie zum Beispiel ein junger Bursch, der mühsam aus einem viel zu groß geschnittenen, schlotternden Soldatenmantel lugte. Auf seinem Haupt befand sich statt des Militärtschakos eine graue Sportmütze. Oder ein älterer Soldat, der mager wie ein Skelett war und dessen spinnenartigen Arme aus einem viel zu kleinen Waffenrock herausragten, der noch aus Friedenszeiten zu stammen schien. Mein Gott, dachte Husak. Was ist aus der einst so glanzvollen k. u. k. Armee geworden? Elendsgestalten, die in unpassenden, geflickten oder auch zerfetzten Uniformen durch die Reichshaupt- und Residenzstadt geisterten oder in Beisln* wie diesem hier schweigend bei ihrem Bier saßen. Sie nippten alle nur an den Biergläsern, denn es galt noch immer die Verordnung, dass man als Gast nur ein Bier pro Gaststätte bekam. Husak und Zach setzten sich an einen Fensterplatz, betrachteten das Treiben draußen am Markt und nahmen hin und wieder einen Schluck Bier. Husak döste schließlich ein. Kein Wunder: Es war ein drückend schwüler Sommertag. Der anfangs blaue Himmel war nun von Wolken bedeckt, ohne dass es dadurch merklich abkühlte.

Plötzlich rammte Zach seinem Gefährten den Ellbogen in die Seite.

»Heast, wach auf! Draußen is' grad die Köchin vorbeigegangen.«

---

* Kneipen

I/5

HUSAK WAR NOCH immer ganz verschlafen, als er hinter Zach und der Köchin die Treppen hinauf in den zweiten Stock stieg. Zach führte ununterbrochen Schmäh, die Köchin gurrte und lachte. Husak war nicht ganz wohl bei der Sache, doch was sollte er tun? Also stapfte er hinter den beiden Turteltauben her. Er beobachtete, wie die Köchin den Hintern hin und her schwang und kuderte*. Die braucht dringend einen Mann, dachte Husak. So wie sie sich aufführt, fallt die dem Zach in den Schoß. Wie eine reife Frucht. Und so kam es auch. In der herrschaftlichen Wohnung, in die sie die Köchin hereinbat, roch es nach Kampfer und Naphthalin. Die Möbel im Salon und im Esszimmer waren mit Leintüchern abgedeckt, alle Jalousien heruntergelassen. Die Herrschaften, die hier normalerweise wohnten, waren verreist.

»Kommt's weiter, meine Herren! Die Zimmer lasst ihr in Ruhe, die gehen euch nix an. Ihr könnt euch bei mir in der Küche und in meinem Kammerl aufhalten.«

»Wird das nicht a bisserl eng?«

Die Köchin fuhr dem frech grinsenden Zach durchs ungekämmte Haar und gurrte:

»Was heißt eng? Kuschelig wird's. Sehr kuschelig.«

Zach klopfte ihr mit der flachen Hand auf den Hintern. Sie quietschte vor Vergnügen. Husak war nun endlich wieder wach und fand das alles geschmacklos. Die

* kichern

Köchin führte die beiden durch ein langes Vorzimmer in ihr Reich. Es bestand aus einer geräumigen Küche, einer Speisekammer und einem Kammerl, in dem ein Bett und ein wackliger Kasten standen.

»So, meine Herren! Das ist mein Herrschaftsbereich. Fühlt euch wie zu Hause.«

Eine Einladung, der Zach ohne zu zögern nachkam. Er stellte den zuvor in im Gasthof Zur Bärenmühle gekauften Doppelliter Wein auf den Küchentisch und begann, in der Tischlade herumzukramen.

»Wennst einen Korkenzieher suchst, dann ist der in der linken Lade der Kredenz*.«

Während Zach sich dorthin wandte, setzte sich die Köchin neben Husak auf die Küchenbank und legte ihre Hand auf seinen Schenkel. Als er infolge der Berührung zurückzuckte, lächelte sie ihn an und sagte:

»Gell, du bist a Ruhiger, a Schüchterner. Net so a Wildsau wie der da.«

Zach wandte sich um und feixte:

»Du hast ja gar keine Ahnung, wie wild i bin.«

Mit dem Korkenzieher und Gläsern in der Hand kehrte er zum Tisch zurück. Mit kundigem Griff entkorkte er den Doppler. Husak war ganz übel bei dem Gedanken, wie teuer der Wein gewesen war. 32 Kronen! Ein Vermögen. Aber Zach war das wurscht. Er hatte vorgehabt, die Köchin unter Alkohol zu setzen, um sie anschließend ins Bett zu bekommen. Eine Investition, die sich als völlig überflüssig herausstellte. Kaum hatte Zach nämlich auf der Eckbank Platz genommen, rückte die Köchin ihm zu Leibe. Er schenkte Wein ein, stieß mit ihr an und kaum,

* (Küchen-)Kasten

dass er den ersten Schluck unten hatte, küsste die Köchin ihn auf den Mund, worauf die beiden heftig zu schmusen begannen. Husak war das peinlich. Er stand auf und ging hinaus. Da ihm nichts Besseres einfiel, begab er sich auf die Suche nach dem WC. In der geräumigen Wohnung musste er einige Türen öffnen, bevor er das stille Örtchen fand. Hierher zog er sich fürs Erste zurück.

I/6

»Erschlagen? Wer is' erschlagen worden?«

»Der Gotthelf.«

»Wer?«

»Der Stanislaus Gotthelf. Der Planetenverkäufer*.«

Fraczyk, der vor zwei Jahren, nach Nechybas Beförderung zum Oberinspector, dessen Polizeiagentengruppe als Inspector übernommen hatte, kratzte seinen Vollbart und fügte hinzu:

»Den kennen S' doch. Oder täusch' ich mich?«

»Der Planetenverkäufer is' tot …«, murmelte Nechyba betroffen.

»Wie is' denn das passiert?«

»Genaues wissen wir noch nicht. Gestern in der Früh is' es passiert. Zeugen gibt's keine.«

»Wer hat ihn g'funden?«

»Sein Sohn, Josef Gotthelf. Genauer gesagt ist das sein Zichsohn. 1904 hat er ihn adoptiert.«

»Der hat ihn also g'funden. Und wann?«

»Gestern am Vormittag.«

»Und wo?«

»Na, in seiner Hütte da, im zweiten Hof hinten, in der Rechten Wienzeile.«

Nechyba nickte und starrte vor sich hin. Vor seinem geistigen Auge sah er den Planetenverkäufer, wie er sich am Naschmarkt herumgetrieben und den Hausfrauen,

* fliegender Händler, der aus einem Bauchkasten heraus Horoskopzettel verkauft

Dienstmädeln und Köchinnen schöne Augen gemacht hatte. Er erinnerte sich, wie er seinerzeit im Zuge der Naschmarkt-Morde den Gotthelf als Verdächtigen verhaftet und wie dieser sich später dann als liebevoller Ziehvater des obdachlosen kleinen Pepi angenommen hatte.

»Sie leiten die Untersuchung?«

Fraczyk nickte.

»Der Oberkommissär Niederschönbichler vom Kommissariat an der Wieden hat uns gebeten, den Fall zu übernehmen.«

Nechyba gab sich einen Ruck und pumperte mit der Faust an die Wand. Augenblicke später klopfte es und sein Assistent betrat das Dienstzimmer.

»Pospischil! Bring' Er uns zwei Krügeln Bier und zwei Slibowitz vom Wirt unten.«

»Und wenn's keinen Slibowitz ham?«

»Dann bring' Er uns einen anderen Schnaps.«

»Einen oder zwei?«

»Wie viele Leute sind hier im Raum?«

»Drei, Herr Oberinspector.«

»Falsch. Es sind nur zwei. Er, Pospischil, zööht öfe*. Also, wie viel Schnaps wird Er bringen?«

»Zwei, Herr Oberinspector.«

»Ausgezeichnet. Er kann gehen.«

Pospischil knallte die Hacken zusammen, salutierte und verschwand. Fraczyk schüttelte den Kopf.

»Macht er das immer noch?«

»Freilich. Um mich zu ärgern. Verbieten nutzt nix.«

»Ich kenn' das«, seufzte Fraczyk, und Nechyba grinste.

---

* zählt nicht

Ja, so ist das, dachte er. So ist das, wenn man Vorgesetzter ist.

Fraczyk zog eine silberne Tabatiere hervor, öffnete sie und bot Nechyba eine Zigarette an. Der lehnte dankend ab.

»Nein. Das Rauchen haben mir die Ärzte schon im 14er Jahr verboten.«

Fraczyk zündete sich eine Zigarette an und blies kunstvolle Rauchkringel in die Luft. Nechyba stierte ins Leere. Als Pospischil den beiden Vorgesetzten Bier und Schnaps serviert und sich danach wieder zurückgezogen hatte, erhob Nechyba sein Stamperl.

»Auf den Stanislaus Gotthelf. Der Herr möge seiner Seele gnädig sein.«

I/7

Kürbisse! Nechyba stapfte über den Naschmarkt und sah am Stand der Naschmarkt-Roserl eine Pyramide dieser orangefarbenen Feldfrüchte aufgetürmt. Ihm lief das Wasser im Mund zusammen. Auch deshalb, weil sich in dem mit Spagat verschnürten Papierpackerl, das er liebevoll in der Hand heimtransportierte, ein Kranz Knackwürste und ein dickes Stück weißer Bauchspeck befanden. Beides hatte er vor einer Stunde um horrendes Geld dem Guadn, den er wie immer in seinem Stammcafé in der Praterstraße getroffen hatte, abgekauft. Eine Menschenschlange stellte sich vor dem Stand mit den Kürbissen an, um das nicht sonderlich beliebte, aber derzeit immerhin erhältliche Gemüse zu erwerben. Nechyba strich sich über den Schnauzer, überlegte kurz und ging dann zum Hintereingang des Standes. Dort pumperte er mit der Faust an die versperrte Tür. Es dauerte etwas, bis der Schlüssel im Schloss umgedreht wurde und die Naschmarkt-Roserl durch einen Spalt herauslugte.

»Herr Inspector!«

»Oberinspector.«

»Is was? Hab' ich was verbrochen?«

»Das musst selber wissen. Komm, lass mich rein.«

»Aber ich hab' zu tun. Vorm G'schäft steht a elendslange Schlange …«

Eine mächtige Wolkenbank schob sich vor die Sonne. Der Himmel verfinsterte sich und Nechybas Gemüt auch. Er knurrte:

»Lass mich rein!«

»Na gut. Wenn's sein muss. Was werfen S' mir vor?«

Der Oberinspector trat ein. Ein Windstoß fegte über den Markt und rüttelte an allem, was nicht niet- und nagelfest war. Von ferne erklang dumpfes Donnergrollen.

»Dass du mich so lang vor der Tür steh'n hast lassen, das werf' ich dir vor.«

»Ich bitt' um Entschuldigung.«

»Nur, wenn du mir auf der Stelle einen Kürbis verkaufst.«

»Aber da müssen S' Ihnen anstellen.«

Nechyba sah die Fratschlerin böse an. Es donnerte, und die ersten fetten Regentropfen klatschten auf das Pflaster. Die Naschmarkt-Roserl huschte nach kurzem Zögern vor zur Kürbispyramide, holte einen und drückte ihn dem Oberinspector in die Hand. Nechyba zahlte und ging grußlos. Da es gerade heftig zu regnen anfing, eilte er schleunigst heim.

Er hatte die nassen Schuhe und die feuchten Socken ausgezogen. Seine dicken Füße standen nackt auf dem kühlen Linoleumfußboden, und er schnaufte. Dieses verdammte feucht-schwüle Wetter machte ihm zu schaffen. Draußen blitzte und donnerte es. Regen rauschte. Seufzend stand Nechyba auf und ging zu dem Holzstoß, der im Eck der Küche gelagert war. Mein Gott! Er war heilfroh, dass er mit dem Hofrat Schmerda auf gutem Fuß stand. Ohne dessen Hilfe hätten er und seine Frau keinerlei Brennmaterial, um den Herd anzuheizen. Ein Kürbisgemüse mit knusprigen Knackwürsten könnte er in diesem Fall vergessen. Tja, wer in diesen lausigen Kriegszeiten keine Verbindungen hatte, der war ein armer Hund. Hofrat

Schmerda hatte zum Glück die Schulbank mit Georg Zellner von Zellendorf gedrückt, der nun Oberverwalter des Kaiserlichen Thiergartens in Hietzing war. Da es sich dabei nicht um einen Zoo, sondern um ein riesiges waldreiches Jagdrevier handelte, bezogen der Hofrat Schmerda und seine über alles geschätzte Köchin Aurelia nun schon seit dem Herbst 1916 ihr Brennholz aus dem Kaiserlichen Thiergarten. Als Nechyba massive Buchenscheiter in die Brennkammer des Herdes schichtete, Papier unterschob und Feuer entfachte, war ihm, als ob er Bündel von Geldscheinen anzünden würde. Denn das kostbare Buchenholz hatte einen stolzen Preis.

»Sauteuer …«, murmelte Nechyba, »sauteuer is' das Holz. Und warum? Weil alles sauteuer is'.«

Am Knistern im Herd merkte Nechyba, dass die Buchenscheiter allmählich Feuer fingen. Fröhlich vor sich hin pfeifend, schnitt er den Bauchspeck in kleine Würfel. Das würde ein wunderbares Schmalz und köstliche Grammeln* geben. Er griff kurz auf die metallenen Herdplatten, aber die waren noch nicht warm. Er nahm den Kürbis sowie ein großes Messer und schnitt den Plutzer in vier gleiche Teile. Dann kratzte er die Kerne und das sie umgebende faserige Fleisch heraus und überlegte, was er wohl damit machen könnte. Ihm fiel nichts ein. Vielleicht würde seine Frau Aurelia eine Idee haben. Nachdem er die Kürbisviertel geschält hatte, rieb er sie auf der groben Küchenreibe. Dann schnitt er Zwiebeln. Wehmütig erinnerte er sich, wie er sich in früheren Zeiten beim Kochen immer ein Gläschen Wein gegönnt hatte. Aber Wein war mittlerweile eben-

* Grieben

falls Mangelware. Ein Liter kostete 16 Kronen oder mehr. Ein Wahnsinn! Nechyba ging hinaus zur Bassena* und füllte den Wasserkrug. Er blickte in den heftigen Sommerregen und seufzte. Zurück in der Küche, registrierte er mit Genugtuung, dass die Buchenscheiter nun munter brannten und die Herdplatten sich allmählich erwärmten. Nach einem kräftigen Schluck Wasser holte er die gusseiserne Pfanne hervor, stellte sie auf den Herd und gab die Speckstückchen hinein. Alsbald fingen sie munter zu brutzeln an und ein See von glasklarem Fett bildete sich. Nechyba leckte sich die Lippen. Endlich wieder einmal Schmalz. Wochenlang hatten er und seine Frau darauf verzichten müssen. Vorsichtig schöpfte er die braunen Grammeln aus der Pfanne und platzierte sie liebevoll auf einem runden Porzellanteller. Er griff ins Salzfass, ließ feine weiße Kristalle darüberrieseln und steckte dann voll Gier gleich mehrere hintereinander in den Mund. Grammeln! Wunderbar! Nun verlor er jegliche Beherrschung. Er stapfte zur Speisekammer und holte die vorletzte Flasche Wein heraus, die ganz hinten im kühlen Dunkel lagerte. Grammeln ohne einen Schluck reschen Grünen Veltliner waren nur das halbe Vergnügen. Er entkorkte die Flasche, schenkte sich ein Glaserl ein und nahm einen kräftigen Schluck. Der pfeffrige Wein und der salzige Geschmack der Grammeln verbanden sich auf seinem Gaumen zu einem lange entbehrten Genusserlebnis. Liebevoll fischte er alle Grammeln aus dem Fett, schob dann die Pfanne zur Seite und holte den Schmalztopf, der seit Wochen sauber ausgewaschen und unbenützt in der Kredenz gestanden hatte. Mit ruhiger Hand

* gemeinsame Wasserentnahmestelle

goss er das flüssige Schmalz in den Topf. Danach nahm er eine der größeren Grammeln in den Mund, zerbiss sie und goss mit einem Schluck Veltliner nach. Mit dem Zeigefinger wischte er nun aus der nicht mehr brennheißen Pfanne die letzten Reste Schmalz heraus und lutschte ihn genussvoll ab. So ließ es sich leben!

I/8

»DAS RIECHT HIMMLISCH!«

Nechyba nahm seine Frau, die abgearbeitet und müde heimgekommen war, in die Arme.

»Heut pfeif ma auf die neue Zeit. Heut ess ma so wie früher.«

»Das sind ja gebratene Knackwürste, und das riecht nach Schmalz. Nechyba, wo hast denn das Schmalz her?«

»Selber ausgelassen.«

»Und woher hast den Speck?«

»Vom Guadn.«

»Hast mit dem Gauner schon wieder Geschäfte gemacht?«

»Auf Anweisung aus dem Innenministerium.«

»Was? Der Herr Hofrat hat schon wieder eine Bestellung aufgegeben?«

Nechyba nickte und schob seiner Frau zwei Grammeln in den Mund. Aurelia schloss die Augen und zerkaute die leicht knusprigen und gleichzeitig cremig milden Fettstücke behutsam. Sie registrierte, dass sie von Nechyba ein klein wenig gesalzen worden waren. Ein wollüstiger Schauer überrieselte sie.

»Komm, trink ein Schluckerl Wein!«

»Aber …«

Sie nippte an dem ihr vor die Nase gehaltenen Weinglas, ließ den Rebensaft über den Gaumen rollen und seufzte dann:

»Ach, Nechyba …«

I/9

Als er über den Naschmarkt stapfte und die Tristesse des mangelhaften Warenangebots sah, erinnerte er sich an das wunderbare Kürbisgemüse, das er gestern zubereitet hatte. War das ein Fest gewesen! Nechyba dachte mit großem Vergnügen an den vergangenen Abend, als er und seine Frau das Kürbisgemüse und in Schmalz herausgebratene Knackwürste verspeist hatten. Die geschnittenen Zwiebeln hatte er im Schmalz glasig angeröstet, danach war in das heiße Fett zischend der fein gerissene Kürbis gekommen. Das Ganze hatte er mit Paprikapulver, Salz und Kümmel gewürzt und mit Hesperiden-Essig* abgelöscht. Danach hatte er etwas Wasser dazugegossen, sodass der Kürbis leise vor sich hin geköchelt hatte. Früher hätte er als krönenden Abschluss eine Portion Rahm in das Gemüse gerührt, doch Rahm gab es schon lange nicht mehr. Bei seinen Reminiszenzen an den vergangenen Abend lief Nechyba das Wasser im Mund zusammen. Auch die Knackwürste, die er enthäutet, der Länge nach halbiert und kreuzweise eingeschnitten hatte, waren ein Gedicht gewesen. Wie gebratene Igel hatten die knusprigen, etwas eingerollten Würste ausgesehen. Und dazu der Grüne Veltliner! Nechyba seufzte. Er schüttelte den Kopf und konzentrierte sich beim Überqueren der Rechten Wienzeile auf den Verkehr. Dass er jetzt zur Behausung des verblichenen Gotthelf unterwegs war, war ebenfalls ein Ergebnis des gestrigen Abends.

* Tafelessig

»Tot? Der Gotthelf is' tot? I glaub's net.«

Nechyba hatte einen Schluck Wein genommen und traurig genickt.

»Das hat mir der Fraczyk heut erzählt.«

»Und wie is' er g'storben?«

»Derschlagen. Angeblich is' er derschlagen worden.«

»Wieso angeblich?«

»Nix Genaues weiß man nicht.«

Aurelia hatte ebenfalls einen Schluck Wein genommen, dann das Glas energisch auf den Tisch gestellt, ihren Mann streng angesehen und gesagt:

»Nechyba, bist du a Kiberer oder a alter Krauderer*?«

Nechyba hatte geschluckt und geschwiegen. Dann war Aurelia mit ihrem Sessel so nah zu ihm hingerückt, dass er die Wärme ihres Körpers gespürt hatte.

»Nechyba, der arme Gotthelf! Dem schuldest du sowieso noch was. Also was wirst du morgen tun?«

»Was?«

»Du wirst morgen mit dem Nachwassern** beginnen. Und seinen Tod aufklären.«

»Na geh!«

»Nix, na geh. Du gehst morgen gleich in der Früh rüber über den Naschmarkt und fangst mit den Nachforschungen an. Versprichst du mir das?«

Die Wärme ihres Busens und ihres Schenkels hatten in Nechyba Gelüste geweckt. Aber nicht auf ein Streitgespräch. Also hatte er ihr ein dickes Busserl gegeben und gebrummt:

»Versprochen.«

---

* alter, unfähiger Kerl

** hier: ermitteln

I/10

15 Jahre ist es her. Vor 15 Jahren war ich das letzte Mal in diesem Hinterhof. Als das Dienstmädel der Familie Schmerda – wie hieß sie nur? Mizzi, glaub' ich – als die Mizzi ermordet worden war. Damals hab' ich den Gotthelf verdächtigt. Jetzt ist er tot. Und nun sitzt mir meine Frau im Genick, dass ich die Sache aufklären soll. Obwohl das überhaupt nicht meine Zuständigkeit ist! Nechyba schüttelte sich vor Unwillen und klopfte an die Tür des Salettls, in dem der Verblichene gewohnt hatte. Zuerst leise, dann lauter, schließlich pumperte der Oberinspector mit seiner Faust gegen das ächzende Holz.

»Was is' denn das für a Wirbel da? A Ruh is'! Ruheee!«

Nechyba drehte sich um und sah einen fetten alten Kerl, der aus einem Fenster im Erdgeschoss schaute.

»Schreien S' net umadum. Wenn einer schreit, dann bin i das.«

»Und wer sind Sie?«

»Oberinspector Nechyba. K. k. Polizeiagenteninstitut.«

»Oha! A Großkopferter.«

»Werden S' net frech, Sie! Wer sind Sie überhaupt?«

»I? I bin der Hausmasta da.«

»Name!«

»Hirnigl. Eusebius Hirnigl.«

»Also Hirnigl, passen S' auf: Sie bewegen jetzt Ihren Hintern heraus und sperren mir die Behausung vom Herrn Gotthelf auf.«

»Herr Gotthelf? Der Gotthelf is' ka Herr. Sie sind a Herr. Unser Hausherr is' a Herr. Aber der Gotthelf war a Pfeifenstierer*.«

»I brauch' den Schlüssel.«

»I hab' aber kan Schlüssel.«

»Das gibt's net!«

»Wann ich Ihnen sag, dass i kan Schlüssel hab'.«

»Und warum net?«

»Weil mir der Pepi Gotthelf, der was der Adoptivsohn vom verblichenen Gotthelf is', den Schlüssel abgenommen hat.«

»Derf er denn das?«

»Die Hausfrau hat's ihm erlaubt.«

»Und warum?«

»Weil's mit ihm unter einer Decke steckt.«

»Und was sagt der Hausherr dazu?«

»Nix. Der is' an der Front in Italien.«

»Wollen Sie andeuten, dass die Hausfrau a Gspusi mit dem jungen Gotthelf hat?«

»Das haben Sie jetzt gesagt, Herr Oberinspector.«

»Und wo find' i den jungen Gotthelf?«

»Oben. Bei der Hausfrau. In der Hausherrnwohnung.«

»Die zwei haben also keinen Genierer.«

»Das haben wiederum Sie gesagt, Herr Oberinspector. Von mir hören S' dazu keinen Ton. Was wollen S' denn vom Pepi Gotthelf?«

»Befragen will ich ihn. Zum Tod seines Vaters.«

»Da werden S' net viel erfahren. Den haben die anderen Kiberer schon ausg'fratschelt**. Das bringt nix.«

---

* langer, dünner Mensch, der nicht viel zählt

** befragt

Nechyba sah Hirnigl nachdenklich an und zupfte dabei an seinem Schnauzbart.

»Und was würde was bringen?«

»Na, wenn S' zum Beispiel die beiden Bettgeher befragen würden.«

»Was für Bettgeher?«

»Die, die der Gotthelf bei sich einquartiert g'habt hat.«

»Davon weiß i ja nix.«

»Davon weiß niemand was. Das hat der Gotthelf still und heimlich g'macht. Das hat er net an die große Glocke g'hängt.«

»Und wo find' ich die beiden?«

»Untertags haben sie sich immer am Naschmarkt herumgetrieben.«

»Wissen Sie, wie die heißen?«

»Der eine war a Behm. Der hat den anderen einmal Zach gerufen.«

»Zach?«

»Ja.«

»Und der Behm?«

»Ka Ahnung, wie der heißt.«

»Und warum ham Sie das alles net meinen Kollegen erzählt?«

»Weil s' mich net g'fragt ham.«

I/11

Karel Husak schlenderte die Praterstraße entlang. Ein breiter Boulevard, auf dem an diesem Dienstagmorgen reger Verkehr herrschte. Bimmelnd fuhren Tramway-Garnituren, Pferdefuhrwerke klapperten und ratterten über das Kopfsteinpflaster. Flaneure, Dienstmädeln, Hausfrauen, ein paar Lausbuben sowie einige Männer in Zivil und unzählige in Uniform prägten das Straßenbild. Die Uniformierten bewegten sich wie Schlafwandler, die mit erstaunten Blicken registrierten, dass es jenseits der schmutzstarrenden Schützengräben auch noch Asphalt, Kaufläden, Spiegelflächen, gedeckte Tische und parfümierte Damen gab. Sie schlurften durch die Straßen und rochen nach Schlamm und Karbol. Gekleidet in Uniformen, die nichts mehr mit dem eleganten Hechtgrau der seinerzeitigen k. u. k. Armee-Uniformen gemein hatten, sondern in den Farben Erdgrau, Dreckgrau und Grabesgrau schillerten. Die Wienerinnen und Wiener empfanden die Uniformierten nicht mehr als heldenhafte Vaterlandsverteidiger, sondern als degoutante Pechvögel. Jeder war bemüht, möglichst nicht an diese schmutzstarrenden Bazillenträger anzustreifen.

Husak ließ sich treiben. Da er sich in der fremden Stadt nicht auskannte, hatte er mehrmals Einheimische fragen müssen, wo es denn da zum Wurstelprater ginge. Dieses Wiener Freizeit- und Vergnügungsviertel war sein Ziel. Viel hatte er schon davon gehört, jetzt wollte er es auf eigene Faust erkunden. Ohne Zach. Denn den verstand er im Moment überhaupt nicht. Wie konnte ein Mensch bei seinen Handlungen und seinem Denken so sehr vom Sexualtrieb gesteuert werden? Zach war der Köchin, die ironischerweise Innozenzia hieß, obwohl sie alles andere als ein Unschuldslamm war, völlig verfallen. Er verbrachte die meiste Zeit in ihrem Bett, während Husak in der Küche gesessen und sich fadisiert* hatte. Wenigstens kochte Zenzi Tschiritsch erstklassig. Und da Zach ihr ausreichend Geld zum Einkaufen gegeben hatte, konnten sich die beiden Kameraden in den letzten Tagen regelmäßig den Bauch vollschlagen. Dazwischen hatte Husak die Zeit mit viel Schlaf, gelegentlichen Spaziergängen über den Naschmarkt sowie Besuchen im Gasthof Zur Bärenmühle verbracht. Er hatte auf der Küchenbank geschlafen, während Zach drinnen in Zenzis Bett nächtigte. Was Zach an der Alten so anziehend fand, war ihm rätselhaft. Wie wild trieben es die beiden zu jeder Tages- und Nachtzeit. Für Husak, der die Vorstellung intimer Berührungen mit der schon etwas überwuzelten Zenzi so verlockend fand wie den Kontakt mit einem eiskalten nassen Waschlappen, ging das in Ordnung. Als sich aber heute Morgen die Zenzi neben ihn auf die Küchenbank gesetzt und ihren vom Nachthemd unverhüllten Schenkel an den seinen gepresst hatte, war er äußerst unangenehm berührt gewesen. Völlig verschlafen hatte er es einfach geschehen lassen. Auch deshalb, weil er sich nicht sicher war, ob es ein Annäherungsversuch oder morgendliche Unbekümmertheit war. Dumpf vor sich hin stierend hatte er seinen Kaffee geschlürft. Plötzlich war sie aufgestanden und zur Brotlade gegangen. Dort hatte sie ein

* angeödet war

Stück Brot abgeschnitten, es mit Butter bestrichen und vor ihn hingestellt. Dabei hatte sie sich so weit vorgebeugt, dass – bedingt durch den weiten Ausschnitt ihres Nachthemds – ihre Brüste vor seiner Nase baumelten. Und das auf nüchternen Magen! Er war aufgesprungen und hatte gezischt:

»Kannst dir nicht anzieh'n was Anständiges?«

»Wieso, g'fallt dir nicht, was du da siehst?«

»Geh zum Zach!«

»Der Zach muss sich ausruh'n. Drum hab' ich mir gedacht, dass wir zwei vielleicht ein bisserl …«

»Fahr ab! Mit dir möcht' i nix zu tun ham!«

»Na geh! Sei net so! Ein bisserl pudern* hat noch niemandem geschadet.«

Das war das Letzte, was Husak hören wollte. Voll Panik hatte er seine Jacke und seinen Hut gepackt und die Flucht ergriffen.

Er kam auf einen weiten Platz, in dessen Mitte sich eine riesige, mit Schiffen verzierte Säule befand. Auf ihr stand die Skulptur eines Mannes mit Rauschebart und Marschallstab in der Hand. »›Wilhelm von Tegetthoff‹«, las Husak am Sockel und zuckte mit den Achseln. Irgend so ein österreichischer Militär. Hinter dem Tegetthoff-Denkmal erstreckte sich ein gewaltiges Bauwerk im neugotischen Stil. Neugierig ging Husak darauf zu. Es herrschte reges Kommen und Gehen. Plötzlich pfiff eine Lokomotive. War das ein Bahnhof? Husak beschleunigte seinen Schritt. Vielleicht war das ein Wink des Schicksals und es ging ein Zug nach Prag? Seine Hände wurden

* Geschlechtsverkehr haben

feucht, und im Laufschritt stürmte er in die riesige Halle. Er erstarrte. Ja, er war am Bahnhof. Am Nordbahnhof, wie er las. Von hier gingen Züge nach Prag. Was seine freudige Erregung aber augenblicklich abwürgte, war die Tatsache, dass sich in der Bahnhofshalle nicht nur zahlreiche Uniformträger, sondern auch eine Gruppe Feldgendarmen aufhielten. Ausgerechnet vor den Kassen! Er beobachtete sie eine Zeit lang, bis ihn plötzlich einer der Feldgendarmen scharf ansah. Husak wendete seinen Blick ab, machte auf dem Absatz kehrt und verließ gemächlichen Schrittes den Nordbahnhof. Sobald er draußen war, begann er zu rennen. Himmel! Herrgott! Hoffentlich verfolgte ihn der Feldgendarm nicht. Im Zickzack hastete er durch die Menschengruppen, die sich am Praterstern aufhielten. Erst bei den Vergnügungsbuden des Wurstelpraters verlangsamte er seinen Schritt. Nicht, ohne sich ständig umzudrehen und zu schauen, ob ihm jemand folgte. Schließlich atmete er tief durch und begann, entspannt zu schlendern. Er hatte gehört, dass es hier eine Dame ohne Unterleib gäbe. »Gehen S', die gibt es schon lang nicht mehr«, grantelte ein alter Mann, den er fragte. »Die arbeitet jetzt wahrscheinlich in einer Munitionsfabrik.« Auch die berühmt-berüchtigten Ausrufer vor den Praterbuden waren verschwunden. Statt ihrer standen schwächliche, traurige Burlis vor den Attraktionen, denen es weder gelang, das Publikum zu animieren, noch zu unterhalten. Na ja, die Männer, die das einst gemacht haben, befinden sich wahrscheinlich in einem Schützengraben oder bereits im Grab, räsonierte Husak, während er durch einen melancholisch gewordenen Wurstelprater schlenderte. Lärm, Gedränge, Übermut und überschäumende Lebensfreude, von denen er so oft gehört hatte, waren nirgends zu finden. Ziellos wanderte er umher, doch die von ihm gesuchten Lustbarkeiten fand er nicht. Etliche Buden waren geschlossen, eigentlich hatte er sich den Wurstelprater amüsanter vorgestellt. Seine Enttäuschung reagierte er beim Watschenaff'* ab. Mit voller Kraft verabreichte er ihm ein paar saftige böhmische Ohrfeigen. Dabei dachte er an den Oberleutnant Weissenbacher und den Major Novotny. Schließlich gelangte er zu einem Gastgarten, der rundum von einem Holzzaun umgeben war. Hinter der Abzäunung erklang laute Musik. Zwischen den Holzlatten war an einer Stelle eine Lücke, vor der sich eine Schar zerlumpter Kinder drängte, die neugierig hineinspähte. Na bitte! Musik, Spektakel, Attraktionen. Endlich hatte Husak einen Ort gefunden, wo er sich amüsieren konnte. Er zahlte Eintritt und schlenderte in den weitläufigen Gastgarten, in dem unzählige Holztische mit Bänken standen. Etwa die Hälfte war besetzt. Vor allem vor der Bühne des Etablissements drängten sich die Menschen. Husak suchte sich einen Platz, von dem aus er eine gute Sicht hatte. Auf der Bühne klimperte ein verhungert aussehendes Mädchen auf Klaviertasten herum. Husak bestellte ein Krügel Bier, sie führten hier Pilsner Urquell, und lauschte der Pianistin. Na ja. Er hatte in seinem Leben schon virtuoseres Klavierspiel gehört. Aber nach über vier Jahren Krieg war er mittlerweile gewohnt, sich mit dem zu begnügen, was er vorgesetzt bekam. Das Bier wurde serviert und Husak nahm einen großen Schluck. Nach seiner Flucht aus dem Nordbahnhof, bei der er beträchtlich ins Schwitzen gekommen war, war es ein besonderer Genuss.

* heute: Watschenmann

Plötzlich überkam ihn Heimweh. Er dachte an Prag und an sein Lieblingsbeisl. Beim Gedanken an das dunkle Prager Bier, das dort gezapft wurde, traten ihm die Tränen in die Augen. Vor allzu großer Sentimentalität bewahrte ihn das Programm, das nun auf der Bühne begann. Es war dumm und derb, aber trotzdem eine willkommene Ablenkung. Husak trank sein Bier aus, und da ja laut Verordnung nur ein Krügel pro Gast ausgeschenkt werden durfte, bestellte er sich nun ein Viertel Wein. Der Wein schmeckte ihm, die Sonne blinzelte durch das Blätterdach der Bäume des Gastgartens, und plötzlich schien alles nicht mehr so schlimm zu sein. Er hatte noch immer genügend Geld in der Tasche und er wusste nun, von wo die Züge nach Prag abfuhren. Seine Gedanken schweiften ab, und er überlegte, wie lang er schon keine Frau mehr gehabt hatte. Er erinnerte sich an seinen letzten Besuch im Feldbordell. Eine ziemlich degoutante Angelegenheit! Und es wurde ihm klar, warum ihn die Zenzi so abstieß. Sie hatte nämlich Ähnlichkeit mit der Hure im Feldbordell. Husak lächelte versonnen. Sein Gehirn spielte ihm seltsame Streiche. Er nahm einen kräftigen Schluck Wein und merkte zu seiner Verwunderung eine gewisse Erregung, die sich bei all diesen Gedanken eingestellt hatte. Vielleicht sollte er doch noch auf Zenzis Angebot eingehen? Augen zu und durch. Nachher würde ihm sicher leichter sein. Er leerte sein Weinglas und bestellte beim Ober ein weiteres. Na servus, der hatte Plattler*! So was hatte er noch nie gesehen. Kein Wunder, dass der Kerl nicht an der Front war. Und während er auf sein Viertel Wein wartete, fiel ihm ein junges Mädel auf, das ganz am

* Plattfüße

Rand alleine an einem Holztisch saß. Vor ihr stand ein Himbeerkracherl, von dem sie aber nicht trank. Ein zartes junges Ding mit blondem Haar und unendlich traurigem Gesicht. Je länger Husak sie beobachtete, desto mehr rührte ihn ihr Anblick. Ein junges Mädel! Sakra! Alleine an einem Tisch in einem Etablissement im Wurstelprater. Wie eine Dirne sah sie nicht aus. Eher wie ein Waisenkind. Ein zartes, elfengleiches Wesen. Kein g'standenes Weib, das mit allen Wassern gewaschen war. Diese Mischung aus Unschuld und Weiblichkeit zog ihn an. Als der Ober ihm sein Viertel brachte, bestellte er für sie ebenfalls ein Viertel. Ungeduldig wartete er, bis der Ober es ihr servierte. Sie wehrte zuerst ab. Der Ober erklärte ihr aber, dass das eine Einladung des Herrn sei, der da vis-à-vis sitze. Husak erhob sein Glas und prostete ihr zwinkernd zu. Kurz erhellte ein Lächeln ihr melancholisches Gesicht, sie ergriff das Glas, prostete Husak zu und nahm einen kräftigen Schluck. Als sie das Glas abstellte, lächelte sie neuerlich zu Husak hinüber. Nun konnte ihn nichts mehr halten. Er packte sein Weinglas und spazierte zu ihrem Tisch.

»Gnediges Fräjlein, erlauben Sie, dass ich mich setze zu Ihnen?«

»Bittschön, der Herr. Nehmen S' ruhig Platz.«

»Sehr zum Wohl, gnediges Fräjlein.«

»Sehr zum Wohl, der Herr.«

»Ich heiß' Husak, Karel Husak.«

»Und i bin die Josefine Selewosky. Aber alle sagen nur Pepi zu mir.«

»I bin der Karel, servus.«

Sie stießen an, Husak rückte ein Stück näher und sagte dann mit treuherzigem Dackelblick:

»Sag Karel zu mir, scheenes Kind.«

Die Selewosky kicherte und replizierte:

»I bin net schön. Und a Kind bin i a nimmer. I bin schon 22.«

»Geh, Kinderl, 22 is doch ka Alter.«

»Meinen S'?«

»Darfst ruhig du zu mir sagen. So alt bin i ja a no net.«

»Und wie alt san Sie?«

»I bin 32. Drauf trink ma jetzt, ahoj!«

Josefine machte neuerlich einen großen Schluck. Ihr Glas war nun fast leer, auf ihren Wangen schimmerte eine zarte Röte. Husak war zufrieden. Der Alkohol zeigte Wirkung. Er entspannt, macht fröhlich und enthemmt. Hoffentlich, dachte Husak. Denn seine Erregung hatte sich nicht gelegt. Ganz im Gegenteil.

»I bin aus Prag. Und von wo bist du?«

»I bin aus Ottakring. Wissen S', wo das ist?«

»Na. Ich bin a Behm und nur zu Gast in Wien.«

»Sind Sie auf der Durchreise?«

»Ja, kann man so sagen. Also, wo is' Ottakring?«

»Ganz weit draußen, am Rand der Stadt.«

»Und warum bist da?«

Josefine zuckte mit den Schultern und trank ihr Glas leer.

»Herr Ober, bringen S' dem Fräjlein noch ein Glasl Wein!«

Der Plattfuß nickte, und Husak versuchte, die nun wieder melancholisch dreinschauende Pepi Selewosky auf andere Gedanken zu bringen.

»Sprichst du tschechisch? Hast ja behmischen Namen.«

»I bin in Olmütz geboren, aber aufg'wachsen bin i in Ottakring draußen.«

»A echtes Wiener Kind also.«

Josefine nickte mit leisem Lächeln. Husak, dem nun wieder der Sinn nach einem Bier stand, fragte:

»Darf ich mir bestellen auf deinen Namen noch a Bier?«

»Ja sicher. Aber warum auf meinen Namen?«

»Wegen dem Krieg. Weil jedes Etablissement nur ein Bier pro Gast ausschenken darf. Ist Verordnung.«

»Haben Sie schon eins getrunken?«

»Vorhin. Hab' gehabt großen Durst. War auf eins, zwei, drei weg.«

»Bier schmeckt mir net.«

»Macht nix. Kann ich bestellen zweites.«

Husak tat dies, als der Ober den Wein servierte. Unbeeindruckt nahm dieser die Bestellung auf und servierte es wenig später. Husak und die Selewosky plauderten, vom Alkohol animiert, über dies und das. Der Böhme machte kleine Späße, und die Pepi lachte. Sie tranken anschließend ein weiteres Viertel Wein, was zur Folge hatte, dass sich das Mädel an Husak anlehnte. Im Gegensatz zu der körperlichen Berührung am Morgen war ihm diese äußerst genehm. Und da seine neue Bekanntschaft allmählich zu lallen anfing und er ein starkes Hungergefühl verspürte, bestellte er für sich und das Mädel je ein Paar Würstel. Josefine verzehrte sie heißhungrig und schmiegte sich dann neuerlich an ihn. Er konnte nicht anders und gab ihr ein Busserl. Sie wehrte sich nicht, sondern umarmte ihn. Als Nächstes folgte ein Kuss, den sie heftig erwiderte. Für Husak gab es nun kein Halten mehr. Er zahlte, nahm Josefine bei der Hand und verließ mit ihr das Etablissement. Sie spazierten über den Praterstern, und plötzlich sah Husak das Hinweisschild auf ein Hotel. Ohne zu zögern, lenkte er die Schritte dorthin. Er gab dem Hotelportier ein ordentliches Trinkgeld, sodass dieser auf das Präsentieren von Ausweisen und das Ausfüllen eines Meldezettels verzichtete. In dem engen, aber sauberen Zimmer fiel nicht Husak über die Selewosky her, sondern umgekehrt.

Später, als es draußen schon dunkel war und beide erschöpft nebeneinander im Bett lagen, seufzte Husak:

»Bist a ganz scheen Wilde. Hätt' ich nicht dir zugetraut …«

I/12

»UND? HAST ENDLICH DEN JUNGEN GOTTHELF BEFRAGT?«

»Nein.«

»Und warum net?«

»Weil i ka Zeit g'habt hab'.«

»Nechyba!«

»Was? Was is' denn?«

»Willst du mir im Ernst einreden, dass du so viel zu tun hast, dass du keine Zeit hast, den Pepi Gotthelf zu befragen?«

Nechyba rutschte auf seinem Sessel hin und her und kaute ganz langsam an dem Bissen, den er gerade im Mund hatte. Es handelte sich um eine knusprig gebratene Leberwurst, die Aurelia gmeinsam mit Braterdäpfeln liebevoll zubereitet hatte und die er in Ruhe essen wollte. Mit vollem Mund nuschelte er:

»I bin Oberinspector. I kann mich net um alles kümmern.«

»Um alles eh nicht, aber um den Mord an dem armen Gotthelf.«

»Darum kümmert sich eh der Fraczyk.«

»Und? Was hat der bisher herausgefunden?«

»Nix.«

»Also, wann gehst zum jungen Gotthelf und fragst ihn nach den Bettgehern, die bei seinem Vater logiert haben?«

Nechyba rutschte neuerlich auf seinem Sessel hin und her, sodass dieser quietschte und knarrte. Um nicht sofort antworten zu müssen, schob er einen Riesenbissen in den

Mund. Wunderbar, endlich wieder einmal Erdäpfeln. Und dazu eine Leberwurst! Beides hatte seine Gattin heute von ihrem Fleischhauer bekommen. Für die Familie des Hofrats und auch für sich selbst. Der Preis war exorbitant hoch gewesen, aber das spielte weder für den Herrn Hofrat noch für den Oberinspector eine Rolle. Hauptsache war, dass beide wieder einmal ein gutes Papperl* hatten.

»Nechyba, i hab' dich was gefragt!«

Er sah seine Frau mit leidendem Blick an.

»Weißt, wie viele Akten auf meinem Schreibtisch liegen? Die muss ich alle bearbeiten. Ich kann nicht einfach so wegspazieren. Ich hab' a Verantwortung. Und außerdem ruft mich der Dr. Schober ständig zu sich. Zu Besprechungen. Ich komm zu rein gar nix mehr.«

»Ich weiß, dass der Dr. Schober einen Narren an dir g'fressen hat. Trotzdem! Wann befragst du den Pepi Gotthelf? Du kannst ihn ja vom Pospischil ins Polizeigebäude bringen lassen.«

»Dafür müsst' ich ihn arretieren lassen. Das geht net.«

»Vielleicht kommt er freiwillig.«

»Das glaubst doch selbst nicht.«

»Nechyba! Du hast mir versprochen, dass du dich um den Fall kümmerst. Also, wann befragst du ihn?«

»Versprochen hab' i gar nix.«

»Und ob du das hast. Also, wann befragst du ihn? Morgen?«

Nechyba seufzte, nickte und murmelte:

»Von mir aus.«

* Essen

I/13

Der Oberinspector schnaufte die Stiegen in den ersten Stock empor. Er betätigte die Drehklingel, trippelnde Schritte näherten sich der Tür. Sie wurde geöffnet, und Nechyba erschrak. Für einen Augenblick schien ihm, als ob die vor vielen Jahren ermordete Mizzi in der Tür stünde.

»Der Herr wünschen?«

Die Stimme des Dienstmädels klang Gott sei Dank anders als die der Verstorbenen. Mizzi hatte eine durchdringende piepsende Stimme gehabt, das Mädel vor ihm sprach eher leise und tief. Er räusperte sich und brummte: »Oberinspector Nechyba, k. k. Polizeiagenteninstitut.«

»Polizei? Um Himmels willen!«

»Schreck dich net, Kinderl. Es betrifft dich nicht. Ich such den Josef Gotthelf. Ist der da?«

Die Kleine sah ihn ehrfürchtig an und antwortete:

»Der Herr Gotthelf schlaft noch. Ich fürcht', dass ich ihn net wecken darf.«

»Und die gnädige Frau?«

Das Mädel begann zu strahlen:

»Die ist schon auf. Die sitzt im Speisezimmer und frühstückt gerade.«

»Na dann sei so gut und führ mich zu ihr.«

»Gern, Herr Oberinspector.«

Sie huschte vor ihm her zu einer Zimmertür, an die sie anklopfte.

»Herein.«

Das Mädel öffnete sie einen Spalt und rief ins Zimmer:

»Gnädige Frau, ein Oberinspector vom Polizeiinstitut ist da und will Sie sprechen.«

Es folgten einige Sekunden Stille, das Mädel verharrte in der Tür. Nechyba hörte drinnen im Zimmer ein nervöses Hüsteln sowie das Rascheln eines Gewandes.

»Er soll eintreten.«

Das Mädel machte einen artigen Knicks vor ihrer Dienstgeberin und ließ Nechyba eintreten. Was er sah, war ihm peinlich. Die Hausfrau saß im Nachthemd, über dem sie einen seidenen Morgenmantel trug, am Tisch. Vor sich die Morgenzeitung, Kaffee und ein Stück Brot. Zögernd trat der Oberinspector ins Zimmer, lüftete seine Melone und verbeugte sich formvollendet.

»Gnädige Frau, verzeihen Sie die Störung. Ich wollte Sie in keiner Weise inkommodieren.«

Die Hausfrau begann zu lächeln. Sie genoss es sichtlich, dass die Situation dem Oberinspector peinlich war, und bemerkte spöttisch:

»Ich werd' ja nicht das erste weibliche Wesen sein, das Ihnen im Nachthemd gegenübersitzt.«

Nechyba bekam rote Ohren und stotterte:

»Ge… gewiss nicht, gnä' Frau. Gewiss nicht.«

»Und was verschafft mir die Ehre Ihres Besuchs, Herr Oberinspector?«

»Nechyba. Joseph Maria Nechyba, k. k. Polizeiagenteninstitut. Ich bin hier, weil ich eigentlich den Josef Gotthelf befragen will.«

»Soso … und was hat er verbrochen, der Pepi?«

Nechyba fühlte sich äußerst unwohl in seiner Haut. Die souverän spöttische Art der Hausherrin verunsicherte ihn. Jetzt lehnte sie sich auch noch zurück, streckte sich ungeniert vor ihm und gähnte. Dabei verrutschte der Morgenmantel und gab einen Blick auf ihr Dekolleté frei. Nechyba senkte die Augen zu Boden. Am liebsten hätte er sich umgedreht und wäre weggerannt.

»Ver… ver…brochen hat … hat er gar … gar nix.«

»Warum wollen S' ihn denn dann sprechen?«

Die Hausfrau schlug die Beine übereinander, wobei ihr ein Pantoffel vom Fuß rutschte. Genüsslich wackelte sie mit ihren Zehen, während sie den Oberinspector lächelnd ansah. Der hatte nun endgültig einen roten Kopf, denn der nackte Damenfuß war ausgesprochen erotisch. Nechyba holte tief Luft, konzentrierte sich und brummte:

»Ich muss ihn sprechen. Wegen seinem Vater. Da gibt's ein paar Dinge, die unklar sind. Das kann man nicht einfach so unter den Tisch kehren. A Mord is' schließlich a Mord.«

Das süffisante Lächeln der Hausfrau erlosch. Ihr Fuß schlüpfte zurück in den Pantoffel, und sie läutete nach dem Dienstmädchen.

»Hedi, weck den Pepi auf. Er soll stante pede ins Speisezimmer kommen. Wenn er dann da ist, bringst ihm gleich einen Kaffee. Hast verstanden?«

»Ja, gnädige Frau. Sofort, gnädige Frau.«

Das Dienstmädchen verschwand, und die Hausfrau wandte sich dem Oberinspector zu.

»Nehmen S' doch bittschön Platz. Der Pepi wird ein bisserl brauchen, bis er aus den Federn kommt. Wollen S' auch einen Kaffee?«

»Nein danke. Ich will Ihnen wirklich keine Umstände machen.«

Wiederum erschien das süffisante Lächeln in ihrem Gesicht.

»Na, wenn S' keine Umstände machen wollen, dann müssten S' jetzt eigentlich gehen. Aber ich weiß: A Mord is' a Mord. Deshalb bleiben S' jetzt da und trinken einen Kaffee mit mir. Hedi! Bring' dem Herrn Oberinspector auch eine Schale Kaffee!«

Nechyba musste sich eingestehen, dass ihn diese Frau verwirrte. Sie war nicht mehr die Jüngste, aber äußerst apart. Plötzlich beugte sie sich vor und sagte in vertraulichem Tonfall:

»Damit es nicht zu einer peinlichen Situation kommt, möchte ich von vornherein eines klarstellen: Ich bin verheiratet. Mein Mann ist, beziehungsweise war Oberleutnant an der Front in Italien. Wie mir das Armeeoberkommando mitgeteilt hat, ist er wahrscheinlich in Kriegsgefangenschaft geraten. Vielleicht ist er aber auch gefallen. Genaues weiß man nicht. Und da ich es satthatte, ohne einen Mann auskommen zu müssen, hab' ich mir den Pepi g'schnappt. Er ist jung, er ist temperamentvoll und er ist verfügbar. Dass er in Folge einer Kriegsverletzung den Haxen nachschleift, stört mich nicht. So! Jetzt wissen Sie, was los ist.«

Die Offenheit dieser Frau überraschte Nechyba. Hedi kam herein, servierte Nechyba den Kaffee und verschwand wieder. Er sah betreten vor sich aufs Tischtuch und murmelte:

»Gnädige Frau, das ist Ihre Privatsache. Das geht mich nichts an und das interessiert mich auch nicht.«

Sie musterte Nechyba mit einem sphinxartigen Ausdruck und fragte dann leise:

»Sind Sie verheiratet?«

»Ja. Wie… wieso fragen Sie?«

»Weil Ihre Frau Glück hat. Ihr Mann musste nicht in

den Krieg ziehen. Wissen Sie, wie viele Frauen mittlerweile alleine leben? Ohne Männer? Der Krieg hat Hunderttausenden Frauen ihre Männer geraubt. Es ist ein Jammer!«

Nechyba räusperte sich. Was sollte er darauf antworten? Er nahm einen Schluck Kaffee und sagte schließlich förmlich:

»Ich verstehe, was Sie meinen.«

Hinter ihm ging die Tür auf und Pepi Gotthelf betrat das Zimmer. Mit zerrauftem Haar, im Pyjama. Er gähnte lautstark, setzte sich an den Esstisch, blinzelte seine Geliebte und dann den Oberinspector an. Schließlich maulte er:

»Warum lasst ihr mi net in Ruhe schlafen?«

»Pepi, benimm dich. Der Herr Oberinspector hat ein paar Fragen an dich.«

Hedi servierte dem jungen Gotthelf eine Schale Kaffee, und Nechyba kam sogleich auf den Punkt:

»Sie haben Ihren erschlagenen Vater gefunden. Stimmt das?«

Gotthelf nickte.

»Wann war das?«

»Weiß ich nicht. Um zehn oder halb elf.«

Die Hausfrau schaltete sich ein:

»Das muss früher gewesen sein. Weil, um zehn war ja schon die Polizei da.«

»Na dann war's halt um halb zehn.«

»Und war da noch irgendwer im Hof beziehungsweise im Haus zugegen?«

»Nein. I war ganz allanich*. I hab' sofort um Hilfe

* allein

g'schrien. Da is' der Hausmeister aussekommen und hat sich das Malheur ang'schaut. Dann is' er ausse auf die Straßen g'laufen und hat einen Wachmann g'holt.«

»Ich hab' g'hört, dass Ihr Herr Papa zwei Bettgeher bei sich untergebracht hat?«

Von der Hausherrin kam ein Aufschrei:

»Was? Das weiß ich ja gar nicht. Das hab' ich ihm nie erlaubt. Warum hast du mir davon nichts erzählt?«

Pepi Gotthelf wand sich wie ein Aal.

»Na ja, weißt, ich wollte den Papa nicht anschwärzen. Er hat's halt g'macht, und ich hab' so getan, wie wenn ich nix davon wissen tät'.«

»Was waren das für Gesellen?«

Gotthelf sah Nechyba plötzlich direkt in die Augen.

»Der eine hat früher, vorm Krieg, hier in der Gegend gewohnt.«

»Wissen Sie, wie der heißt?«

»Bach, Sach, Mach oder so.«

»Könnte er auch Zach heißen?«

»Genau! Zach heißt er. Ende Juli ist er plötzlich hier in unserem Grätzel* aufgetaucht. Gemeinsam mit einem Behm. Wahrscheinlich sind die beiden desertiert. Deswegen hab' i a niemandem was erzählt.«

Nechyba und die Hausfrau schwiegen betreten. Nach einer kurzen Pause ließ sich der Oberinspector die beiden Männer genau beschreiben. Dann stand er auf, verabschiedete sich mit einem Handkuss von der Dame des Hauses und mit einem kurzen Nicken von Gotthelf. Als er draußen auf der Wienzeile war, atmete er tief durch. Er hatte nun eine genaue Beschreibung der beiden Män-

* nahe Umgebung, Viertel

ner. Und er hoffte, dass Aurelia jetzt zufrieden sein und ihn bezüglich des Todes von Stanislaus Gotthelf in Ruhe lassen würde.

I/14

Zach! Der Name spukte dem Oberinspector durch den Kopf. Er hatte zwei Verdächtige und er hatte einen Namen. Dieser Zach musste doch zu finden sein. Nechyba pumperte mit der Faust an die Wand, worauf Pospischil in seinem Zimmer erschien.

»Hol Er mir den Fraczyk. Und den Agenten Drabek vom Kommissariat Mariahilf.«

»Wie heißt der?«

»Drabek.«

»Soll ich ihn persönlich holen?«

»Natürlich nicht. Er soll zum Telefonapparat greifen und im Kommissariat Mariahilf anrufen. Dort verlangt Er den Oberkommissär Bitzinger. Dem bestellt Er Grüße von mir und bittet ihn, den ihm zugeteilten Agenten Drabek zu mir zu schicken.«

»Und wann soll der Drabek kommen?«

»Er sollt' schon da sein!«

Eine Viertelstunde später klopfte es und Fraczyk trat ein.

»Ich wünsche einen guten Tag, Herr Oberinspector.«

»Grüß Sie, Fraczyk, nehmen S' Platz.«

»Danke, Herr Oberinspector.«

»Wie schaut's aus im Fall Gotthelf?«

Fraczyk verzog sein Gesicht zu einer leidenden Miene.

»Das is' mühsam, Herr Oberinspector. Sehr mühsam.«

»Gibt's neue Erkenntnisse?«

»Leider nein.«

»Gut. Ich hab' mich inzwischen ein bisserl erkundigt und eine interessante Spur entdeckt. Sagt Ihnen der Name Zach was?«

»Sollte er mir etwas sagen?«

»Sie sollen antworten und nicht depperte Fragen stellen. Also: Sagt Ihnen der Name Zach was?«

»Nein, Herr Oberinspector.«

»In Ordnung, Fraczyk. Ich entbinde Sie und Ihre Gruppe mit sofortiger Wirkung von der Ermittlungsarbeit im Fall Gotthelf. Ich nehm' die Angelegenheit selbst in die Hand.«

»Jawohl, Herr Oberinspector.«

»Das ist alles. Sie können gehen.«

»Jawohl, Herr Oberinspector. Ich verabschiede mich. Habe die Ehre.«

»Fraczyk! Lassen S' mir den Akt rüberbringen.«

»Jawohl, Herr Oberinspector. Und: danke!«

Als Fraczyk das Zimmer verlassen hatte, musste Nechyba grinsen. Die Erleichterung, diesen Fall abgeben zu können, war seinem Untergebenen mehr als deutlich anzumerken gewesen.

Eine halbe Stunde später klopfte es neuerlich. Pospischil öffnete die Tür, und der Polizeiagent Drabek trat ein.

»Herr Oberinspector. Guten Tag.«

»Ich begrüße Sie, mein lieber Drabek. Nehmen S' doch bitte Platz!«

Und seinem Adjutanten, der gerade wieder die Tür schließen wollte, befahl er:

»Pospischil! Bring' Er für den Herrn Polizeiagenten und mich jeweils ein Krügerl Bier!«

Nachdem er Drabek die Hand geschüttelt hatte, bat er ihn:

»Nehmen S' doch Platz!«

Drabek folgte der neuerlichen Aufforderung und schlug nervös die Beine übereinander.

Nechyba kam sofort zur Sache:

»Wie lange sind Sie jetzt schon dem Kommissariat Mariahilf zugeteilt?«

»Acht Jahre, Herr Oberinspector.«

»Und? Wie geht es Ihnen dort?«

»Eh gut. Im Kommissariat sind lauter nette Kollegen und wohnen tu' ich ja auch gleich ums Eck.«

»Genau aus diesem Grund hab' ich Sie rufen lassen. Sie haben sicher vom Gotthelf gehört?«

»Freilich. Dem armen Teufel ist der Schädel eingeschlagen worden. Dabei hat der Planetenverkäufer nie einer Fliege etwas zuleide getan. Er war halt immer hinter den Weibern her. Ich hab' mir schon Gedanken g'macht, ob das net ein Eifersuchtsmord war.«

Nechyba schaute überrascht.

»Das ist ein ganz neuer Gesichtspunkt. Das hab' ich mir noch gar net überlegt. Aber möglich wäre es schon.«

»Haben Sie einen Verdacht, Herr Oberinspector?«

»Na ja, ich hab' möglicherweise einen Verdächtigen. Beziehungsweise zwei. Es handelt sich um Bettgeher, die beim Gotthelf genächtigt haben und die seit dem Mord wie vom Erdboden verschluckt sind.«

Drabek pfiff durch die Zähne.

»Das g'fallt mir gar net.«

»Mir auch nicht. Deshalb hab' ich Sie rufen lassen. Der eine der beiden hat sich nämlich vorm Einrücken am Naschmarkt herumgetrieben.«

Neuerlich pfiff Drabek durch die Zähne.

»Zach soll der Gesuchte heißen. Kennen Sie einen Zach?«

»Nein, Herr Oberinspector. Aber ich kann mich umhören.«

»Nicht nur umhören, Drabek! Ich beauftrage Sie hiermit, die Nachforschungen im Mordfall Gotthelf zu übernehmen.«

Es klopfte und Pospischil erschien mit dem Bier. Nechyba erhob sein Glas, prostete dem Agenten zu und sagte:

»Ich wünsch' Ihnen viel Glück!«

Nach einem ausgiebigen Schluck fügte er hinzu:

»Bringen S' mir den Zach.«

I/15

Die Sonne blinzelte durch das geöffnete Fenster, und Husak sah unzählige Staubflankerln* in den Lichtstrahlen tanzen. Josefine Selewosky lag leise schnarchend neben ihm. Und zwar auf dem Rücken. Die Decke war so weit hinuntergerutscht, dass sie gerade noch ihre Scham vor Husaks zärtlichem Blick verbarg. Ihr nackter Bauch wurde vom Morgenlicht in eine goldfarbene Aura gehüllt. Unzählige kleine blonde Härchen schimmerten rund um den Nabel. Husak gähnte leise, rieb sich die Augen und betrachtete mit Wohlgefallen die sich ihm darbietende erotische Idylle. So viel Glück war nicht zu fassen. So ein schönes junges Mädl neben sich im Bett zu haben. Als er das dachte, kam ihm seine Ehefrau in Prag in den Sinn. Zorn stieg in ihm hoch. Was hatte sie ihm in ihrem letzten Feldpostbrief geschrieben? Dass er ihr verzeihen möge, aber dass sie schwach geworden sei und sich ihrem Vetter, dem einflussreichen Ministerialrat, hingegeben hatte. Diesem widerlichen Intriganten, der sich erfolgreich vor dem Militär gedrückt hatte. Ha! Was würde die wohl sagen, wenn sie ihn jetzt neben dem schönen nackten Mädl liegen sehen täte? Weiß wie die Wand würde sie werden. Ganz bleich und blass vor lauter Neid. Weil, so einen schönen jungen Körper hatte seine Alte schon lang nicht mehr. Ha! Soll sie doch ihren dicken Hintern ihrem Herrn

* Staubkörner

Vetter hinhalten. Soll sie doch! Er, Karel Husak, würde ihr nicht nachtrauern. Und wenn er einmal aus dem Krieg heimkommen sollte, dann wird er sie hochkant aus seiner Wohnung hinausschmeißen und sich scheiden lassen. Husak atmete tief durch, schloss die Augen und verscheuchte die unerfreulichen Gedanken. Als er die Augen wieder öffnete, erblickte er immer noch die friedliche Idylle von zuvor. Sanft, ganz sanft begann er, mit dem Zeigefinger über ihre blonden Härchen zu streicheln. Das provozierte einen empörten Schnaufer. Dann drehte sie sich mit dem Rücken zu ihm und raunzte dabei ein bisschen. Die Decke war nun weiter hinuntergerutscht, und seinem Blick bot sich Pepis unverhüllter Hintern dar. Husak rückte vorsichtig an die Selewosky heran und schmiegte sich an sie. Diese behutsame Annäherung hatte ein zärtliches Brummen ihrerseits sowie einiges andere zur Folge.

»Du, Karel, i hab' an Hunger.«

»Hunger hab' ich auch.«

»Wo, glaubst, kriegen wir was zum Essen?«

»Vielleicht in Kaffeehaus? Hamma noch Geld?«

»Ich hab' noch a bissl a Geld.«

Josefine Selewosky sprang aus dem Bett, schnappte ihren Strohkoffer, öffnete ihn, kramte kurz herum und zog dann ein paar Kronen heraus.

»Da! Schau! Das hab' i noch. Damit gemma frühstück'n!«

Sie kroch zurück ins Bett und gab ihm einen feuchten Kuss. Dann sah sie ihn liebevoll an, streichelte sein von Bartstoppeln übersätes Gesicht und sagte mit Jungmädchenstimme:

»Dir geb' i mein letztes Gerschtl*. Weil i di so mag.«

Husak war gerührt. Er drückte sie an sich, streichelte ihre Haare und murmelte:

»I mag di a. Siaßes Madl, du.«

Husak und sein Mädel wanderten die Praterstraße entlang und gelangten zu einem eleganten Kaffeehaus. Pepi zögerte etwas, da sie noch nie in ihrem Leben in einem wirklich schönen, großen Kaffeehaus gewesen war. Sie kannte nur die Tschecherln** draußen in Ottakring. Husak, der von Prag her sehr schöne Kaffeehäuser gewöhnt war, spürte ihr Zögern. Lachend nahm er sie bei der Hand, und so betraten sie das Café. Zu Pepis Überraschung war es recht gut besucht, keiner der Kellner, Speisenträger und Piccolos nahm von den Neuankömmlingen Notiz. Sie setzten sich in die Mitte des Kaffeehauses, direkt neben eine Fensterloge, in der ein stämmiger, nicht mehr ganz junger Herr saß und Zeitung las. Nachdem sie ziemlich lange gewartet hatten, bequemte sich schließlich einer der beiden Oberkellner herbei und fragte:

»Die Herrschaften wünschen?«

»Wir hätten gern Frihstick.«

Der Kellner lächelte maliziös und sagte:

»Das hätt' ma alle gern. Haben die Herrschaften Lebensmittelmarken?«

Husak schüttelte den Kopf und erwiderte:

»Geld hamma.«

»Dann bedaure ich. Ohne Lebensmittelmarken gibt's bei uns nix. Getränke kann ich Ihnen bringen. Unseren guten Ersatzkaffee zum Beispiel.«

---

* Geld

** kleines Café

Während des letzten Satzes war das Lächeln des Kellners einem zynischen Gesichtsausdruck gewichen. Pepi Selewosky piepste:

»Aber wo wir doch so einen Hunger ham.«

»Fräulein, ich bedaure. Mampfen können S' hier nur mit Marken.«

Pepi sah Husak verzweifelt an, der zuckte resigniert mit den Schultern. Plötzlich ertönte aus der Fensterloge eine tiefe Stimme:

»Herr Franz, kommen S' einmal her.«

Der Kellner wandte sich dem Herrn in der Loge zu, der seine Zeitung, hinter der er vorher kaum sichtbar gewesen war, sinken gelassen hatte. Er deutete mit dem Zeigefinger, dass der Kellner sich zu ihm herunterbeugen solle. Dieser tat es, und der Herr flüsterte ihm mehrere Sätze zu. Husak verstand kein Wort, doch er registrierte, dass die Stimme des Tischnachbarn einen harschen Unterton hatte. Der Kellner richtete sich auf, verbeugte sich kurz, murmelte: »Wie Sie wünschen, Herr Kommerzialrat«, und wandte sich daraufhin wieder Husak und der Selewosky zu. Mit steinerner Miene verkündete er:

»Dem Herrn Kommerzialrat beliebt es, Sie auf ein Frühstück einzuladen. Nehmen S' also bitte an seinem Tisch Platz.«

I/16

»Nechyba?«

»Ja, Schatzi.«

»Was riecht denn da so?«

Nechyba rumorte in der Küche.

»Ich mach' uns einen Kaffee.«

»Wieso bist denn überhaupt schon auf?«

»Weil ich ausgeschlafen bin und dir einen Kaffee koch.«

»Sag, das riecht ja wie Bohnenkaffee ...«

Breit grinsend trat Nechyba in das Wohnzimmer, das in der Nechyba'schen Zimmer-Küche-Wohnung auch als Schlafzimmer diente. Er reichte seiner Frau das Kaffeehäferl und ließ sich neben ihr ins Bett fallen. Das Bettgestell ächzte. Aurelia nahm einen Schluck, dann noch einen, leckte sich mit der Zunge über die Lippen und sagte zutiefst bewegt:

»Das *ist* Bohnenkaffee!«

Nechyba zog die Bettdecke bis zur Nasenspitze, lugte darunter wie ein Lausbub hervor und gluckste vor Vergnügen. Aurelia nahm noch einen Schluck.

»Wunderbar. Woher hast du den Bohnenkaffee, Nechyba?«

Er betrachtete seine Frau liebevoll und sagte:

»Man hat so seine Quellen.«

»Nechyba, sag die Wahrheit!«

»Ich sag ja die Wahrheit. Wir haben gestern einen Schleichhändlerring gesprengt. Ich war dabei, als wir dessen Lager ausgehoben haben. Da gab's elf Säcke Bohnenkaffee. Und als die ins Polizeipräsidium geschafft worden sind, hat's plötzlich geheißen, dass das Kriegsministerium Anspruch auf alle beschlagnahmten Waren erhebt. Weil sie angeblich aus den Armeebeständen abgezweigt worden waren.«

Aurelia leerte mit einem langen Schluck ihr Häferl. Nechyba nahm es ihr aus der Hand, ging in die Küche und schenkte nach. Jetzt, wo der Kaffee nicht mehr brennheiß war, gönnte er sich ebenfalls ein Häferl. Als beide Kaffee schlürfend im Bett lagen, fragte Aurelia:

»Dann hast du den Kaffee abgezweigt?«

»Geh, Schatzi! Das würd' ich doch nie tun!«

Aurelia lachte laut auf.

»Und ob du das tun würdest. Ich kenn' dich.«

Nechyba gab ihr ein Busserl auf die Wange und fuhr mit seinem Bericht fort:

»Alle. Ausnahmslos alle in der Polizeidirektion haben sich ob dieser Frechheit der Herren im Kriegsministerium geärgert. Und dann ist plötzlich der Dr. Schober mitten unter uns gestanden. Ganz ruhig hat er seinen Adjutanten beauftragt, den Kaffee unter den am Einsatz beteiligten Beamten aufzuteilen. In Summe haben dann 22 Leute jeweils ein halbes Kilo Bohnenkaffee bekommen. Und das Beste an der Geschichte ist, dass Schober dem Kriegsministerium mitgeteilt hat, dass der Kaffee beim Transport ins Präsidium leider verloren gegangen sei.«

»Was haben die im Ministerium dazu gesagt?«

»Die haben gefordert, dass eine Untersuchungskommission eingerichtet wird.«

»Und?«

»Nix und. Der Dr. Schober hat dieses Begehr mit der Begründung abgelehnt, dass er sowieso viel zu wenig

Beamte habe und dass diese Wichtigeres zu tun hätten, als elf Kilo Kaffee zu suchen.«

»Apropos Wichtigeres: Hast schon den Mörder vom Gotthelf gefunden?«

Nechyba nahm einen langen Schluck Kaffee und brummte dann unwirsch:

»I werd' ihn schon finden.«

I/17

Die Witwe Trnka war nicht nur streng, sondern auch geschäftstüchtig. Gerade so, wie der Guade es von seinen Mitarbeitern erwartete. Nachdem ihr Mann im Herbst 1914 in Russland gefallen war, hatte sie das Geschäft an Zigmunt Karminsky verkauft. Sie führte die Fleischerei umsichtig und mit harter Hand. Der alte polnische Fleischer Pjotr Marek, den Karminsky aus Krakau geholt und der die letzten drei Jahre fleißig im Geschäft mitgeholfen hatte, war jetzt, mitten im Sommer, an einer Lungenentzündung verstorben. Da alle Männer, die früher für Karminsky gearbeitet hatten, eingerückt waren, herrschte in der Fleischerei Trnka Not am Mann.

Als der Guade nun einen Mann im wehrfähigen Alter gemeinsam mit einem Flitscherl* ins Kaffeehaus hereinspazieren gesehen hatte, war seine Aufmerksamkeit sofort geweckt. Er spitzte die Ohren und bekam mit, dass der Kerl gewaltig böhmakelte**. Als er dann beobachtete, dass das Mädel und ihr Freund keine Lebensmittelmarken hatten, begann er zu grinsen. Er dachte sich: Wenn das kein böhmischer Deserteur ist, heiß' ich Würstel. Er rief den Oberkellner zu sich und befahl ihm, die beiden aufzufordern, sich zu ihm zu setzen. Schüchtern traten sie an seinen Tisch, der Böhme zog sogar seinen Hut, den er bis dato aufgelassen hatte. Karminsky lächelte. Unterwürfigkeit gefiel ihm.

* leichtes Mädchen
** mit tschechischem Akzent sprechen

»Meine Herrschaften, nehmt's doch bitte Platz.«

Das blonde Mädel rutschte auf der Kaffeehausbank neben den Guadn. Der Böhme setzte sich vis-à-vis nieder und murmelte:

»Recht schenen Dank auch, Herr Kommerzialrat.«

Karminsky beugte sich vor und flüsterte:

»Ich hab' g'sehn, dass ihr Hunger habt's.«

»Leider haben wir nix an Lebensmittelmarken.«

»Na, das is' ja ka Problem. Ich bitt' euch! Geh, Herr Ober, wo bleibt denn das Frühstück für die Dame und den Herrn? Was? Natürlich hab' ich Lebensmittelmarken. Da! Nehmen S', was Sie für zweimal Frühstück brauchen.«

Der Kellner wählte aus dem Schwung Marken, die Karminsky auf den Tisch gelegt hatte, einige aus und verschwand in der Küche. Pepi Selewosky himmelte Karminsky an:

»Mein Herr, Sie san a großer Wohltäter. Sie san so guad zu uns.«

»Deswegen nennt man mich ja auch den ›Guadn‹.«

»Wie werden wir Ihnen das jemals vergelten können?«

»Darüber red' ma später. Aber jetzt esst's einmal. So verhungert, wie ihr ausschaut's, braucht's was Kräftiges.«

Der Speisenträger und der Piccolo kamen und servierten zweimal ein Kriegsfrühstück, das aus Zichorienkaffee, Maisbrot und Margarine bestand. Als Karminsky dem Kellner Fleischmarken zusteckte, wurde umgehend ein Teller mit ungarischer Salami gebracht. Selewosky und Husak aßen alles auf. Als sie satt und zufrieden dasaßen, änderte Karminsky seinen Tonfall:

»Also, kommen wir jetzt zum geschäftlichen Teil unseres Beisammenseins. Ich mach's kurz: Ihr zwei werdet für mich arbeiten. Du, Behm, du wirst in meiner Fleischhauerei der Chefin zur Hand gehen …«

»Aber ich nix von Fleischhauerei versteh'n.«

»Das ist powidl*, wie man bei euch in Böhmen sagt. Das lernst im Handumdrehen, und wenn nicht …«, Karminsky beugte sich ganz nahe zu Husak vor und flüsterte: »… lass ich dich von der Feldgendarmerie verhaften. Du Deserteur, du Vaterlandsverräter.«

Karminsky lehnte sich zurück, nahm einen Schluck Weinbrand, ließ ihn genussvoll über die Zunge rollen und kommentierte:

»Das ist noch Vorkriegsware. Ausländisches Erzeugnis. Exzellent.«

Dann wandte er sich der Selewosky zu. Er packte sie beim Kinn, drehte ihren Kopf nach links, dann nach rechts und brummte schließlich zufrieden:

»A fesches Gfrieß** hast. Die Herren Offiziere reißen sich um so hübsche Mädeln wie dich. Die aus dem Kriegsministerium zahlen auch gerne in Naturalien. Da brauchst net hungern. Da machst einfach a bisserl die Haxn auseinander und lasst so einen Kavalier in Uniform drüber. Nachher hast dann einen Häf'n Schmalz, ein Kilo Mehl oder ein halbes Kilo Bohnenkaffee verdient. Echten Kaffee, verstehst? Net so a Gschloder*** wie das, was die da im Kaffeehaus servieren.«

Josefine Selewosky hatte einen blutroten Schädel bekommen und stammelte:

»Herr Kommerzialrat wollen mich auf den Strich schicken?«

---

* egal

** Gesicht

*** wässriges, dünnes Getränk

»Vergiss den Blödsinn mit dem Kommerzialrat. Ich bin der Guade und schick seit bald 30 Jahren Mädeln auf den Strich. Also, was is'?«

Die Selewosky fing an zu heulen, schüttelte den Kopf und murmelte:

»Das mach' i net. Das kann i net.«

Karminsky rückte etwas ab und seufzte:

»Das is' a Jammer. Aber da kann man nix machen. Dann gehst halt mit deinem Behm in meine Fleischerei. Die Witwe Trnka wird dir schon beibringen, wie man a Sau zerlegt.«

I/18

Das Schwein kam in den Morgenstunden. Es schrie in Todesangst. Husak waren diese Schreie vertraut. Wie oft hatte er verwundete Kameraden, denen die Gedärme bei lebendigem Leib heraushingen oder denen eine Granate eine Hand, einen Arm oder ein Bein weggefetzt hatte, ähnlich schreien gehört. Das Schreien half dem Tier nichts. Der Lieferant, ein gewisser Janos Nemeth, hatte ihm einen Strick mit Würgeschlinge um den Hals gelegt, an dem er und Husak die Sau vom Pferdefuhrwerk herunterzogen. Immer wenn sich das Schwein in Todesangst zu widersetzen und auszubrechen versuchte, zogen Nemeth und Husak links und rechts am Strick. Bis das Tier keine Luft mehr bekam und in die Knie ging. Es wurde in den weiß gekachelten Schlachtraum gezogen, wo Amalie Trnka mit einem schweren Holzschlegel wartete.

Mehrmals schlug die Fleischhauerin auf den Tierschädel ein, bis das Tier bewusstlos war. Dann ging alles ruckzuck. Die Sau wurde von den keuchenden und schwitzenden Gehilfen auf die Schlachtbank gezogen, wo die Trnka ihr mit einem scharfen Messer die Kehle durchschnitt. Blut spritzte und Husak und die Selewosky taten ihr Bestes, um möglichst viel davon in Schaffeln aufzufangen. Danach wurde der Kopf abgetrennt. Das durfte auf ihre Bitten hin die Selewosky tun. Unter der fachkundigen Anleitung der Fleischhauerin. Husak wunderte sich im Stillen, dass dieses blutige Handwerk seine junge Geliebte faszinierte. Der Schlachtvorgang und das Fleischzerlegen ließen ihn kalt.

Er hatte schon zu viele verwundete und zerfetzte Körper an der Front gesehen. Und ob einer Sau der Schädel abgeschnitten oder einem Kameraden von einem Schrapnell der Kopf weggefetzt wurde, war im Grunde wurscht. Wobei die Sau noch einen Nutzen hatte. Ihr Fleisch nährte hungrige Menschen, während eine Soldatenleiche nur die Verlustlisten in einem der Armeeoberkommandos aufblähte. Um das Zerteilen des Fleisches riss sich die Selewosky ebenfalls. Sie stellte sich äußerst gelehrig an, Amalie Trnka war voll des Lobes. Husak selbst mochte das nicht so sehr, deshalb übernahm er die Aufgabe, den Magen und die Därme der Sau auszuwaschen. Das war zwar ein bisschen unappetitlich und stank, doch das Aufräumen beziehungsweise Säubern einer überquellenden Kriegslatrine war in jeder Hinsicht beschissener. In Summe, räsonierte Husak, während er die sauber ausgewaschenen Därme aufhängte, ist das hier ein Honiglecken im Vergleich zum Soldatenleben an der Front. Nachdem das Tier in appetitliche Teile zerlegt worden war, begann das Wursten. Aus dem aufgefangenen Blut wurde die Fülle für Blutwürste zubereitet. Kleine Fleischteile, Sehnen, Flachsen und allerlei Zeug, das sonst keine Verwendung fand, wurde durch den Fleischwolf gedreht, gesalzen, gewürzt und zu Würsten verarbeitet. Als alle Därme prall gefüllt waren, befahl die Trnka der Selewosky, einen Topf Gulasch aus dem Kühlraum zu holen und aufzuwärmen. Zeit für das Gabelfrühstück. Husak genoss es, endlich wieder einmal ein g'scheites Rindsgulasch essen zu können. Das hatte er schon lange nicht mehr gehabt. Die Selewosky schlang ebenfalls gierig ihre Portion hinunter. Die Trnka aß mit Bedacht. Sie war es gewohnt, Fleischspeisen in ordentlicher Qualität zu verzehren. Sehr zufrieden bemerkte sie:

»Ihr zwei seid a echte Hilfe. Wenn ihr weiter so brav mitarbeitet, werdet ihr bei mir keinen Hunger leiden.«

Josefine Selewosky lächelte still vor sich hin. Karel Husak sagte nichts und dachte sich nur: Gott der Herr möge geben, dass der Krieg endlich aus ist und ich nach Prag zurückkehren kann.

I/19

Der Guade gefiel sich in der Rolle des Gönners. Selbstzufrieden spazierte er um die Mittagszeit vom Kaffeehaus heim. Er besaß ein Zinshaus in der Zirkusgasse, dessen Erdgeschoss er mitsamt seiner Mischpoche bewohnte. Da die kleinste Wohnung, in der bis zu dessen Assentierung* einer seiner Handlanger gewohnt hatte, leer stand, wurden hier Husak und die Selewosky einquartiert. Der Guade hatte bereits gehört, dass die beiden sich sehr geschickt anstellten und der Witwe Trnka eine große Hilfe waren. Bei dem Böhmen wunderte es ihn nicht so sehr. Der Deserteur war froh, dass er irgendwo unterschlüpfen und etwas zu essen bekommen konnte. Das Mädel aber überraschte ihn. Dass sie dieses blutige Handwerk mochte? Merkwürdig. Der Guade schüttelte den Kopf und murmelte:

»Schade. Jammerschade. So a fesches blondes Mädel sollt' am Strich gehen und nicht Schweinen die Köpf' und die Haxen abschneiden.«

Aus der Mittagshitze des Augusttages trat er in den kühlen Flur seines Hauses. Er schnaufte erleichtert, kramte in der Hosentasche der Leinenhose nach den Wohnungsschlüsseln, bog ums Eck und prallte in die Selewosky. Zu seiner großen Verwunderung war das Mädel halb nackt. Schamhaft bedeckte sie mit beiden Armen ihre Brüste, deren Spitzen vorwitzig durch das dünne

* Einberufung zum Kriegsdienst

Unterhemd lugten. Am Unterleib trug sie eine Unterhose, die in der Mitte einen Schlitz hatte. Der Guade erspähte blonde Härchen.

»'tschuldigen, Herr Kommerzialrat, dass ich in Ihrem Haus so halbnackert herumrenn. Aber i komm grad aus der Fleischerei und meine Sachen waren voller Blut. Jetzt hab' ich's waschen müssen.«

»Macht ja nix, Kinderl. Macht gar nix. Is' ja nix passiert.«

Kaum hatte er das gesagt, ging die Wasserschüssel, die auf der Bassena stand, über. Pepi Selewosky stürzte hin und drehte mit hektischen Handbewegungen den Wasserhahn ab. Dabei schwappte das Wasserschaffel über. Pepis dünne Unterhose war nun patschnass. Der Guade grinste. Nass war der dünne Stoff durchsichtig, und das Mädel stand praktisch nackt vor ihm. Sie wurde sich der pikanten Situation gar nicht bewusst, denn sie hielt in beiden Händen das Schaffel, das sie in die Wohnung schleppen wollte. Der Guade erfasste die Gunst der Stunde. Er nahm ihr mit einem väterlichen »Madl, komm! Lass mich das tragen. Das is' ja viel zu schwer für dich« das Schaffel ab und verschüttete dabei zusätzlich Wasser. Das machte Pepis Unterwäsche an noch mehr Stellen transparent. Zufrieden lächelnd stapfte er hinter ihr in die Wohnung. Er taxierte mit Wohlgefallen ihren mädchenhaften Hintern und brummte:

»Wo soll ich's denn hinstellen?«

»Da! Da auf den Kuchltisch ...«

Er kam ihrem Wunsch nach und setzte sich dann wie selbstverständlich auf einen der beiden Küchensessel. Über dem zweiten hing Pepis nasses, von Blutspritzern bereits größtenteils gereinigtes Kleid. Unschlüssig, was sie tun sollte, stand sie vor ihm. Schamhaft verschränkte sie neuerlich die Arme vor ihrem nassen Körper. Der Guade schlug nun einen gemütlichen Plauderton an:

»Ich hab' g'hört, dass du dich in der Fleischerei recht g'schickt anstellst. Ich bin sehr zufrieden mit dir.«

»Danke, Euer Gnaden.«

»Brauchst dich nicht zu bedanken, Kinderl. Wer ordentlich arbeitet, wird von mir belohnt.«

»Danke ...«

»Magst einen Kaffee trinken? Einen richtigen ... einen Bohnenkaffee?«

»Ich weiß nicht, Euer Gnaden ...«

»Da! Da hast meinen Wohnungsschlüssel. Da gehst jetzt rüber, sperrst auf und holst die Dose, auf der ›Kaffee‹ draufsteht, aus dem Küchenregal.«

Folgsam nahm die Selewosky den Schlüssel, ging hinüber zu Karminskys Wohnung, sperrte auf und rief dann nach einiger Zeit:

»Euer Gnaden, ich kann die Dosn net finden!«

»Wart! Ich komm. Ich helf' dir suchen!«

Der Guade wieselte zu seiner Wohnung, ließ die Tür hinter sich ins Schloss fallen und schob den Riegel vor.

Zehn Minuten später wurde von innen an der Tür gerüttelt und der Riegel zurückgeschoben. Pepi Selewosky stürmte aus Karminskys Wohnung. In Tränen aufgelöst. Splitternackt. Sie lief in ihre noch immer offen stehende Unterkunft, streifte sich das nasse Kleid über und rannte durch den Flur. Dort versuchte der Guade, sie zu stoppen. Er packte ihren Arm, sie riss sich los und war draußen auf der Gasse. Karminsky stolperte hinter ihr her und rief:

»Hearst, bleib da! Wir wollen ja noch einen Kaffee trinken! Willst keinen echten Bohnenkaffee?«

Mit beidseitig herunterhängenden Hosenträgern und schlampig zugeknöpftem Hosenlatz trat er hinaus ins grelle Sonnenlicht. Von Josefine Selewosky war nichts mehr zu sehen. Enttäuscht drehte er sich um und schlurfte zurück in seine Wohnung. Dabei grummelte er:

»Das depperte Mensch versteht kan Spaß.«

I/20

Karel Husak war traurig. Warum hat mich die Pepi verlassen? Was hab' ich falsch gemacht? Diese Fragen quälten ihn nun schon seit über einer Woche. Untertags verrichtete er brav seine Arbeit in der Fleischerei, wobei der Frau Chefin die Pepi ebenfalls abging. Natürlich nicht so wie ihm, aber trotzdem. Pepis fehlende Arbeitskraft musste durch Mehrarbeit von Husak und ihr selbst kompensiert werden. Husak arbeitete wie ein Büffel. Endlich hatte er wieder etwas Vernünftiges zu tun. Denn der Kriegsdienst war in seinen Augen nie wirklich vernünftig gewesen. Was sollte es schon für einen Sinn haben, Hunderte Kilometer zu reisen, um dann andere Menschen zu töten und am Ende vielleicht selber zu sterben? Diesen Gedanken äußerte er auch gegenüber der Witwe Trnka. Die sah nur kurz von der Arbeit auf – sie stopfte gerade Würste. Ab diesem Zeitpunkt hatte sie den traurigen Böhmen ins Herz geschlossen. Das äußerte sich darin, dass er mit ihr gemeinsam essen durfte und sie mit ihm plauderte. Einmal sagte sie nach einem langen Seufzer:

»Wir sind beide arme Seelen. Du, Karel, weil dich dein Mädel verlassen hat, und ich, weil mir der Krieg meinen Mann genommen hat. Du kannst dir gar net vorstellen, wie sehr der mir abgeht.«

»Nicht ganz kann ich mir vorstellen das, aber bissl.«

Die Witwe Trnka nickte und seufzte aufs Neue. Karel konnte nicht anders, als ihr tröstend die abgearbeitete Hand zu tätscheln und zu sagen:

»Frau Chefin, ich arme Seele, weil weit weg von zu Hause. Nach mein geliebtes Prag ich hab' solche Sehnsucht.«

Dann traten ihm die Tränen in die Augen. Vorsichtig entzog ihm die Witwe ihre Hand, stand auf und räumte das Geschirr ab. Sie trug es zur Abwasch, setzte Wasser zum Abwaschen auf dem Herd auf und sagte ganz nebenbei:

»Ich würd' mir wünschen, dass du bei mir in Wien bleibst. Aber verstehen, dass du Heimweh hast, kann ich schon.«

Diese Begebenheit ging Husak durch den Kopf, als er kleinere und größere Stücke durch den Fleischwolf drehte. Faschiertes* machte er gerade. Es war von einem Wirtshaus beim Guadn bestellt worden. Im Wirtshaus würde dann eine Köchin – die Köche waren fast alle an der Front – Fleischlaberln** daraus formen und sie in heißem Fett brutzelnd herausbacken. Husak lief das Wasser im Mund zusammen, und er nahm sich vor, die Frau Chefin zu fragen, ob sie nicht auch einmal Fleischlaberln machen könnte. Nachdem er alles faschiert hatte, packte er das Fleisch in Zeitungspapier ein und schnürte einen Spagat herum. Die Qualität des Spagats war lausig. So wie alles in diesen Zeiten lausig war. Er wusch sich die Hände und brachte das Packerl nach vorn ins Geschäft, wo schon ein Kellnerbub des Wirtshauses darauf wartete. Die Witwe Trnka nahm Fleischmarken und Geld entgegen und sagte dann zu Husak:

»Du kannst jetzt Feierabend machen. Morgen is' Gott sei Dank Sonntag. Da müss ma nix arbeiten.«

---

* Hackfleisch
** Frikadellen

Karel machte einen knappen Bückling und erwiderte höflich:

»Wünsche guten Abend und schenen Sonntag.«

Dann war er bei der Tür draußen. Er war noch keine zehn Schritte vom Geschäft entfernt, als er einen Pfiff hörte. Er drehte sich um, sah in Pepis frech grinsendes Gesicht und erstarrte.

»Was schaust denn so betropetzt*? Stehst da wie ein Mamlas**. Hast net g'wusst, dass ich so gut pfeifen kann?«

Zur Untermauerung ihrer Frage steckte sie zwei Finger in den Mund, und es ertönte erneut ein schriller Pfiff.

»Pepi … wo kommst denn du her?«

»Na aus Ottakring. Dort bin i daham. I bin den ganzen Weg zu Fuß runter in die Leopoldstadt gegangen. Nur, um di zu sehen.«

Und schon umarmte sie ihn, küsste ihn mitten auf der Straße. Das war Husak einerseits sehr recht, andererseits aber doch peinlich.

»Komm, gehen wir heim zu uns.«

»Nein, das will i net.«

»Wieso?«

»Wegen dem Guadn.«

»Was hast gegen ihn?«

»Eh nix. Aber i will ihm net übern Weg laufen.«

»Hast Angst, dass der Guade bös' is'?«

»Ja. Nein. Ich weiß net …«

»Der Guade is' jetzt wie jeden Samstagabend im Café Nordbahn. Spielt Karten.«

»Bist sicher?«

»Bin sicher. Hab' letzten Samstag dort für ihn gearbei-

---

* konsterniert
** energieloser Mensch

tet. Als Türlschnapper*. Er spielt drinnen um Geld. Macht Glücksspiel, was Polizei verboten hat.«

»Und heut bist net dort?«

»Letzte Woche war einer krank. Deshalb hab' ich g'macht den Türlschnapper. Also, kommst mit heim?«

»Von mir aus.«

Karel und Pepi lagen nackt und verschwitzt auf dem Bett der Erdgeschosswohnung. Karel streichelte zart über den blonden Flaum auf Pepis Bauch, sie kicherte. Später stand er auf und holte draußen von der Bassena einen Krug Wasser. Sie tranken gierig. Dann lagen sie zufrieden und matt da, eng ineinander verschlungen. Karel döste ein. Plötzlich hörte er Pepis leise Stimme:

»Du ... i hab' was Schlimmes g'macht.«

Er brummte leise und döste weiter.

»Du, Karel ...i hab' wen maukas g'macht.«

»Maukas? Was heißt maukas?«

»Umgebracht!«

Pepi rüttelte Husak aus dem Schlaf und schrie ihn an:

»I hab' die alte Wessely umgebracht!«

»Psst! Schrei net so. Du hast umgebracht wen?«

»Die alte Wessely.«

»Wer is' alte Wessely?«

»Na, die Alte, die bei meinem Onkel g'wohnt hat.«

»Und warum?«

»Na, weil's mich anzeigen wollt' bei der Kiberei**.«

»Warum sie wollt' dich anzeigen?«

»Weil ich ihren Schotter*** g'stohlen hab'.«

---

* Türsteher

** Polizei

*** Geld

»Deshalb hast sie umbracht?«

»Ja.«

Husak glaubte, in einen Albtraum geraten zu sein. Ungläubig fragte er:

»Und wie hast sie umbracht?«

»Na, so wie die Trnka die Schweindln umbracht hat. I hab' ihr den Schädel eing'schlagen.«

»Wo hast denn den Schlägel herg'habt?«

»Nicht mit an Schlägel. Mit einem Hammer hab' ich's g'macht. Und nachher hab' ich sie zur Sicherheit noch mit einem Leintuch erwürgt.«

Husak sah die zarte nackte Frau neben sich entsetzt an. Er erinnerte sich, wie sie mit dem Schlachtermesser der Sau den Schädel abgetrennt hatte.

Der Selewosky rannen Tränen über die Wangen. Sie flehte ihn an:

»Magst mich trotzdem noch ein bisserl? Bitte!«

Husak hatte es die Sprache verschlagen. Voll Grauen starrte er auf das heulende Häufchen Elend. Als Pepi ihn umarmen wollte, wich er aus. Ungestüm drängte sie sich an ihn. Vor seinem geistigen Auge sah er sie in blutigem Schweinefleisch wühlen. Dann hatte sie einen riesigen Hammer in der Hand, mit dem sie wild auf einen Schädel einschlug. Er stieß sie weg, sprang auf und schlüpfte hektisch in Unterwäsche, Hemd, Hose und Schuhe. Ohne ein weiteres Wort zu sagen, warf er die Wohnungstür hinter sich zu und rannte weg.

I/21

Sonntagvormittag. Nechyba saß in seinem Dienstzimmer und döste vor sich hin. Das Fenster stand offen und die Vögel zwitscherten. Es war ruhig. Sehr ruhig. Der Oberinspector war heute jener leitende Beamte, der Journaldienst hatte. Er hasste es. Normalerweise gehörte der Sonntag ihm und seiner Frau. Da Aurelia sonntags freihatte, ein Entgegenkommen ihres Dienstgebers Dr. Schmerda, konnten sie normalerweise an diesem Tag ausschlafen und danach in Ruhe frühstücken. Untertags machten sie dann meistens eine Landpartie. In letzter Zeit immer wieder nach Mauer bei Wien. Dort und im benachbarten Speising hatte Nechyba Verwandte und Bekannte, die eine Gärtnerei sowie Weinbau betrieben. Hier bekamen sie auch ohne Lebensmittelmarken etwas zu essen. Wenn er sonntags Journaldienst hatte, verkroch sich der Oberinspector in seinem Zimmer und rührte keinen Finger. Seine Lieblingsbeschäftigung während dieser Stunden war, sich auszumalen, wie es ihm wohl in der Pension ergehen würde. Er hatte mittlerweile seinen 58. Geburtstag hinter sich und steuerte unaufhaltsam auf den Ruhestand zu. Ruhe! Stand! Diese beiden Worte faszinierten ihn über alle Maßen. Bedeutete es, dass man stante pede Ruhe hatte? Stand einem endlich Ruhe ins Haus? Oder stand der Ruhe nichts mehr im Wege? Oder ruhte man dann ständig aus? Oder …

Der Telefonapparat läutete.

Nechyba zuckte zusammen. Ungeheure Wut stieg in ihm auf. Welcher seiner fetzendepperten Untergebenen wagte es, ihn in seiner Sonntagsruhe zu stören? Er schlug mit der Faust auf den Schreibtisch, dass es krachte und der Apparat erzitterte. Trotzdem fuhr dieser fort, Klingeltöne zu produzieren. Feindselig starrte Nechyba ihn an. Er schnaufte böse und knurrte: »Kusch!« Der Apparat verstummte. Nechyba atmete auf. Entspannt lehnte er sich in seinem Schreibtischsessel zurück und nahm neuerlich eine halb liegende Sitzposition ein. Er streckte die Beine aus und schnaufte erleichtert. Plötzlich läutete der Apparat aufs Neue. Wutentbrannt sprang der Oberinspector auf, riss den Hörer an sich und brüllte ins Telefon:

»Wo brennt's?«

Das Fräulein in der Telefonzentrale stotterte:

»Herr O… Oberinspec…tor … Ne… Nechyba?«

»Herrgottszeiten! Ja! Was gibt's?«

»Das Kommissariat Ottakring ist in der Leitung. Die wollen den leitenden Beamten sprechen. Das sind doch Sie?«

Mit einem Seufzer ließ er sich zurück in seinen Sessel fallen und antwortete resignierend:

»Da kann man nichts machen …«

»Wie meinen Sie denn das, Herr Oberinspector?«

»Ich meinte, dass Sie mich verbinden sollen!«

»Sofort, Herr Oberinspector.«

Wenig später tapste Nechyba missmutig die Stiegen hinunter und begab sich in den Hof des Polizeigebäudes. Es wartete bereits eines der Polizeiautomobile. Nechyba hatte es angefordert, weil er keinerlei Lust verspürte, mit der Straßenbahn hinaus nach Ottakring zu fahren. So ein Schas! Gerne hätte er weiterhin an seinem Schreibtisch vor sich hin gedöst.

»Begrüße Sie, Herr Oberinspector.«

»Ja … grüß Sie …«, brummte Nechyba und ließ sich auf den Beifahrersitz fallen, dass das Automobil schwankte.

»Wo fahr ma denn hin?«

»Nach Ottakring hinaus. In die Schellhammergasse 9.«

Es war eine armselige Zimmer-Küche-Wohnung im Erdgeschoss, in die Nechyba eintrat. Der Oberkommissär aus Ottakring, ein Untersuchungsrichter, ein Amtsarzt sowie ein uniformierter Polizist drängten sich in den engen Räumlichkeiten. Das war weiter nicht so schlimm. Wirklich unangenehm war der bestialische Verwesungsgeruch, der trotz der offenen Fenster in der Wohnung hing. Die Anwesenden standen um einen Koffer, der in der Mitte des Zimmers stand. Nechyba bekam einen Hustenanfall, und der Oberkommissär begrüßte ihn mit einem Taschentuch vor dem Mund.

»Herr Oberinspector, danke, dass Sie gekommen sind. Das hier ist ein Fall, bei dem ich einen leitenden Beamten vom Polizeiagenteninstitut dabeihaben will.«

Nechyba grantelte:

»Ja, grüß Sie, meine Herren. Also, was hamma da im Koffer?«

Der Arzt, ein kahlköpfiger älterer Herr, kniete nieder und murmelte:

»A Leich. Schon sehr verwest. Wollen Sie s' sehen?«

Nechyba winkte ab.

»Nein, um Gottes willen! Lassen S' den Koffer zu.«

Der Untersuchungsrichter, ebenfalls ein älterer Herr, der sichtlich Atemprobleme hatte, schnaufte:

»Die Täterin ist eine gewisse Josefine Selewosky. Sie ist hier wohnhaft. Hauptmieter ist der Herr Haderer.«

Er deutete auf einen kleinen alten Mann, der in einem Eck in der Küche saß und leise weinte. Links und rechts von ihm waren Krücken an die Mauer gelehnt. Der Untersuchungsrichter fuhr fort:

»Die Selewosky ist seine Nichte und Ziehtochter. Die Tote war eine Bekannte von ihm. Eine gewisse Veronika Wessely. 80 Jahre alt und ebenfalls hier in dieser Wohnung gemeldet. Die Täterin hat angegeben, dass sie die Wessely am 31. Juli niedergeschlagen und dann erdrosselt hat.«

Der Oberkommissär ergänzte:

»Danach hat sie die Leiche da in den Koffer gepresst, ihn versperrt und in eine Ecke gestellt.«

»Was, der Koffer steht schon drei Wochen in der Wohnung herum?«

»So ist es, Herr Oberinspector.«

Eine halbe Stunde später hielt das Polizeiautomobil vor dem gerichtsmedizinischen Institut im 9. Bezirk. Nechyba kletterte aus dem Wagen und ließ sich vom Chauffeur den Koffer herausheben und auf den Gehsteig stellen. Vor dem Transport war das Gepäckstück, aus dem die Leichensäfte der Wessely tropften, in mehrere Leintücher und alte Fetzen gehüllt worden. So konnte es weder den Kofferraum noch den Gehsteig beschmutzen.

»Gehen S' rein und holen S' einen Prosekturgehilfen, der das Trum* da ins Institut transportiert.«

Wenig später kam der Polizist mit einem Gehilfen, der ein Wagerl vor sich herschob. Darauf wurde der eingewickelte Koffer gehoben und der Chauffeur verabschiedete sich mit einem freundlichen:

* unhandliches Teil

»Ich wünsche Ihnen noch einen schönen Tag, Herr Oberinspector.«

»Pflanzen* S' wen anderen! Wenn S' frech werden, haben S' ein Disziplinarverfahren am Hals.«

»'tschuldigen, Herr Oberinspector.«

»Is schon gut. Fahren S' ab!«

Nechyba folgte dem Prosekturgehilfen in die Gerichtsmedizin. Er wollte den Koffer hier deponieren und danach einen Abstecher ins Café Weimar machen. Zu seiner Verwunderung erfuhr er, dass Dr. Haberda, der Leiter des Instituts, zufällig im Haus war. Also ließ er den Koffer zu Haberda führen, der gerade eine Leiche sezierte. Ein junges Mädel, das Selbstmord begangen hatte.

»Nechyba, das is' eine Überraschung. Ich hab' gedacht, ich bin der Einzige, der am Sonntag arbeitet. Was haben S' denn da Schönes?«

Nechyba replizierte:

»Das ist nicht so schön wie das, was Sie am Seziertisch haben.«

»G'fallt Ihnen das Mädel?«

»Sicher. Im Vergleich zu dem, was ich in dem Koffer habe, ist die Kleine ein erfreulicher Anblick.«

»Sie machen mich neugierig, Nechyba.«

»Na, dann schaun S' halt einmal hinein.«

Dr. Haberda wandte sich an den Prosekturgehilfen, der im Hintergrund herumräumte.

»Gehen S', Herr Franz, nehmen S' den Koffer und legen S' ihn auf den 2er-Seziertisch!«

Der Gehilfe schlurfte herbei, packte den Koffer und stöhnte:

* verarschen

»Der is' sauschwer, der Hund.«

»Haben S' einen Haufen Knochen drinnen, Nechyba?«

Der Oberinspector grinste süffisant:

»Nicht nur Knochen, Herr Professor. A komplette Leich'!«

»Eine Leiche in einem Koffer?«

»Riechen Sie's nicht? Der Koffer stinkt bestialisch.«

»Wo Sie das sagen, fallt's mir jetzt auch auf. Ich hab' so sehr den Formalingeruch in der Nase, dass ich es fast nicht wahrgenommen hätte.«

Als der Koffer auf einem Seziertisch lag, lüftete Nechyba seine Melone.

»Herr Professor, ich empfehle mich. Was in dem Koffer drinnen ist, lese ich dann in Ihrem Bericht.«

»Wollen S' net bleiben, Nechyba? Das ist sicher ein besonderes Gustostückerl*. Wollen S' nicht wenigstens einen Blick drauf werfen?«

Nechyba schüttelte den Kopf.

»Ich hab' Ihnen schon vor zwei Jahren, wie Sie mir den Gatschigen** gezeigt haben, gesagt, dass Sie es nicht erleben werden, dass ich mich hier einmal anspeib'***.«

Und damit war der Oberinspector bei der Tür draußen. Als der Prosekturgehilfe den Koffer öffnete, musste sogar der abgebrühte Gerichtsmediziner mehrmals heftig schlucken.

---

* Delikatesse
** Matschigen
*** übergebe

I/22

Fast drei Wochen! So lange hatte Ambrosius Zach in Innozenzia Tschiritschs Küche und Bett verbracht. Die ersten zehn Tage war das sehr angenehm gewesen. Er schlief viel und in den Zeiten dazwischen wurde er von der Tschiritsch gefüttert und verzärtelt. Noch nie in seinem Leben war er so umsorgt worden, noch nie hatte er so unkomplizierten und regelmäßigen Geschlechtsverkehr gehabt. Nach den Jahren der Enthaltsamkeit an der Front und der entbehrungsreichen Flucht nach Wien erschien ihm das alles wie das Paradies. Apropos: Wo der Husak sich wohl herumtrieb? Hier hatte er das Paradies auf Erden gehabt. Ein ordentliches Dach überm Kopf, angenehme Gesellschaft und wunderbare Verpflegung. Dass er all das aufgegeben hatte und wie das Würstel vom Kraut verschwand, war für Zach unverständlich. Vor allem das Essen, das Zenzi zubereitete, war vom Feinsten. Um Zenzis Kochkünste bestmöglich zur unterstützen, gab Zach ihr immer wieder Geld, sodass sie am Schwarzmarkt einkaufen konnte. Da war sie sehr geschickt. Sie kannte alle und jeden am Naschmarkt und wusste, wo man auch ohne entsprechende Marken Lebensmittel erstehen konnte. Nach zwei Wochen wurde ihm jedoch fad. Sollte er sich wieder hinaus in die Öffentlichkeit wagen? Oder sollte er sich einfach weiter hinter Zenzis Kittelfalte verstecken? Nach drei Wochen bekam er einen Lagerkoller. Er schlüpfte in seine Schuhe, zog den gestohlenen Steirerrock an, setzte den ebenfalls gestohlenen Steirerhut auf und spazierte, frech vor sich hin pfeifend, auf dem Naschmarkt herum.

Zach war wirklich vergnügt. Mit mitleidigen Blicken verfolgte er die langen Schlangen, die sich vor den einzelnen Naschmarktständen gebildet hatten. Mein Gott, war er froh, dass er die Zenzi und diese ihre Einkaufsquellen hatte! In seiner fröhlich aufgeräumten Stimmung betrat er das Gasthaus Zur Bärenmühle. Er grüßte laut und bestellte ein Krügerl Bier.

Nach dem ersten Schluck, den er sehr genoss, begann er zu überlegen. Sein Geldvorrat ging allmählich zu Ende. Er musste etwas tun. Sollte er es wagen, die Wohnung aufzusuchen? Das Untermietzimmer bei der Witwe Eigensperger, das er vor dem Krieg bewohnt hatte? Seine Angst, von Feldgendarmen verhaftet zu werden, hatte ihn bisher daran gehindert. Als Deserteur musste er auf der Hut sein. Deshalb war er seinerzeit bei Gotthelf untergeschlüpft, den er von früher kannte. Als er selbst noch als Setzer in der Vorwärts-Druckerei gearbeitet und sich nach der Arbeit oft in den Gastwirtschaften und Cafés rund um den Markt aufgehalten hatte. Apropos Druckerei: Ob dort noch Kollegen von ihm arbeiteten? Oder ob alle an der Front oder gar bereits gefallen waren? Er beschloss, lieber keinen Kontakt zu früheren Kollegen zu suchen. Sicher ist sicher, dachte er. Und am sichersten bin ich bei Zenzi. Wobei, die 200 Kronen, die er in seinem Untermietzimmer an der Außenwand des großen Kastens in der Nut zwischen Rückwand und Bodenplatte eingeklemmt hatte, die könnte er jetzt gut brauchen. Sollte er seine Vermieterin, die Eigensperger, aufsuchen? Allerdings war die eine fürchterliche Tratsch'n. Die würde im ganzen Grätzel herumerzählen, dass er wieder aufgetaucht sei. Nein, das war zu riskant. Er nahm einen langen Schluck Bier, sah hinaus auf den Naschmarkt und beobachtete das geschäftige Treiben. Vielleicht sollte er bei der Eigensperger einbrechen? In der Nacht. Er könnte sich ja seinen Hut ganz tief ins Gesicht ziehen, ein Tuch vor Nase und Mund binden und den Kragen seiner Jacke aufstellen. Für das Schloss der Wohnungstür hatte er ja immer noch einen Schlüssel. Und wenn die Eigensperger aufwachen sollte, würde er sie zum Schweigen bringen. Mögen hatte er seine Vermieterin, die neugierig, geizig und bissig war, sowieso nie. Als er so vor sich hin grübelte, kam er auf eine weitere Idee: Sicher hatte die Eigensperger auch irgendwo Geld versteckt. Der Eigensperger ihr Sparstrumpf und seine 200 Kronen würden zusammen ein nettes Sümmchen ergeben, mit dem er weiterhin sich und die Zenzi mit allen notwendigen Lebensmitteln versorgen könnte. Zach nickte. Er war mit sich und seinem Plan rundum zufrieden. Schon heute Nacht würde er einbrechen gehen.

»Ambros, bist du's?«

Zach verschluckte sich fast an seinem Bier. Er drehte sich um und sah den alten Sepp Navratil. Ein Kollege, mit dem er jahrelang zusammengearbeitet hatte und der sich jetzt zu ihm an den Tisch setzte. Er hatte einen weißen buschigen Schnauzbart sowie ebensolche Augenbrauen, unter denen stahlblaue Augen hervorblitzten.

»Seit wann bist du wieder in Wien? Hast Heimaturlaub oder bist du verwundet worden?«

Zach kniff die Augen zusammen. Genau so eine Begegnung hatte er vermeiden wollen. Er bemühte sich abzulenken.

»Sepp, alter Freund! Wie geht es dir?«

»Danke der Nachfrage. Im Moment geht's mir so schlecht wie noch nie zuvor. Und dir? Du siehst ja prächtig aus.«

Navratil ließ nicht locker. Zach entschloss sich, ihm das Blaue vom Himmel herunterzulügen.

»Weißt, ich bin schwer verwundet worden. Ein Lazarettzug hat mich zurück nach Wien gebracht. Und dann hat sich eine der feinen Damen, die uns im Spital gepflegt haben, in mich verliebt. Als ich einigermaßen gehen konnte, hat sich mich zu sich genommen und aufgepäppelt.«

»Und wann geht's an die Front zurück?«

»Das steht noch in den Sternen. Ende der Woche bin ich beim Militärarzt.«

Die Kellnerin brachte Sepp Navratil ebenfalls ein Krügerl Bier. Der sah Zach scharf an und prostete ihm zu. Beide tranken. Dann beugte er sich zu Zach und sagte leise:

»Ich würde an deiner Stelle aufpassen. Die Kiberer suchen dich. Und wahrscheinlich auch die Feldgendarmerie.«

Zach wurde kreidebleich und versuchte stotternd zu widersprechen, doch Navratil machte eine unwirsche Handbewegung.

»Halt' die Gosch'n! Glaubst, i bin blöd?«

Zach trank den Rest seines Bieres aus. Navratil beugte sich noch einmal zu ihm hinüber und flüsterte:

»Ambros, hearst, i wär' auch desertiert, wenn ich für den ganzen Zinnober* net schon zu alt wäre. Ich bitt'

* Unfug

dich, pass auf! Die suchen dich. Und im Übrigen, damit das klar ist: Der Kaiser kann mich mit seinem Scheißkrieg am Arsch lecken.«

I/23

Am Dienstag, dem 27. August 1918, war Nechyba schon am mittleren Nachmittag aus dem Bureau fortgegangen. Sein Weg hatte ihn in die Praterstraße geführt, wo er den Guadn im Kaffeehaus traf. Der hatte ihm mittels eines Dienstmannes die Nachricht zukommen lassen, dass er ihn sehen wolle. Mit einem Seufzer setzte er sich in dessen Loge und brummte:

»Karminsky, Karminsky …«

»Gott zum Gruße, Herr Oberinspector. Was ist denn los? Wo drückt der Schuh?«

»Der Schuh drückt mi net, nur der Magen. Weil i dauernd Hunger hab'.«

Karminsky legte die Zeitung, in der er geblättert hatte, weg und öffnete die Aktentasche, die neben ihm auf der Sitzbank lag. Er zog ein in Papier eingewickeltes, kranzförmiges Etwas heraus und steckte es unter dem Tisch Nechyba zu.

»Was gibst mir da? Was is' das?«

»Psst! Red' ma nimmer davon. Sag ma, es war nichts.«

Nechyba betatschte das runde Ding, beugte sich vor und zischte:

»Ist das a Wurscht, die du mir geschenkt hast?«

»A Blunzn*. Ganz frisch, aus meiner Fleischhauerei.«

»Willst mich bestechen?«

»Sag ma, es is' ein kleines Dankeschön. Weil Sie mir den Hofrat Schmerda vermittelt haben.«

---

* Blutwurst

Nechyba musste grinsen. Seit einiger Zeit schickte die Fleischerei Trnka zweimal in der Woche einen Buben zur Wohnungstür der Familie Schmerda. Nechybas Frau steckte dem Buben dann einen Zettel mit Bestellungen zu. Die wurden an einem der nächsten Tage von dem Kleinen geliefert. Er bekam nicht nur das Geld für die Lieferung, sondern meist auch gleich wieder eine Neubestellung. So verputzte der Hofrat Schmerda im Laufe des Hungerjahres 1918 sein recht beachtliches Vermögen.

»Verdienst du so gut dran?«

Der Guade nickte grinsend und bestellte zwei große Stamperln Weinbrand für den Oberinspector und für sich. Dann stieß er mit ihm an und flüsterte:

»Auf das Zinshaus, das ich mir gestern gekauft hab'!«

Vom Genuss des Weinbrandes angeregt, spazierte Nechyba zügigen Schrittes über den Ring und die Operngasse nach Hause. Mit zitternden Fingern packte er die Blunze aus. Ein prachtvolles Exemplar. Nun begann die Suche nach noch nicht verzehrten Lebensmittelresten. In der Speis fand er einige Erdäpfel sowie ein kleines Stück Speck. Nechyba grinste zufrieden. Außerdem hatte er auch noch ein Flascherl Wein aus Mauer. Er machte die Flasche auf, goss sich ein Glas ein, setzte sich nieder, nahm einen Schluck und betrachtete die dunkelhäutige Schönheit. Liebevoll streichelten seine Finger über die prall gefüllte Haut, und er begann zu träumen. Von den Vorkriegszeiten, als er die Blutwurst in fingerdicke Räder geschnitten, diese dann in Mehl, Eier und Bröseln gewälzt und im heißen Fett knusprig herausgebacken hatte. Davon konnte er nur träumen. Erstens gab es kein Fett, zweitens kein Mehl, keine Eier und keine Bröseln und drittens meistens auch keine Blunze. Letztere war nun aber verfügbar, und so machte sich Nechyba an die Arbeit. Er holte von der Bassena am Gang Wasser und heizte den Herd an. Bis das Feuer so richtig prasselte und die Herdplatten allmählich heiß wurden, schälte er die Erdäpfel. Sie waren schon etwas verschrumpelt, aber das störte ihn nicht. Dann schnitt er das schmale Stück Speck, das er noch gefunden hatte, in winzige Stücke, die er in eine Pfanne gab und dort auf kleiner Hitze allmählich zu Schmalz und Grammeln brutzeln ließ. Nun wurde eine Zwiebelknolle zerkleinert. Inzwischen kochten die geschälten Erdäpfel in einem Topf mit Wasser. Dann kam der delikateste Teil des Kochens dran. Mit einem spitzen Messer zog er die Haut von der Blutwurst ab. Er leckte sich die Finger und nahm einen Schluck Wein. Wunderbar! Die Blunze wurde genauso zerkleinert wie die gekochten Erdäpfel. Letztere gab er als Erste in das heiße Fett. Sie zischten in der Pfanne, die Nechyba nun voll erhitzte. Binnen weniger Minuten waren sie appetitlich gebräunt. Nun kamen die Zwiebeln, getrockneter Majoran, Kümmel und Pfeffer dazu. Es begann herrlich zu duften. Zu guter Letzt fügte Nechyba die Blutwurststücke hinzu, salzte alles und rührte kräftig um. Das Blunzengröstl war fertig. Er nahm die Pfanne von der heißen Platte und schob sie zum Warmhalten auf die Seite. Er setzte sich, nahm einen Schluck Wein, streckte die Beine von sich und nickte ein.

»Nechyba! Schnarchst schon wieder?«

»Was? Wie?«

»Du bist eing'schlafen. War dein Tag so anstrengend?«

Er schüttelte den Kopf, streckte sich und murmelte:

»Alt werd' ich. Das is' alles.«

»Was riecht denn da so gut?«

Aurelia hatte eine Gabel genommen und kostete von dem Blunzengröstl.

»Ma! Das is' gut. Wo hast denn die Blunzn her?«

»Was glaubst?«

Aurelia schob eine weitere Ladung Gröstl in ihren Mund, dachte kurz nach und sagte:

»Vom Karminsky?«

Nechyba gab ihr ein Busserl auf die Wange.

»Du bist eine kluge Frau.«

»Hast dich bestechen lassen?«

»Geh! Wie kommst denn da drauf?«

»Na ja, wenn's ums Essen geht, trau ich dir alles zu.«

Nechyba, der sich ebenfalls eine Gabel geschnappt hatte, antwortete kauend:

»Das is' a Gemeinheit.«

Nun musste Aurelia lachen. Liebevoll tätschelte sie Nechybas Bauch.

»Das is' die Wahrheit.«

»Weißt, was die Wahrheit ist? Die Blunze hab' ich wegen dir und deinem Herrn Hofrat bekommen!«

»Wegen mir und dem Hofrat Schmerda? Das musst mir aber jetzt erklären!«

»Die Blunze ist a Dankeschön vom Karminsky. Weil der Herr Hofrat so viel bei ihm einkauft und weil ich ihm diesen Kunden vermittelt hab'.«

»Verdient der so gut an uns?«

»An euch und an anderen vermögenden Kunden, die nach vier Jahren Krieg noch immer Geld haben. Der Guade hat sich gestern ein Mietshaus gekauft.«

Später, als sie sich schon niedergelegt hatten, kletterte Aurelia noch einmal aus dem Bett, ging in die Küche und kam mit der aktuellen Ausgabe der ›Kronen Zeitung‹ zurück. Sie hielt dem schläfrigen Nechyba das Titelbild vor die Nase.

»Sag, hast du davon gehört? Von der Leiche im Koffer. Der Herr Hofrat hat sich heute beim Abendessen wegen dieses Zeitungsartikels maßlos aufgeregt. Er hat gemeint, dass der Krieg die Menschen vollkommen verrohen lässt. Die gnädige Frau hat mir dann die Zeitung zugesteckt und gesagt, ich soll sie mitnehmen. Damit er sich nicht neuerlich aufregt.«

Nechyba murmelte müde:

»Ich war am Sonntag persönlich draußen in Ottakring. Nachher hab' ich den Koffer ins gerichtsmedizinische Institut gebracht.«

»Nechyba, warum erzählst du mir nix?«

Schmunzelnd antwortete er:

»Damit du mir nicht verrohst.«

I/24

Leo Goldblatt besuchte in letzter Zeit wieder öfter das Café Sperl in der Gumpendorfer Straße. Er hatte dem Café Landtmann den Rücken zugekehrt, nachdem dessen langjähriger Besitzer, Wilhelm Kerl, das Kaffeehaus verkauft hatte. Eine traurige Geschichte. Am Heiligen Abend 1916 war dessen Frau Fanny verstorben, und wenige Monate danach hatte Kerl das Landtmann an Karl Anton Kraus, den Sohn eines Großfleischhauers aus dem 15. Wiener Gemeindebezirk, verscherbelt. Mit Kerl hatten Goldblatt und auch Nechyba tarockiert, mit Kraus kam dies nie zustande. Irgendwie stimmte die persönliche Chemie nicht. Und so kehrte Leo Goldblatt ins Sperl zurück. Hier saß er nun fast jeden Abend nach seinem Dienst. Ein weiterer Grund, warum er nun wieder Stammgast im Café Sperl wurde, war der Umstand, dass hier noch etliche Flaschen Trebern im Keller lagerten. Deren Inhalt schenkte der Cafetier Adolf Kratochwilla ausschließlich an Stammgäste aus. In erster Linie an Leo Goldblatt und Joseph Maria Nechyba. Beide liebten es, einen »Goldblatt« zu trinken. Da der Ersatzkaffee wahrlich grauenhaft schmeckte, war so ein Schuss Trebern im Kaffee geschmacklich eine Wohltat. Und so saß Leo Goldblatt im Sperl, schlürfte seinen »Goldblatt« und blätterte in den Zeitungen. Da er am Vortag nicht zum Zeitunglesen gekommen war, überflog er auch die Ausgaben vom 27. August. Plötzlich stutzte der Leutnant. ›Die Neue Zeitung‹ berichtete Folgendes:

Raubmord durch einen Deserteur

Aus St. Paul im Lavanttale wird uns geschrieben: Vor einigen Tagen wurde in der von den Eheleuten Ferdinand und Elisabeth Krampl bewohnten Lubihütte in Lading ein verwegener Raubmord verübt. Der Besitzer war zum Vieh auf die Weide gegangen und die Frau nach Aichberg. Als die Frau am Nachmittage nach Hause gekommen war, merkte sie sofort einen Einbruch und stellte fest, daß ihr neben einem Barbetrage auch Kleidungs- und Wäschestücke abhandengekommen sind. Von dem 11 Jahre alten, in der Wohnung zurückgelassenen Knaben Ferdinand war nirgends eine Spur zu sehen. Nach längerem Suchen erst fand man ihn im Heustadel als Leiche. Um den Hals der Leiche war eine Drahtschlinge gezogen, um eine Erdrosselung vorzutäuschen. Die vorgenommene gerichtsärztliche Untersuchung der Leiche stellte hingegen fest, daß der Täter dem Knaben einen Axthieb gegen den Kopf versetzt hat, durch den der Tod sofort eingetreten war. Die Drahtschlinge selbst sei kurz nach dem Tode des Knaben angelegt worden. Als mutmaßlicher Täter wird ein Deserteur bezeichnet, der um die fragliche Zeit gesehen wurde. Am 24. d. M. hat nun die Gendarmerie von St. Paul bereits einen Deserteur aufgegriffen, der auch gestanden hat, den Mord verübt zu haben. Der Täter heißt Johann Steiner, richtig Wagner, und ist ein Schmiedgehilfe aus Ettendorf. Wagner trieb sich mit einem zweiten Deserteur schon seit längerer Zeit im Lavanttale herum. Wie er selbst angibt, sei er in die Lubikeusche gekommen und habe den allein anwesenden Knaben um eine saure Milch gebeten, die ihm der Knabe verweigerte. Weil er nun aber einen Topf mit Milch ersehen habe, habe er sich diese selbst angeeignet. Als er zu essen begonnen hatte, bekam er vom Knaben einen Schlag über den Arm, der ihn derart in Wut versetzte, daß er eine auf einem Kasten befindliche Axt ergriff und diese auf den Kopf des Kindes niedersausen ließ. Zu Tode getroffen, sank der Knabe zu Boden. Jetzt erst verübte Wagner die schon eingangs erwähnten Diebstähle.

Goldblatt ließ die Zeitung sinken, schüttelte den Kopf und brummte:

»Die Deserteure sind ein Problem.«

»Was murmeln Sie da?«

Nechyba ließ sich vis-à-vis seinem Freund auf die Kaffeehausbank fallen.

»Da! Lesen S' das!« Er schob Nechyba den Zeitungsartikel hin. Nechyba las, runzelte die Stirn und äußerte sich ähnlich wie Goldblatt:

»Das Problem mit den Deserteuren wird immer schlimmer.«

»Genau das hab' ich vorher gemurmelt.«

Nechyba bestellte beim Ober einen »Goldblatt« und strich sich über seinen Bart, beugte sich vor und sagte leise:

»Die Leut' wollen nimmer. Die sind kriegsmüde und desertieren. Sie treiben sich herum, haben nix zum Essen …«

»Pardon! Aber zum Essen hamma alle nix.«

»Da haben S' schon recht, Goldblatt. Aber es is' immer noch ein Unterschied, ob man nix zum Essen oder gar nix zum Essen hat.«

Goldblatt nickte und nippte an seiner Kaffeeschale.

»Und wenn die Leut' gar nix mehr haben, dann kommt es zu solchen Sachen.«

Nechybas Kaffee wurde serviert, er nahm einen Schluck und seufzte:

»Der Ersatzkaffee is' zum Speib'n. Was mach' ma, wenn der Treberne ausgeht?«

Goldblatt wollte gerade etwas erwidern, als ein Polizeiagent an den Tisch herantrat und Nechyba begrüßte.

»Drabek! Da schau her! Nehmen S' Platz. Na, was gibt es Neues im Mordfall Gotthelf?«

Drabek setzte sich, nahm die Melone ab, strich sich über das schüttere Haupthaar und begann zu berichten:

»Ein Stückerl bin ich weitergekommen mit den Ermittlungen.«

»Ein Stückerl nur?«

»Na ja, ich hab' herausgefunden, dass der Zach Schriftsetzer im Vorwärts-Verlag war.«

»Da schau her!«

»Er ist nach wie vor im 5. Bezirk in der Arbeitergasse Numero 20 gemeldet. Dort ist er Untermieter bei einer gewissen Karoline Eigensperger. Die hat ihm ein Kabinett vermietet. Ich hab' mit der Frau gesprochen.«

Ein Ober kam und fragte Drabek:

»Der Herr wünschen?«

Bevor dieser noch antworten konnte, bestellte Nechyba für ihn.

»Er ist mein Gast. Bringen S' ihm einen ›Goldblatt‹.«

Dann wandte er sich an den Polizeiagenten:

»Fahren S' fort, Drabek! Fahren S' fort, ich bin ganz Ohr.«

»Na ja, jetzt wird's a bisserl mysteriös.«

»Warum?«

»Weil der Ambrosius Zach 1915 eingezogen worden ist. Angeblich kämpft er an der italienischen Front.«

»Und hat ihn die, wie heißt's, die …«

»Eigensperger.«

»Hat ihn die Eigensperger beschrieben?«

»Ja. Ihre Angaben passen zu den anderen Informationen, die ich gesammelt hab'. Ich hab' unter anderem noch einmal den jungen Gotthelf befragt, und der hat mir den Zach so wie die Eigensperger beschrieben: untersetzt, kräftig, nicht allzu groß, ebenmäßiges Gesicht und dunkles, grau meliertes Haar.«

»Aber wie gibt's das, dass der gleichzeitig an der italienischen Front und bei uns hier in Wien ist?«

Nun schaltete sich Goldblatt in das Gespräch ein:

»Ganz einfach, mein lieber Nechyba: Der Zach ist desertiert.«

Nechyba lehnte sich zurück und brummte:

»Ja, das ist einleuchtend. Er muss sich verstecken. Deshalb ist er nicht in sein Untermietzimmer zurück, sondern hat als Bettgeher beim Gotthelf übernachtet.«

TEIL 2 / SEPTEMBER 1918

Wenn man in diesen Jahren in der Früh die Zeitung zur Hand nahm und mitten im Text oder gar vorn auf der ersten Seite den großen weißen Fleck erblickte, sagte man sofort ahnungsvoll: »Aha, weiß Gott, was da wieder geschehen ist.« Am Vormittag munkelte man bereits: »Wissen Sie, was da konfisziert worden ist … Ich habe etwas gehört … Es ist etwas los … Es soll nicht gut stehen …« Mittags war es bereits ein pessimistisches Gerücht, nachmittags das Stadtgespräch und am Abend Tatsache. Der Zweck des weißen Flecks, die Beunruhigung der Bevölkerung zu verhindern, war somit erfüllt …

Zitat aus: Ludwig Hirschfeld, Wo sind die Zeiten … Zehn Jahre Wien in Skizzen, Wiener Literarische Anstalt 1921.

II/1

Die dicke Lodenjoppe war durchaus angebracht, denn in der Nacht zuvor hatte es einen Temperatursturz gegeben. Nun, nach Einbruch der Dunkelheit, wehte ein kühler Wind, der Nachthimmel war von Wolken bedeckt. Untertags hatte es nur 13,5 Grad Celsius gehabt. Das wusste Zach so genau, da es vor dem Wohnzimmer von Zenzis gnädiger Frau ein Außenthermometer gab. Apropos gnädige Frau: Sie hatte sich entschlossen, noch den gesamten September bei den Verwandten am Land zu verbringen. Dies hatte sie der Zenzi in einem rekommandierten Brief mitgeteilt. In dem Brief befanden sich auch einige Geldscheine, damit die Zenzi nicht hungern musste. Im Übrigen schrieb die gnädige Frau, dass die Versorgungslage am Land viel besser sei als in der Stadt. Und die Luft wäre auch frischer.

Flotten Schrittes überquerte er die Pilgrambrücke und marschierte dann entlang der Stadtbahntrasse stadtauswärts. Bei der Spengergasse bog er nach links und ging bis zur Arbeitergasse hinauf. Die Margaretner Vorstadt war wie ausgestorben. Auf seinem Weg zum Haus Arbeitergasse 20 begegnete er keiner Menschenseele, ein Umstand, der ihm durchaus konvenierte. Ein seltsames Gefühl von Heimweh überkam ihn. Vor dem Haus, in dem er über ein Jahrzehnt gewohnt hatte, zückte er seinen Haustorschlüssel und sperrte auf. Lächelnd erinnerte er sich daran, wie er seinerzeit beim Kartenspiel dem Hausbesorger diesen Schlüssel abgeluchst hatte. Ohne das Licht einzuschalten, stieg er die flachen steinernen Stufen der Wendeltreppe hinauf in den 2. Stock. Er kam ein bisschen ins Schnaufen. Mehrmals atmete er tief durch, bevor er auf Zehenspitzen zu der Wohnungstür ging, auf der sich ein Messingschild mit dem Schriftzug »Karoline Eigensperger« befand. Er fudelte* an seinem Schlüsselbund herum, bis er den Wohnungsschlüssel in der Hand hielt, dann holte er tief Luft. In der Dunkelheit kratzte er am Schloss herum und plötzlich überkam ihn Panik. Hatte die Eigensperger das Türschloss auswechseln lassen? Das konnte doch nicht sein! Schließlich war die Alte der Geiz in Person. Endlich steckte der Schlüssel im Schloss. Vorsichtig sperrte er auf, öffnete die Tür, die so wie vor Jahren leicht quietschte, schlüpfte in die Wohnung und schloss sie hinter sich. Seine Nasenflügel bebten. Nervös schnüffelte er. Altweibergeruch hing in der Luft. Er fühlte sich daheim. Er war angekommen. Ohne zu zögern, ging er schnurstracks auf das Zimmer der Zimmer-Küche-Kabinett-Wohnung zu und lauschte an der Tür. Gleichmäßig gurgelnde Schnarchgeräusche der Eigensperger waren zu hören.

Er öffnet leise die Tür. Blut pocht in seinen Schläfen. Zwei, drei, vier Schritte zu ihrem Bett. Ein Griff nach dem Polster. Ein Ruck. Ihr Kopf fällt vom Polster auf die Matratze. Sie reißt die Augen auf. Entsetzter Blick. Polster aufs Gesicht. Fest, ganz fest niederdrücken.

»Hmmpf …«

Verzweifeltes Strampeln. Dünne Arme schlagen um

* ungeschickt hantieren

sich. Faltige Haut schlackert. Stärker niederdrücken. Plötzliches Erschlaffen. Finales Zucken. Stille.

Zach atmet tief durch und murmelt:

»Das war's, Eigenspergerin. Hast eh lang genug gelebt.«

Er packte das Nachthemd der alten Frau und zog die Leiche vom Bett. Angewidert rümpfte er die Nase, da sich die alte Frau im Zuge des Todeskampfes angemacht hatte. Das Leintuch riss er weg und warf die Rosshaarmatratzen auf den Boden. Ganz unten im Bettkasten fand er, was er gesucht hatte: den Eigenspergerschen Sparstrumpf. Es war tatsächlich ein Strumpf. Ein oftmals gestopfter Socken, in dem sich 900 Kronen befanden. Leise vor sich hin summend, spazierte er hinüber zum Kabinett, wo er als Untermieter gewohnt hatte. Er sperrte die Zimmertür auf und trat ein. Die Luft war abgestanden und muffig. Es roch nach Staub. Er ging zum Biedermeierkasten, den er vor Jahren hier hereingestellt hatte, und schob das schwere Möbel von der Wand weg. Eine Staubwolke hüllte ihn ein und er musste mehrmals heftig niesen. Als sich der Staub gelegt und er sich einigermaßen erfangen hatte, hockte er sich nieder und fuhr mit der Hand die Oberkante der Bodenplatte entlang. Dort, wo die Rückwand des Kastens in einer Nut steckte. Staub, nichts als Staub. Wo war das vermaledeite Geld? Endlich stießen seine Finger auf Widerstand. Zusammengefaltetes Papier. Vorsichtig griff er danach und zog das Papier aus dem Spalt. Geldscheine!

»Leiwand*!«

Ächzend stand er auf. Die Knie krachten.

* Super!

»Alt werd' ich …«

Er musste neuerlich heftig niesen. Die 200 Kronen, die er sich vor dem Krieg erspart hatte, steckte er zu den 900 Kronen der Eigensperger. Zusammen ergab das ein schönes dickes Geldpackerl, das er zufrieden in seine Hosentasche steckte. Er schlenderte zurück in die Küche und durchwühlte die Vorräte der alten Frau. Er fand nicht viel. Ersatzkaffee, Maisbrot, ein Stück Wurst, Zwiebeln, Erdäpfel und ein Stück Speck. Letzteres sowie die Wurst steckte er ein, dann betrat er noch einmal das Zimmer seiner ehemaligen Quartiergeberin. Er verbeugte sich vor der Toten und murmelte:

»Küss die Hand, gnä' Frau. Es hat mich sehr gefreut.«

II/2

»Ich hab' so einen Gusto auf eine Eierspeis'*«, seufzte Hofrat Schmerda.

Aurelia Nechyba antwortete:

»Eier, gnädiger Herr, sind kaum zu bekommen.«

»Ich weiß, ich weiß. Trotzdem hätt' ich so gern a Eierspeis'.«

Aurelia Nechyba verließ das Zimmer, ging seufzend in die Küche und richtete auf zwei Tellern Rübengemüse an. Dazu gab es in Scheiben geschnittene und knusprig gebratene Klobassestücke**. Vor dem Krieg hätte sie die Wurst als Ganzes in heißem Schmalz abgebraten. Aber in Zeiten, in denen Fett Mangelware war, hatte sie die Wurst in Scheiben geschnitten. In der heißen Pfanne war dann das Fett aus den Wurstscheiben ausgetreten. Und darin hatte sie die Wurstscheiben schön knusprig braten können. Sie rochen fantastisch, und als Aurelia ihrem Dienstgeber und ihrer Dienstgeberin die Teller servierte, seufzte der Hofrat Schmerda:

»Das ist köstlich! Frau Aurelia, Sie verwöhnen uns selbst in so entbehrungsreichen Zeiten mit Gustostückerln.«

Und seine Frau fügte hinzu, nachdem sie das Rübengemüse gekostet hatte:

»Das Gemüse ist delikat. Äußerst delikat.«

Aurelia machte einen Knicks und zog sich in die Küche zurück. Dort saß Gerti, das Dienstmädel, vor dem Reindl, in dem Aurelia das Rübengemüse zubereitet hatte. Mit

* Rührei
** grobe Brühwurst

verzücktem Gesichtsausdruck löffelte sie die Reste des Gemüses. Aurelia musste lächeln. Mein Gott, dem Kind schmeckt es, dachte sie und wandte sich der Nachspeise zu. Sie hatte heute am Naschmarkt Zwetschken bekommen und einen Zwetschkenröster gekocht. Früher hätte es dazu einen Kaiserschmarrn gegeben, aber Eier und Mehl waren ja nicht erhältlich. Also füllte Aurelia zwei Kompottschalen mit Zwetschkenröster. Dann ging sie zum Küchenfenster, wo sie eine Reihe von Kräutern angebaut hatte. Sie pflückte zwei orange Blüten der Kapuzinerkresse und dekorierte damit den Zwetschkenröster.

»Jö! Is' des schön!«

Gerti schlug vor Begeisterung die Hände vorm Gesicht zusammen.

»Wisch dir den Mund ab, spül das Reindl aus und dann geh ins Speisezimmer und schau, ob die Herrschaften schon aufgegessen haben. Wenn sie fertig sind, servierst die Teller ab.«

Das Dienstmädel tat, wie ihm befohlen worden war. Aurelia nahm ein Glas Wasser, setzte sich an den Küchentisch und dachte über die fehlenden Eier nach. Sie erinnerte sich an ihre Kindheit in Oberösterreich. An die kleine Landwirtschaft, die ihre Eltern hatten. An das eiserne Sparen, denn es mussten ja die hungrigen Mäuler von drei Kindern gestopft werden. Und ihr Herr Vater, der sein Brot als Holzknecht in der Forstwirtschaft des nahen Stiftes verdiente, war auch immer hungrig. So war die Mutter gezwungen, mit den vorhandenen Ressourcen äußerst sparsam umzugehen. Gemüse kam aus dem eigenen Gemüsegarten, Obst aus dem Obstgarten. Es gab ein kleines Rüben- und ein etwas größeres Erdäpfelfeld. Zusätzlich wurde alles verkocht, was in Wald, Wiese und Flur wuchs: von Bärlauch für Nockerln und Knöderln über Brennnesseln für Spinat, Schwammerln* und Wildkräuter für Suppen und Soßen bis hin zu Brombeeren, Himbeeren und Heidelbeeren, die zu Marmeladen verarbeitet wurden. Die Kinder sammelten und die Mutter kochte. Aurelias Blick streifte die am Fensterbrett in Töpfen angebauten Kräuter. Eine letzte Blüte der Kapuzinerkresse leuchtete im abendlichen Sonnenlicht, dessen Strahlen das Fensterbrett und einen Teil der Küche mit einer goldenen Aura verzauberten. Schnittlauch und Dille bildeten üppige Buschen, und der Sauerampfer strotzte in kräftigem Grün. Eine Dillen- oder Schnittlauchsauce könnte ich wieder einmal machen, dachte Aurelia. Allerdings bräuchte ich dafür Sauerrahm. Eine Sauerampfersuppe könnte ich auch ohne Obers nur mit pürierten Erdäpfeln zubereiten.

»Frau Aurelia, darf ich das Kompott hineintragen?«

Gerti stand plötzlich neben der in Gedanken versunkenen Köchin. Nach einem kurzen Schreckmoment nickte sie und beobachtete, wie das Mädel voll Stolz die hübsch dekorierten Kompottschalen aus der Küche trug. Einmal noch so jung und unbeschwert sein, dachte Aurelia und seufzte. Ein leichtes Magengrummeln machte sich bemerkbar. Hoffentlich hat der Nechyba etwas zum Essen daheim. Um sich abzulenken, betrachtete sie wieder ihre Küchenkräuter und die wunderbare Abendstimmung.

Bis Gerti sie neuerlich aus ihren Gedanken riss:

»Frau Aurelia, ich soll Ihnen ausrichten, dass es den Herrschaften ausgezeichnet geschmeckt hat. Und dann

* Pilze

soll ich Ihnen auch noch sagen, dass Sie der gnädige Herr in seinem Arbeitszimmer zu sprechen wünscht.«

Aurelia war verwundert. Langsam stand sie auf, trug dem Dienstmädel auf, das Geschirr abzuwaschen, und ging dann den langen Gang vor zum Arbeitszimmer ihres Dienstgebers. Sie klopfte und es ertönte ein

»Herein!«.

Der Hofrat saß hinter seinem Schreibtisch und schenkte aus einer Karaffe eine glasklare Flüssigkeit in zwei geschliffene Gläser ein. Er deutete auf den Sessel, der vor dem Schreibtisch stand:

»Liebe Frau Aurelia, nehmen S' doch Platz.«

Diese joviale Geste machte die Köchin nervös. Das Blut begann in ihren Schläfen zu pochen. Was will er? Wird er mich am Ende gar kündigen? Mit durchgedrücktem, steifem Rücken saß sie da und starrte auf den dunkelblauen Filz, mit dem die Oberfläche des Schreibtisches bezogen war.

»Liebe Aurelia, als Erstes einmal danke für dieses köstliche Abendessen. Als Zeichen meiner Wertschätzung möchte ich, dass Sie mit mir darauf anstoßen.«

Schüchtern griff die Köchin zu dem Stamperl, das ihr der Hofrat über den Filz hinschob. Er hob sein Glas, murmelte »Auf Ihre Kochkünste!« und leerte es dann mit einem Zug. Aurelia nippte nur. Ein angenehmer Zwetschkengeschmack machte sich auf ihrem Gaumen breit. Aha, ein Slibowitz! Der Hofrat griff zu einer aufgeschlagenen Zeitung, die etwas seitlich auf seinem Schreibtisch lag.

»Liebe Aurelia, hier in der gestrigen Zeitung steht schwarz auf weiß, dass Eier sowie vieles andere auch derzeit Mangelware sind. Ich zitiere aus dem Marktbericht: *... an Obst gab es auf dem Naschmarkt 35.600 Kilogramm Zwetschken* – von denen Sie ja zum Glück einige ergattert und zu dem köstlichen Zwetschkenröster verarbeitet haben –, *1.500 Kilogramm Äpfel, 2.300 Kilogramm Birnen, 200 Kilogramm Pfirsiche, 16.000 Kilogramm Weintrauben, die unerhört teuer sind, und 800 Kilogramm Heidelbeeren, die von recht schlechter Beschaffenheit waren. Sonst wurden gestern auch 15 Kisten Eier verkauft, die aber bei dem großen Andrang bald verschwunden waren.* Faktum ist also: Eier sind eine Rarität.«

Schmerda faltete die Zeitung zusammen und schlug mit der flachen Hand drauf.

»Und deshalb hab' ich mich entschlossen, dass wir uns hier in der Wohnung Hendln halten werden.«

Aurelia, die gerade einen weiteren Schluck von dem Slibowitz gemacht hatte, verkutzte* sich. Ein heftiger Hustenanfall folgte. Schmerda lächelte still vor sich hin, und als die Köchin sich einigermaßen erfangen hatte, fuhr er fort:

»Soviel ich weiß, wohnt in Speising draußen ein Teil Ihrer Familie. Die betreiben eine Landwirtschaft und die müssten mir doch zwei Hendln verkaufen können. Ihre Verwandten können dafür verlangen, was sie wollen. Der Preis ist mir, salopp formuliert, wurscht.«

»Aber wo wollen Sie denn die Hühner halten?«

Ein breites Grinsen erhellte Schmerdas Antlitz.

»Im ehemaligen Zimmer meines verstorbenen Sohnes. Das steht seit Jahren leer. Die Möbel lassen wir in den Keller tragen und auf den Boden Erde und Heu aufstreuen.«

»Und wie wollen wir sie füttern?«

»Auch daran habe ich bereits gedacht, meine Beste.

* verschlucken

Sie wissen doch, dass mein Freund Zellner von Zellendorf Oberverwalter des kaiserlichen Thiergartens in Hietzing ist. Nun, ich hab' mit ihm telefoniert, und er hat mir erzählt, dass sie im Thiergarten einige Felder mit Weizen und Kukuruz* angelegt haben. Die Ernte ist heuer zufriedenstellend ausgefallen, und so hat er mir angeboten, dass er mir für meine Hendln ein paar Säcke Körndln verkaufen würde.«

Aurelia war sprachlos. Sie kippte den Rest des Schnapses hinunter und stammelte:

»Und … und … die gnädige Frau? Was sagt die zu … zu Ihren Plänen?«

Schmerda winkte ab.

»Die wird net g'fragt.«

---

* Mais

II/3

»Das war's.«

Nechyba stand auf, zog sich den rutschenden Hosenbund hoch und verließ das Verhörzimmer. Die Befragung von Josef Fischer hatte dazu gedient, letzte Details der von ihm begangenen Bluttat zu klären. Der Polizei-Stenotypist folgte dem Oberinspector. Zu dem vor der Tür wartenden Beamten sagte Nechyba:

»Bringen S' das Gfrast in seine Zelle.«

Angewidert kehrte er in sein Bureau zurück. Mit der Faust pumperte er an die Wand, sein Assistent Pospischil erschien, und Nechyba knurrte:

»Hol Er mir ein Bier und die heutige Zeitung.«

»Jawohl, Herr Oberinspector.«

Pospischil salutierte zackig, machte eine Kehrtwende samt Ausfallschritt und verließ das Zimmer. Während Nechyba auf das Bier wartete, grübelte er vor sich hin. Was war mit den Leuten los? Hatte denn niemand mehr Anstand oder Ehrgefühl? Gab es so etwas wie Moral nicht mehr? Josef Fischer, den er zuvor vernommen hatte, bestahl ungeniert ein junges Mädchen, das ihm vertraut hatte, und als sie ihm auf die Schliche gekommen war, hatte er sie umgebracht. Reue? Davon war während der Vernehmung nichts zu bemerken gewesen. Fischer hatte über den Tathergang völlig emotionslos berichtet. Als ob er nicht der Täter, sondern ein unbeteiligter Beobachter gewesen wäre. Pospischil, der mit einem Krügerl Bier und der ›Kronen Zeitung‹ in das Bureau eintrat, riss Nechyba aus den trüben Gedanken. Nachdem sein Assistent das Zimmer verlassen hatte, nahm er einen kräftigen Schluck Bier. Wenigstens gab es noch Bier! Auch wenn es nicht mehr so wie in Friedenszeiten schmeckte. Dann widmete er sich der Zeitung. Der Mord, den Josef Fischer begangen hatte, zierte die Titelseite. Nechyba blätterte um und begann zu lesen:

Der Mädchenmord in Hernals

Morgen wird der Maulkorberzeuger Josef Fischer dem Landesgericht eingeliefert werden. Die polizeilichen Erhebungen über die Tat des Mannes sind so gut wie abgeschlossen, der Fall ist – soweit es die Rolle Fischers betrifft – fast völlig klargestellt. Der 61-jährige Mann, der das ihm anvertraute Vermögen der unglücklichen Mizzi Drda sich aneignete und sein Opfer dann ermordete, wird nun im Gericht in jene Zelle gesperrt, aus der er dann vor seine Richter treten soll, die für das gräßliche Verbrechen die verdiente Strafe verhängen.

Das Verbrechen an dem unglücklichen Hotelstubenmädchen hat umso größeres Aufsehen hervorgerufen, als es sich nun zum zweiten Mal innerhalb kurzer Zeit ereignete, daß in einem von Parteien dicht bewohnten Hause ein tückischer Mord verübt und die Leiche im Hause versteckt wurde …

In einem finsteren Walde, auf einsamer Landstraße, in öden Felsgegenden mag oft auch den beherzten Wanderer der unheimliche Gedanke beschleichen: »Es ist gar nicht unmöglich, daß hier irgendwo, vielleicht in meiner nächsten Nähe, ein Verbrechen verübt wurde, und vielleicht liegt nur wenige Schritte von mir die Leiche eines Opfers menschlicher Habsucht.« Aber auch der furchtsamste Mensch wird in seinen schreckhaften Einbildungen wohl nicht häufig an die Möglichkeit denken, daß, nur durch eine dünne Wand getrennt, das entsetzlichste Verbrechen verübt wurde und daß der Mund den Moderduft eines blutigen Leichnams einatmete. Sowohl die Drda als auch die 81-jährige Veronika Wessely fanden ihren entsetzlichen Tod, nachdem sie (durch Diebstahl und durch Betrug) um ihre Habe gebracht wurden, weil die Täter auf diese Weise der drohenden Strafe für ihre Verbrechen entrinnen wollten.

Es klopfte an der Tür, Nechyba ließ die Zeitung sinken und brummte:

»Herein!«

Zu seiner Verblüffung betrat der Polizeiagent Drabek sein Bureau.

»Herr Oberinspector, verzeihen Sie bitte die Störung, aber es ist etwas Schreckliches passiert.«

»Nehmen S' Platz, Drabek. Wollen S' a Bier?«

»Ja bitte, wenn das möglich is'.«

»Drabek, wir leben in einer Zeit, in der alles Mögliche möglich ist.«

»Sie sagen es, Herr Oberinspector. Sie sagen es …«

Nachdem Nechyba neuerlich mit der Faust an die Wand gepumpert hatte, erschien Pospischil, der den Auftrag bekam, zwei Krügeln zu besorgen.

»Also, Drabek, wo brennt's?«

»Brennen tut's net, Herr Oberinspector. Aber die alte Eigensperger is' ermordet worden.«

»Eigensperger? Eigensperger … wer ist das?«

»Die alte Frau, bei der der Zach Untermieter war.«

Nechyba pfiff durch die Zähne. Er beugte sich vor und fixierte den Polizeiagenten.

»Glauben S', dass *er* die Eigensperger umgebracht hat?«

»Es sieht ganz danach aus.«

Der Oberinspector sank in seinen Sessel zurück, zupfte an seinem Schnurrbart und starrte auf einen entfernten Punkt weit oben in seinem Dienstzimmer. Es klopfte, Pospischil trat ein und servierte die beiden Krügeln. Als er vor dem Verlassen des Raumes neuerlich salutieren und die Hacken zusammenschlagen wollte, brüllte Nechyba:

»Lass Er die Blödheiten!«

Pospischil zuckte zusammen, murmelte »Jawohl, Herr Oberinspector« und schloss, ohne zu salutieren, leise die Tür hinter sich.

II/4

SCHNAUFEND FOLGTE NECHYBA dem flinken Drabek in den 2. Stock. Zu seiner Überraschung konnte er mit dem wesentlich jüngeren Polizeiagenten mithalten. Kein Wunder, während der vier Kriegsjahre hatte er gut und gerne ein Dutzend Kilo abgenommen. Während seine Beine mechanisch die Stiegen emporstapften, warf er einen Blick auf seinen Bauch. Dort, wo sich seinerzeit eine stattliche Kugel gewölbt hatte, war heute nur noch ein leichter Vorbau wahrzunehmen. Mit der Hand griff er sich an den Hosenbund. Die Hose schlackerte. Es war erbärmlich. Früher hatte sie perfekt gepasst. Nun musste er Hosenträger benutzen, um sie nicht zu verlieren. Ein Jammer! Die mangelnde Ernährung war ein furchtbarer Jammer.

»Ist Ihnen nicht gut, Herr Oberinspector?«

»Wie kommen S' denn darauf?«

»Na, weil Sie sich den Bauch halten.«

»Ach wo! Ich hab' nur an meine frühere Wampe gedacht. Mit ihr wär' mir das Stiegensteigen viel schwerer gefallen.«

»So, da wär' ma, Herr Oberinspector!«

Drabek zückte einen Schlüsselbund und sperrte die Wohnung auf. Die Polizeiagenten traten ein.

»Wurde in der Wohnung irgendetwas verändert?«

»Die Leiche ist abtransportiert worden. Alles andere ist so, wie es war.«

»Sind Sie sicher?«

»Ganz sicher. Schließlich hab' ich die Tote entdeckt.

Dem Untersuchungsrichter und den Kollegen vom Kommissariat Margareten hab ich g'sagt, dass das a Fall des Polizeiagenteninstituts ist. Ich hab mich dabei auf Sie berufen. Ich hoffe, dass Ihnen das recht ist.«

»Korrekt, Drabek. Sie haben absolut korrekt gehandelt. Denn das alles hängt irgendwie mit dem Zach zusammen. Und der Zach ist unser Fall.«

Nechyba ging noch einmal zur Eingangstür und inspizierte sie genau, dann sagte er mehr zu sich als zu Drabek:

»Also gemmas an! Schau ma uns einmal um.«

Drabek führte Nechyba in das Zimmer, in dem die alte Frau erstickt worden war. Nechyba kontrollierte Bett, Bettwäsche und die Polster. Er sah den hässlichen Fleck, den die Exkremente der alten Frau auf dem Leintuch hinterlassen hatten. Keinerlei weitere Flecken waren auf Leintuch, Tuchent* oder den Polstern zu erkennen. Kein bisschen Blut. Nichts.

Nechyba brummte nachdenklich:

»Die Eigensperger ist im Schlaf überrascht worden. Der Mörder hat ihr einen Polster aufs Gesicht gedrückt, sie hat ein bisserl gestrampelt, und dann war's auch schon vorbei. Alle Muskeln sind erschlafft. Natürlich auch der Schließmuskel, wie man sieht.«

»Das heißt, dass er sich leise an sie herangeschlichen hat.«

»Genau. Und wie ich vorhin gesehen hab, ist die Eingangstür zur Wohnung unversehrt. Die Tür wurde also mit einem Schlüssel geöffnet. Oder die Eigensperger hat ihren Mörder vor dem Schlafengehen selbst hereingelassen.«

---

* Federbett

»In diesem Fall muss das ein sehr guter Bekannter, ein Verwandter oder ihr Untermieter gewesen sein.«

»So ist es. Falls sie ihn nicht selbst hereingelassen hat, hat der Mörder einen Schlüssel gehabt. Das wäre ein Indiz dafür, dass der Untermieter zurückgekehrt ist. Drabek, überprüfen Sie bitte die Verwandtschaft der Eigensperger. Wer alles Kontakt zu ihr hatte und wer möglicherweise einen Schlüssel zur Wohnung besitzt.«

Der Polizeiagent nickte und führte den Oberinspector ins Kabinett. Nechyba hielt inne und betrachtete den verschobenen Kasten. Dann begann er, die Habseligkeiten des Untermieters zu durchwühlen. Im obersten Kastenfach fand er schließlich Fotos, Schulzeugnisse sowie den Gesellenbrief von Zach.

Zufrieden schnaufend stellte er fest:

»Das ist eindeutig Zachs Untermietzimmer. Und hinterm Kasten hat er wahrscheinlich seine Ersparnisse versteckt gehabt. Die hat er sich geholt. Samt den Ersparnissen der Eigensperger. Die lagen unter ihrer Matratze. Deswegen war das Bett total verwüstet. All das deutet in eine einzige Richtung: Zach kehrte zurück, um sein Geld zu holen und um die alte Dame zu berauben. Da der Deserteur keinerlei Risiko wie zum Beispiel laute Hilferufe eingehen wollte, hat er die Eigensperger mitten in der Nacht im Schlaf erstickt. Fazit: Zach ist der Mörder.«

Drabek nickte, und Nechyba gab ihm folgende Anweisung:

»Ich möchte morgen in der Früh die Leiter der Kommissariate Margareten, Wieden und Mariahilf bei mir im Bureau haben. Ich werde sie darüber informieren, dass hier rund um den Naschmarkt ein Doppelmörder herumläuft. Wir müssen alle unsere Kräfte darauf konzentrieren, diesen Pülcher so schnell wie möglich festzunehmen. Sonst passiert am Ende noch ein weiterer Mord.«

II/5

»Sie Tschech', Sie!«

Nechyba sah Goldblatt skeptisch an und replizierte:

»Wollen S' mich beleidigen?«

»Sie sind doch tschechischer Abstammung?«

»Na und? Ich sag ja auch nicht: Goldblatt, Sie Jud', Sie.«

»Wir Juden stehen jedenfalls zu unserem allerhöchsten Herrscherhaus.«

»Seit wann betonen Sie, dass Sie a Jud' sind? Das is' ja ganz was Neues.«

»Ich bin eh keiner. Schon mein Vater hat dem jüdischen Glauben abgeschworen. So wie er bin ich überzeugter Atheist. Wenn ich überhaupt an was glaub', dann an das Hier und Jetzt.«

»Da bleibt Ihnen aber derzeit net viel, woran Sie glauben können.«

»Ganz im Gegensatz zu Ihnen. Sie können jetzt an den tschecho-slovakischen Staat glauben. Wollen S' nicht auswandern?«

»Was Sie daherreden, is' a kompletter Holler*!«

»Ah so? Haben S' heute noch nicht in die Zeitungen geschaut?«

»Ich hab' zu tun g'habt.«

»Na, dann schaun S' einmal in die ›Arbeiter-Zeitung‹. In der ›Neuen Freien Presse‹ steht's auch drinnen.«

* Blödsinn

»Wovon zum Kuckuck reden Sie?«

»Da! Lesen S'!«

Goldblatt reichte dem Oberinspector die Ausgabe der ›Arbeiter-Zeitung‹.

Nechyba nahm sie widerwillig und las:

Amerikas Anerkennung der Tschecho-Slovaken

Washington, 3. September. (Reuter.) Staatssekretär Lansing veröffentlicht folgende Note:

Da die tschecho-slovakischen Völker gegen Deutschland und Oesterreich-Ungarn zu den Waffen griffen, organisierte Armeen unter Offizieren eigener Nationalität und in Uebereinstimmung mit den Vorschriften und der Praxis bei den zivilisierten Nationen aufstellten und da die Tschecho-Slovaken im gegenwärtigen Krieg unabhängige Ziele verfolgen, deren Verwirklichung der obersten politischen Autorität der Tschecho-Slovaken, dem Nationalrat, anvertraut wurden, anerkennt die Regierung der Vereinigten Staaten, daß der Kriegszustand zwischen den in dieser Weise organisierten Tschecho-Slovaken und den Deutschen und Oesterreicher-Ungarn besteht. Sie anerkennt auch den tschecho-slovakischen Nationalrat als taktische kriegführende Regierung, die berechtigt ist, die militärischen und politischen Angelegenheiten der Tschecho-Slovaken zu leiten. Die Regierung der Vereinigten Staaten erklärt ferner, daß sie bereit ist, formell in Beziehungen mit der erwähnten tschecho-slovakischen Regierung zu treten, um den Krieg gegen den gemeinsamen Feind zu führen.

Nechyba ließ die Zeitung sinken. Er war ganz weiß im Gesicht. Betroffen murmelte er:

»Was heißt hier tschecho-slovakische Regierung? Das ist ein Phantom, ein Hirngespinst. Sonst nix.«

»Das sagen Sie. Und das sag ich. Aber die amerikanische Regierung sagt was anderes.«

»Die Amerikaner sollen uns den Buckl* runterrutschen.«

»Also einfach ignorieren?«

»Na ja, das ist net so einfach. Seit die Amerikaner an der Westfront eingegriffen haben, schaut's gar nicht mehr gut für uns und für die Deutschen aus.«

»Sie sagen es, Nechyba. Und deshalb ist dieser diplomatische Schachzug der Amerikaner unheimlich gefährlich.«

»Mir is' bekannt, dass aufseiten der Briten tschechische Verbände gegen die Unsrigen kämpfen. Das war auch an der Ostfront im Krieg gegen Russland der Fall. Ich weiß auch, dass Masaryk und Konsorten eine sogenannte Exilregierung gebildet haben. Aber ich hab' das alles für Spintisierereien gehalten.«

»Jetzt wird's ernst, Nechyba. Ich hab' ein ganz beschissenes Gefühl.«

Nechyba orderte einen Trebernen, Goldblatt schloss sich der Bestellung an. Dann reichte er Nechyba die ›Neue Freie Presse‹, die nicht nur die Erklärung der amerikanischen Regierung, sondern auch einen Kommentar dazu brachte. Der Oberinspector überflog den Artikel und brummte:

»Na ja, was da in diesem Kommentar drinnen steht, stimmt natürlich zum Teil. Tschecho-Slovaken, die bei den Gefechten von unseren Leuten gefangen genommen

---

* Rücken

wurden, befürchten, dass sie als Hochverräter hingerichtet werden. Die Anerkennung der Tschecho-Slovaken als kriegsführende Macht würde sie zu normalen Kriegsgefangenen machen. Und was in dem Artikel auch vollkommen richtig dargestellt wird, ist die Tatsache, dass die Voraussetzungen für eine Anerkennung fehlen. Die ist immer noch die Besetzung und geordnete Verwaltung des betreffenden Gebietes. Noch wird Böhmen von Österreich und die Slowakei von Ungarn verwaltet. Und unsere Armee hat diese Gebiete fest im Griff.«

»Noch, Nechyba! Noch!«

Der Ober brachte die Trebernen. Nechyba und Goldblatt erhoben die Gläser, sahen einander traurig an und murmelten:

»Auf Österreich-Ungarn!«

II/6

»WIESO SAGST EIGENTLICH immer Milli zu deiner Cousine? Die heißt doch Josefa?«

»Ja eh«, brummte Nechyba, »genau genommen heißt meine Cousine Josefa Emilie. Weil ihre Mutter aber auch Josefa geheißen hat, haben wir sie immer nur Milli gerufen.«

Einen Gspritzten* trinkend saßen Aurelia und Joseph Maria Nechyba im Garten des Gasthauses Zum Feldkeller. Wehmütig dachten sie an ihren ersten gemeinsamen Ausflug hierher zurück.

»Weißt eh, dass das schon 15 Jahre her ist, dass wir uns da in diesem Gastgarten das erste Busserl gegeben haben.«

»Was heißt ›wir uns‹? Ich als Frau hab' dich auffordern müssen, dass du mich küsst. Unmöglich warst du damals. A echter Trauminet**.«

»Geh, sei nicht so gemein. Freilich hab' ich mich getraut.«

»Ja, aber erst als ich dich dazu aufgefordert hab'.«

»Ich hab' eh wollen …«

»Aber getraut hast dich nicht! Und jetzt stoß ma auf unsere 15 gemeinsamen Jahre an. Und a Busserl darfst ma auch wieder einmal geben.«

Nechyba kam sich plötzlich um eineinhalb Jahrzehnte zurückversetzt vor. Folgsam nahm er sein Weinglas, stieß mit seiner besseren Hälfte an, stellte das Glas

* Weinschorle
** Trau-mich-nicht

ab, umfasste sie zärtlich und gab ihr dann ein ganz langes Busserl.

Sie entwand sich ihm und flüsterte mit roten Wangen:

»Nechyba, beherrsch dich. Die Leut' schau'n schon.«

»Das is' ma wurscht.«

»Aber mir nicht. Du bist ein kaiserlich-königlicher Beamter, und ich bin eine anständige Frau.«

Nechyba lachte, drückte sie neuerlich an sich und gab ihr noch ein Busserl auf die Wange. Aurelia lachte nun ebenfalls und sagte:

»Komm, trink aus. Deine Cousine wird uns schon erwarten. Die hat sicher ein Mittagessen für uns. Hoffentlich.«

»Verhungert is' in meiner Familie noch keiner«, antwortete Nechyba, trank aus und rief die Kellnerin herbei. Er zahlte und dann spazierte das Ehepaar zur Gärtnerei der Cousine.

Bello kam ihnen laut kläffend entgegen. Als er die Nechybas erkannte, begann er mit dem Schwanz zu wedeln. Sein tiefes, böses Gebell wurde hoch und freundlich. Nechyba tätschelte dem Schäferhund liebevoll den Schädel und kraulte ihn hinter den Ohren. Zu dritt gingen sie weiter.

Milli erschien in der Haustür.

»Servas, Pepi Mizzi, servas, Aurelia.«

Joseph Maria zuckte zusammen. Den Spitznamen »Peppi Mizzi« hatte er im Sommer 1873, als er zwei Monate hier heraußen bei seinen Verwandten am Land war, erhalten. Seitdem klebt er wie Hundescheiße an mir, dachte er, als er seine Cousine umarmte und »Servas, Milli« brummte.

»Aurelia, ich hab' Erdäpfeln. Kommst mit in die Küche? Schau ma, was ma draus machen können.«

Die Frauen verschwanden in der Küche, und Joseph Maria setzte sich auf die Bank vorm Haus und kraulte dem Schäferhund die Ohren. Er überlegte, der wievielte Bello das nun schon war. Damals, im Jahr 1873, hatte es hier nämlich auch schon einen gegeben. Er rechnete nach und kam zu dem Schluss, dass das nun Bello V. sein müsste. Der Hund brummte zufrieden, ließ sich auf den Boden fallen und lehnte sich an Nechybas Bein. Nechyba fiel auf, dass der Hund gut genährt war. Nicht dick, aber auch nicht so elendig dürr wie die meisten Hunde in der Stadt.

»Hast ein Ei?«

»Wart, i schau raus, i hab' heut noch net g'schaut, was die Hendln g'legt haben.«

Milli verschwand in den Hinterhof. Aurelia hörte aufgeregtes Gackern und dachte dabei an den Hofrat Schmerda. Sie seufzte und sah nach, was Milli für Vorräte hatte. Es gab etwas Mehl, einen Korb voll Erdäpfeln, einen Korb mit Zwiebeln, grünen Salat und einen Tiegel Schmalz. Als Milli mit fünf Eiern zurück in die Küche kam, war Aurelia bereits mit dem Schälen der Erdäpfel beschäftigt. Milli erkundigte sich:

»Was mach' ma denn Gutes?«

»Erdäpfel Halluschka.«

»A Wahnsinn, was dir immer einfallt. Wie viele Eier brauch' ma?«

»Nur eines. Ich hab' gesehen, dass du Mehl hast, davon brauch' ma auch ein bisserl. Zum Binden. Damit uns der Teig net auseinanderfallt.«

»Kann i dir was helfen?«

»Ja, du kannst bitte eine Zwiebel klein schneiden und mir dann a großes Brett und das Reibeisen für die Erdäpfeln bringen.«

Milli richtete die verlangten Küchenutensilien her, schälte eine Zwiebel und hackte sie in feine Stücke. Aurelia rieb die geschälten und gewaschenen Erdäpfel, sodass allmählich ein großer Haufen davon auf dem Küchenbrett lag.

»Nimmst du bitte an Weidling* und gibst das Ei und die Zwiebeln rein?«

Die geriebenen Erdäpfel legte Aurelia auf ein Sieb und ließ sie abtropfen. Milli entfachte inzwischen die Glut im Herd aufs Neue und legte einige Holzscheiter nach. Brennholz haben sie offensichtlich auch noch genug da heraußen am Land, dachte Aurelia. Dann gab sie die Erdäpfeln zum Ei und den Zwiebeln in den Weidling. Milli staubte etwas Mehl darüber, und Aurelia verknetete alles zu einer kompakten Masse. Nun bat sie Milli um das Schmalz, das sie in einer großen Pfanne zergehen ließ. Aus der Teigmasse formten die beiden Frauen Nockerln, die sie in das flüssige Fett gleiten ließen. Milli wusch auf Aurelias Anweisung den grünen Salat, zerteilte ihn und marinierte ihn mit Essig und Öl. Aurelia staunte aufs Neue, was es am Land noch alles an Vorräten gab. Die Erdäpfelnockerl schwammen im Fett und wurden allmählich goldbraun und knusprig. Aurelia fischte sie heraus und ließ sie über einem Sieb abtropfen. Dann bat sie Milli, den Nechyba zu Tisch zu rufen. Milli ging hinaus und Aurelia hörte:

»Pepi Mizzi, komm! Das Essen is' fertig.«

---

* Rührschüssel

Beim Essen kam die Rede wie von selbst auf die allgemeine Lebensmittelknappheit. Milli bemerkte seufzend, dass es auch für sie von Monat zu Monat schwieriger wurde, sich und den Hund durchzufüttern. Ihre beiden Söhne waren an der Front. Da sie kaum ausreichend Verpflegung bekamen, schickte Milli ihnen Lebensmittelpakete.

»Die armen Buam. Nicht nur, dass sie Kopf und Kragen für Gott, Kaiser und Vaterland riskieren, müssen s' auch noch Hunger leiden.«

Nechyba brummte:

»Lang kann das eh nimmer so weitergeh'n.«

»Das denk ich mir schon die ganze Zeit. Aber der Krieg hört und hört net auf.«

Aurelia seufzte:

»Es is' a Jammer.«

Dann warf sie Nechyba einen fragenden Blick zu. Der zuckte mit den Schultern. Sie räusperte sich und sagte:

»Milli, ich hab' a Frage. Glaubst, könntest du meinem Dienstgeber, dem Hofrat Schmerda, zwei Hühner verkaufen?«

»Will er Brathendln essen?«

Aurelia wehrte ab:

»Geh wo! Der hat einen Riesengusto auf Eierspeis'. Und Eier bekommen wir in der Stadt drinnen nimmer.«

»Ah so ...«

Plötzlich herrschte Schweigen am Tisch. Nechyba verdrehte die Augen, ihm war das Gespräch peinlich. Aurelia fuhr ungerührt fort:

»Der Herr Hofrat hat die fixe Idee, dass er in einem Zimmer seiner Wohnung Hendln halten will. Er ist bereit, dafür jeden Preis zu bezahlen.«

»Jeden?«

»Ich glaub' schon.«

»Na ja, Geld will ich keines. Das wird von Monat zu Monat weniger wert. Aber was mich reizen würd', wäre eine Uhr. A goldene Damenuhr hab' ich mir immer schon gewunschen.«

Aurelia nickte, und Milli fuhr fort:

»Wenn er zwa Hendln will, dann will i zwa Uhren. A Damen- und a Herrenuhr. Die schenk i dann meinem Franz, wenn er aus der Kriegsgefangenschaft heimkommt.«

Nechyba musste grinsen. Recht geschah es dem feinen Herrn Hofrat. Wenn er in diesen lausigen Zeiten unbedingt Eierspeis' essen wollte, dann musste er sich eben von seinen Wertgegenständen trennen. Und das mit der Herrenuhr fand er überhaupt leiwand. Millis Ehegatte, der Franz, war vor zwei Jahren in russische Kriegsgefangenschaft geraten. Das hatte ihn einerseits vor den schrecklichen Schlachten in Italien und jetzt an der Westfront bewahrt, anderseits war er derzeit irgendwo in Sibirien verschollen, und niemand wusste, ob und wann er zurückkommen würde. Na, der würde Augen machen, wenn er plötzlich Besitzer einer goldenen Taschenuhr war!

II/7

»EINE GOLDENE UHR für ein Hendl?«

Aurelia nickte. Hofrat Schmerda zog mit steinernem Gesicht seinen Zeitmesser aus der Uhrentasche seines Gilets, koppelte die Uhrkette ab und legte beides vor Aurelia auf den Schreibtisch.

»Bitte sehr.«

Aurelia konnte es kaum glauben.

»Und die Damenuhr?«

Schmerda stand auf und verließ das Arbeitszimmer. Aurelia hörte, wie er mit seiner Frau, die sich im kleinen Salon befand, redete. Seine Stimme wurde lauter, und Aurelia hörte unter anderem folgende Gesprächsfetzen: »Der Haushaltsvorstand bin ich und es g'schieht das, was ich sag …«, sowie: »Komm, mach' keine Manderln*.« Schließlich kehrte er mit der goldenen Uhr seiner Frau zurück. Behutsam legte er sie neben seine auf den Schreibtisch.

»Wann können wir die Hendln haben?«

»Jederzeit, glaub' ich.«

»Gut, dann kommen S' mit. Wir gehen hinunter zum Standplatz und fahren mit einem Autotaxi hinaus zu Ihren Verwandten und holen die Hendln.«

»Aber Herr Hofrat, wie transportieren wir sie? Und wo sind das Stroh und das Futter?«

Schmerda lehnte sich in seinem Sessel zurück, zupfte

* Schwierigkeiten machen

an seinem Backenbart und überlegte. Schließlich gab er folgende Anweisungen:

»Sie besorgen zwei Körbe für den Transport. Ich kümmere mich um das Stroh und das Futter. Die Gerti soll morgen gemeinsam mit dem Hausmeister das ehemalige Zimmer meines Sohnes ausräumen. Die Sachen werden in den Keller getragen und dort verstaut. Platz müsste ja vorhanden sein. Sobald das erledigt ist, fahr' ma hinaus aufs Land. Ich kann's schon gar nicht mehr erwarten, endlich wieder eine Eierspeis' zu essen.«

Nach dem Abendessen, als Aurelia in der Küche zusammenräumte und Gerti das Geschirr abwusch, abtrocknete und verstaute, wurde die Küchentür zaghaft geöffnet. Die gnädige Frau trat ein und seufzte.

Aurelia sah, dass sie mit ihr alleine sprechen wollte, und schickte das Dienstmädchen hinaus.

»Gerti, mach' die Betten für die gnädige Frau und den gnädigen Herrn. Nachher heizt du den Badeofen an und lässt der gnädigen Frau ein heißes Bad ein.«

Gerti nickte und verschwand. Als sie draußen war, setzte sich Auguste Schmerda auf einen Küchenstuhl und begann hemmungslos zu weinen.

II/8

Zenzi hatte ihn schlafen lassen. Nachdem sie gestern zu zweit einen Doppler Wein geleert und nachher kichernd und knutschend ins Bett gekrochen waren, war er heute nicht aus den Federn gekommen. Nach der wilden Nacht war Zenzi wie ausgewechselt. Im Halbschlaf hatte er sie in der Küche und in der Wohnung rumoren gehört, und dann war es irgendwann still gewesen. Er hatte sich umgedreht und noch ein bisschen weitergeschlafen. So gegen 10 Uhr stand er schließlich auf. In ihrer rührend kindlichen Handschrift hatte sie folgende Notiz hinterlassen: »I bin einkaufn für di, mein Schatzl. Busserl Zenzi.« Zach war gerührt. Obwohl ihm Innozenzia Tschiritsch manchmal ordentlich auf die Socken* ging, hatte er sie doch irgendwie lieb gewonnen. Ihre Fürsorge und vor allem ihre Bemühungen, sein körperliches Wohlbefinden zu steigern, waren rührend. So etwas hatte er sein Lebtag noch nicht gehabt. Sein Vater war unbekannt. Seine Mutter war ein Wäschermädel gewesen, das bis zum Umfallen gearbeitet hatte, um den Pamperletsch** und sich selbst durchzufüttern. Im Zusammenleben mit der Mutter waren Streicheleinheiten selten, Watschen hingegen die Regel gewesen. In dem Bemühen, sich ein paar Heller dazuzuverdienen, hatte er als Bub die ›Arbeiter-Zeitung‹ ausgetragen. Er war oft im Expedit und in der Redaktion herumgelungert. Weil ihn alle gernhatten, bekam er

---

* jemanden nerven
** Kind

schließlich eine der raren Lehrstellen als Setzer. Er absolvierte die Lehre mit Bravour, machte die Gesellenprüfung und engagierte sich in der Partei. Aus dem bloßfüßigen Rotzbuben, der in zerrissen Hosen herumgelaufen war, war ein aufrechter Sozialdemokrat geworden. Privat war er ein Hallodri. Ein unsteter Geselle, der den Mädeln den Kopf verdrehte, sie vernaschte und dann fallenließ. Als im marxistischen Denken geschulter Sozialdemokrat war er ein überzeugter Republikaner und lehnte die Monarchie und das Herrscherhaus kategorisch ab. Im Schützengraben hatte sich diese Aversion verstärkt. Blanker Hass auf den Kaiser und alle Großkopferten* loderte in seinem Herzen. Und als er im Frühsommer 1918 festgestellt hatte, dass die k. u. k. Armee am Ende war, war er desertiert. All das ging ihm durch den Kopf, als er mit hochgestelltem Kragen und tief in die Stirn gezogenem Steirerhut über den Naschmarkt schlenderte. Der Wind ließ fette Regentropfen an die Wände der Naschmarktstände und auf die Kleider der davor anstehenden Menschen klatschen. Meiner Seel', dachte er, bin ich froh, dass ich mich nicht ums Essen kümmern muss. Aus Gewohnheit lenkte er seine Schritte zum Gasthaus Zur Bärenmühle. Er bestellte ein Krügel Bier, nahm einen kräftigen Schluck und schaute hinaus in den Regen. Vor seinem geistigen Auge sah er das faltige Gesicht der Eigensperger. Wie sie ruhig dalag und schlief, bevor er ihr den Polster aufs Gesicht gedrückt hatte. Bereute er es? Nein. Schließlich war die Alte eine unglaubliche Bissgurn** und Zwidawurzn*** gewesen. Unzählige Male hatte sie ihm mit dem

* hochgestellte Persönlichkeiten
** zänkische Alte
*** grantiger Mensch, dem alles zuwider ist

Hinauswurf gedroht. Aus Geiz hatte sie es aber doch nicht getan. Schließlich zahlte er immer pünktlich die Miete, die im Übrigen ziemlich hoch war. Er war nie ausgezogen, denn die Alte hatte einen unschätzbaren Vorteil gehabt: Sie ging pünktlich um 7 Uhr abends zu Bett und schlief wie ein Stein. Das bedeutete, dass er nächtens unbesorgt Mädeln mit in sein Kabinett nehmen konnte. Er musste sie dann nur in der Nacht wieder loswerden. Was bei einigen problemlos und bei anderen eher kompliziert vonstattenging. Zach nahm einen weiteren Schluck Bier und lächelte bei den Erinnerungen an seine amourösen Abenteuer.

»Legitimieren Sie sich! Ihren Ausweis bitte.«

Zach fuhr erschrocken zusammen. Vor ihm stand ein Mann, der die typische Kleidung eines k. k. Polizeiagenten trug: schwarzer Anzug, schwarzer Überzieher, Melone. Auf seinen überraschten Blick und sein Zögern reagierte der Mann, indem er seine Polizeiagenten-Kokarde zückte und »K. k. Polizeiagenteninstitut« schnarrte. Zach musterte den nicht allzu großen Beamten. Rasende Wut auf die Obrigkeit und diesen vermaledeiten Staat stieg in ihm auf. Dann ging alles blitzschnell. Seinem Vis-à-vis schlug er mit dem Bierkrug ins Gesicht, sprang auf und stürmte aus dem Lokal. Er rannte über die Rechte Wienzeile, ein Automobil hupte, die Pferde eines Fuhrwerks scheuten. Hinein in den Naschmarkt, an Menschenschlangen vorbei, im Zickzack zwischen den gemauerten Buden hindurch. Zach hörte hinter sich das Trillern einer Polizeipfeife. Er rannte um sein Leben. Immer weiter stadtauswärts, am Marktamt vorbei. Regen klatschte in sein Gesicht, der Wind riss ihm fast den Hut vom Schädel. Wieder das Trillern der Pfeife eines Sicherheitswachmanns. Ich muss untertauchen! Aber nicht bei Zenzi. Wenn ich heim zu ihr laufe, bin ich geliefert. Ich muss verschwinden, mich verstecken. Im Laufschritt über die Pilgramgasse. Weiter, immer weiter! An der Stadtbahnstation vorbei. Dort! Das mächtige Gebäude der Vorwärts-Druckerei. Noch einmal über die Rechte Wienzeile, hinein in seine alte Arbeitsstätte. Der Portier riss erstaunt die Augen auf und rief:

»Freundschaft, Genosse! Kann ich dir helfen?«

Keuchend erwiderte Zach:

»Ich muss dringend zum Sepp Navratil.«

»Der arbeitet in der Setzerei. Den Weg kennst du?«

Zach zwang sich zu einem Grinser:

»I bin ja selber Setzer …«

»Ah ja. Dich haben s' ja einzogen, net wahr?«

»Psst!«

Der Portier kniff die Augen zusammen und murmelte:

»Verstehe … Geh rauf zum Navratil. Wenn mich wer nach dir fragen sollte: Ich hab' dich net g'sehn.«

»Danke, Genosse.«

»Nix zu danken.«

Zach stürmte in die Setzerei. Sepp Navratil und zwei andere alte Kollegen blickten von ihren Setzkästen auf. Zach redete nicht um den heißen Brei herum:

»Polizeiagenten sind hinter mir her.«

Navratil murmelte:

»Zieh dir die Jacke aus. Leg' den Hut ab. Nimm einen Arbeitsmantel, setz' dich an den freien Arbeitsplatz da. Geh, Hans, gib ihm die Seite 5 zum Setzen. Wir brauchen eh Hilfe.«

Hans Meier murmelte »Servas, Genosse Ambros« und gab ihm ein Manuskript. Der dritte Setzer, Leo

Bei, begrüßte ihn mit einem freundlichen »Willkommen zurück!«.

Zach setzte sich hin, atmete tief durch und begann mit der Arbeit. Plötzlich fühlte er sich sicher und geborgen.

II/9

»UM GOTTES HIMMELS willen! Nein, nein und nochmals nein!«

Aurelia war perplex. So hatte sie ihre Dienstgeberin Auguste Schmerda noch nie gesehen. Die sonst so beherrschte und zurückhaltende Frau war völlig außer sich.

»Diese Erde kommt nicht in meine Wohnung!«

»Oba gnä' Frau, i hab' den Auftrag, die Erd' in Ihre …«

»Das war ein Missverständnis. Schaun S', dass weiterkommen. Bringen S' die Erde dorthin zurück, wo Sie sie herhaben. In meine Wohnung kommt sie nicht.«

»Na guat, dann schütt' ich's Ihnen halt vor die Tür!«

»Unterstehen Sie sich!«

»Auftrag is' Auftrag. Da leer i jetzt die Kübeln her. Und die restliche Erd' a.«

Aurelia war ob des Krachs aus der Küche zur Eingangstür gekommen. Ihre Dienstgeberin schnappte nach Luft, wurde weiß wie die Wand, griff sich ans Herz und drohte umzukippen. Aurelia war rechtzeitig zur Stelle, um sie aufzufangen.

»Mein Mann treibt mich noch in den Irrsinn …«

»Kommen S', gnädige Frau, ich bring' Sie in Ihr Zimmer.«

»Aber die Erde, die Erde …«

Aurelia führte ihre Dienstgeberin in den kleinen Salon und bettete sie dort auf den Diwan. Sie schob einen Polster unter Auguste Schmerdas Kopf und ein Zierkissen unter ihre Beine. Dann drückte sie ihre Hand und flüsterte:

»Ich kümmere mich drum. Machen Sie sich keine Sorgen.«

»Ach Aurelia, was tät' ich nur ohne Sie?«

Die Köchin ging zurück zur Eingangstür, wo das Dienstmädel stand und große Augen machte.

»Was stehst denn da herum und haltest Maulaffen feil? Hol Schaufel und Besen und einen Kübel. Die Erde kommt in den Kübel und dann in das Hendlzimmer. Pass aber auf, wennst reingehst, dass dir keines der Viecher abpascht!«

Gerti senkte den Kopf und eilte davon. Der Kapskutscher* keuchte gerade mit zwei weiteren Kübeln Erde die Stiegen herauf. Bevor er in Versuchung kam, noch mehr Erde vor die Tür zu schütten, sagte Aurelia:

»Hearn S', das hat aber gedauert!«

»I bin a alter Mann, i kann nimma so wie früher. Ich schütt' die Erd' wieder daher vor die Tür, wenn's recht is'.«

»Das werden Sie gefälligst unterlassen! Sie Tachinierer**! Kommen S' mit, ich zeig' Ihnen, wo S' die Erde hinschütten müssen. Und steigen S' mir ja nicht in die Erde, die Sie frecherweise vor unsere Wohnungstür geleert haben!«

»Sie san aber a ganz a Hantige***!«

»Sie, werden S' net frech! Sonst sorg' ich dafür, dass der Hofrat Schmerda Ihnen was vom Lohn abzieht.«

»Is ja schon guat … ist ja schon guat … Wo kommt die Erd' jetzt hin?«

---

* Kutscher eines zweirädrigen Pferdekarrens, mit dem Erde, Schotter etc. transportiert wurde

** Faulenzer, Nichtstuer

*** Barsche, unfreundliche Person

»Da! In dieses Zimmer.«

Aurelia öffnete vorsichtig das Zimmer, in dem früher Alphonse Schmerda gewohnt hatte. Die zwei freilaufenden Hühner sahen sie aufgeschreckt an.

Der Kapskutscher rief:

»I man, i tram*! Des san ja Hendln!«

»Richtig. Und denen schütten Sie jetzt die Erde her. Damit sie herumkratzen und sich wohlfühlen können.«

»Auf den Parkettboden?«

»Na, wohin denn sonst?«

Beim Abendessen verdrehte Hofrat Roderich Schmerda vor Verzückung die Augen und murmelte:

»Eine Eierspeis' …«

Die hatte ihm Aurelia aus den zwei Eiern, die die Hühner gelegt hatten, zubereitet. Da Karminskys Botenjunge heute ein großes Stück Bauchfilz geliefert hatte, hatte sie Schmalz ausgelassen und Grammeln gemacht.

»Hmmm! Eine Grammel-Eierspeis'! So was Himmlisches hab' ich schon eine kleine Ewigkeit nicht mehr gegessen. Aurelia, das ist köstlich!«

»Danke, Herr Hofrat.«

Als die Köchin das Esszimmer verlassen wollte, winkte Schmerda sie noch einmal zu sich her. Er kaute bedächtig und schloss dabei die Augen. Als er runtergeschluckt hatte, sah er Aurelia mit verklärtem Blick an.

»Frau Aurelia, ich hab' gerade eine Vision gehabt.«

»Eine Vision, Herr Hofrat?«

»Sie sagen es! Ich hab' mir vorgestellt, dass wir ja in unserer Wohnung auch ein Schweinderl halten könnten.«

---

* Ich glaube, ich träume!

»Herr Hofrat!«

Schmerda stocherte eine Grammel aus der Eierspeise, zerkaute sie genüsslich und dozierte:

»Wir räumen das Zimmer meiner Frau, den kleinen Salon, aus und halten dort ein Schweinderl. Meine Frau übersiedelt mit ihrem Krimskrams zu mir ins Arbeitszimmer. Da ist genug Platz. Was halten Sie davon?«

»Gar nix. Erstens: Wo bekommen wir die Sau her? Zweitens: wo das Futter? Drittens: Wer sticht sie uns ab? Das Abstechen macht a Riesensauerei, im wahrsten Sinne des Wortes. Und viertens: Wollen Sie Ihre Frau wirklich in den Wahnsinn treiben?«

Schmerda hielt im Kauen inne. Er legte den Kopf schief, kratzte sich am Backenbart und murmelte schließlich:

»Sie haben recht. Meine Frau wäre wahrscheinlich nicht sehr erfreut.«

»Sie würden sie umbringen, Herr Hofrat. Schon die Hendln hält sie kaum aus.«

»Ah so? Na geh! Das ist aber schade.«

Er schob einen weiteren Bissen Eierspeise in den Mund, kaute bedächtig, schluckte runter und sagte dann bedauernd:

»Dann lass' ma das mit dem Schweinderl halt bleiben.«

Er steckte noch eine Grammel in den Mund, zerbiss sie mit Genuss und meinte dann resignierend:

»Man sollt' net heiraten …«

II/10

Zach war glücklich. Endlich hatte er wieder eine Betätigung, die ihn ausfüllte. Er arbeitete als Setzer bei der ›Arbeiter-Zeitung‹. So wie früher. Nachdem Sepp Navratil mit der Verlagsleitung gesprochen und den ganz speziell gelagerten Fall Zachs erläutert hatte, stimmte diese nach kurzer Beratung zu, Zach wieder einzustellen. Allerdings inoffiziell. Er musste versprechen, dass er frühmorgens in die Vorwärts-Druckerei kommen, hier den Tag verbringen und abends dann unbemerkt heimgehen würde. Kein Aufsehen! Nicht auffallen! Darauf musste er sein Ehrenwort geben. Bezahlt bekam er so wie die beiden anderen Setzer auch. Aber das Geld war nicht entscheidend. Entscheidend für Zach war, dass er endlich wieder seinen erlernten Beruf ausüben konnte. Mit jedem neuen Arbeitstag fühlte er sich zunehmend als normaler Zivilist. Die real gewordenen Albträume, die er während seines fast dreijährigen Kriegsdienstes erlebt hatte, verblassten. Genauso wie der Mord, den er begangen hatte. All das schien plötzlich das Leben eines anderen gewesen zu sein. Er dachte daran, wie er gestern zum Herausgeber der ›Arbeiter-Zeitung‹ zitiert worden war. Zum Genossen Dr. Viktor Adler. Der alte Mann war gerade im Aufbrechen gewesen. Zwischen Tür und Angel hatte er Zach scharf angesehen und leise gesagt:

»Genosse Zach, du bist desertiert?«

Augenblicklich war Zach sämtliches Blut aus dem Gesicht gewichen. Routinemäßig wollte er verneinen, antwortete dann aber der Wahrheit entsprechend:

»Ja, Genosse Adler.«

Der alte Mann nickte und ging neben Zach die Stiegen hinunter. Zach merkte, wie Adler schnaufte und unter Atemnot litt. Das sieht gar nicht gut aus, dachte Zach, als Adler plötzlich stehen blieb, nach Luft schnappte und mit schwacher Stimme sprach:

»Du bist ein gelernter Setzer, Zach. Und wir haben eh zu wenig Leut'. Also wäre es dumm, auf deine Dienste zu verzichten. Außerdem: Der Krieg ist eh bald aus.«

Zach riss ungläubig die Augen auf. Dr. Adler registrierte sein Erstaunen und murmelte:

»Ich hab' gerade Nachricht bekommen, dass Seine Majestät der Kaiser den feindlichen Mächten ein Friedensangebot unterbreitet hat. Der Krieg wird nimmer lang dauern.«

Dr. Adler schüttelte den Kopf und ging weiter die Stiegen hinab. Ohne sich umzudrehen, sagte er mit pfeifendem Atem zu dem verblüfft zurückbleibenden Zach:

»Genosse Zach, du bist eingestellt. Natürlich nicht offiziell. Bezahlt wirst so wie alle anderen. Sobald der Krieg vorbei ist, mach' ma das offiziell.«

Damit hatte er den untersten Teil der Stiegen erreicht und war verschwunden. Daran dachte Zach, als er folgenden Artikel setzte:

Maul halten und weiterdienen!

»Wir in Deutschland und Oesterreich-Ungarn halten an einer freien Presse selbst unter dem Zwange des Krie-

ges fest. Bei unseren Gegnern dagegen stehen die Journalisten unter der Kontrolle des Staates.«
Also sprach vor einer Woche der deutsche Staatssekretär Herr v. Hintze zu den Vertretern der Wiener Presse. Die Leser der Arbeiter-Zeitung haben sich gestern und vorgestern überzeugen können, wie »wir« an der freien Presse »festhalten«.

Früher einmal hat sich die Zensur mit weißen Flecken begnügt. Jetzt bekommen die Leser immer wieder ganze weiße Seiten serviert. So halten »wir« an der freien Presse fest!

Aber um die Freiheit der Presse allein handelt es sich nicht, so wichtig die Sache auch wäre, wenn es sich nur darum handelte. Es handelt sich um mehr. Es handelt sich um den Frieden.

Vier ganze Leitartikel sind in der Arbeiter-Zeitung in kurzer Frist unterdrückt worden. Alle diese Artikel handelten vom Frieden. Freilich, sie sprachen über den Frieden nicht so, wie der Herr Graf Burian über ihn spricht und wie die dem Herrn Grafen Burian dienstbaren Zeitungen über ihn reden. Unsere Artikel haben nicht die Illusion zu nähren gesucht, daß wir dadurch zum Frieden kämen, daß die Herren Minister wohlgesetzte Reden halten; daß sie einmal die Feinde beschimpfen und das anderemal die Feinde zu überreden suchen. Unsere Artikel haben vielmehr die Ueberzeugung zu verbreiten und zu vertiefen gesucht, daß der Friede ganz bestimmte Voraussetzungen hat, ohne deren Erfüllung nach unserer Ueberzeugung die schönsten Friedensreden der Minister fruchtlos bleiben werden. Unsere Artikel haben die Frage zu beantworten versucht, was in Deutschland und was in Oesterreich-Ungarn geschehen müßte, damit der

Friedenswille der Volksmassen in den feindlichen Ländern gestärkt, der Kriegswille der Regierungen in den feindlichen Ländern gebrochen werde. Unsere Artikel haben darzulegen versucht, welche inneren Reformen in Deutschland und in Oesterreich-Ungarn den Weg zum äußeren Frieden bahnen würden. Das ist es, worüber wir nicht reden dürfen!

Zach konnte sich, während seine Finger fleißig weitersetzten, ein Grinsen nicht verkneifen. Jawohl, er liebte es, im Dienste der sozialistischen Bewegung zu arbeiten. Sie kämpfte nicht nur für den Frieden, sondern wollte auch das Joch der Habsburgerherrschaft abschütteln, Kaisertum und Adel abschaffen und eine Republik gründen. Weg mit dem Kaiser! Das war es, wofür es sich zu kämpfen lohnte. Plötzlich schüttelte er den Kopf. Aufwachen, Ambrosius, ermahnte er sich. Er verscheuchte alle revolutionären Gedanken aus seinem Gehirn und arbeitete konzentriert weiter.

Fünfzig Monate lang führen wir Krieg. Fünfzig Monate lang bringen unsere Brüder im Felde Opfer ohne Zahl und tragen unsere Brüder in den Fabriken Entbehrungen ohnegleichen. Aber wenn es sich darum handelt, wie lange diese Schrecken noch dauern sollen; wenn in Frage steht, was geschehen kann und geschehen soll, um Massenmord und Massennot zu beenden, dann verschließt man uns den Mund. Wer darüber reden will, den herrscht man an: Maul halten und weiterdienen! Das ist der Sinn der leeren Spalten auf der ersten Seite der Arbeiter-Zeitung!

Nun musste Zach sogar lachen. Gut gebrüllt, Löwe, dachte er und setzte mit fliegenden Fingern den Artikel fertig. Der endete mit folgendem Satz:

Die Zeit des »Maulhalten und weiterdienen« ist auch in Oesterreich vorbei.

II/11

Der Guade betrat die Fleischerei Trnka durch den Lieferanteneingang im Hof. Es war kurz vor Mittag, und vor der Eingangstür ins Geschäft stand eine Schlange Frauen und Kinder an, um einen Zipfel Wurst, ein paar Knochen oder ein Stückerl Fleisch zu ergattern. Alle schauten verzweifelt drein, denn sie wussten, dass Frau Trnka pünktlich um 12 Uhr ihren Laden schloss. Viele von ihnen hatten schon erlebt, dass Amalie Trnka sie höflich, aber bestimmt aus dem Laden hinauskomplimentierte, obwohl sie sich zuvor stundenlang angestellt hatten. Karminsky mochte nicht die enttäuschten, von Entbehrung und Leid gezeichneten Gesichter sehen. Deshalb schlüpfte er durch die Hintertür in den großen, weiß gekachelten Raum, in dem sich ein massiver Holztisch befand, auf dem das Fleisch zerlegt wurde. Außerdem standen zwei weitere Tische sowie etliche große Metallschaffeln herum. In einem dieser Schaffel steckte Husak bis zu den Ellbogen drinnen und mischte mit seinen Händen eine schwarze Masse.

Der Guade trat auf ihn zu und bemerkte anerkennend: »Servus, Husak. Machst a Blunzn, gell?«

Ohne aufzusehen, nickte Husak und arbeitete weiter. Der Guade streckte den Bauch heraus, steckte die Hände in die Hosentasche und schaute Husak beim Arbeiten zu. Der gab nun Majoran, Pfeffer und Salz, die er in Schüsserln vorbereitet hatte, in die Masse und knetete weiter.

»Hast dich an das blutige Handwerk schon gewöhnt?«

»Ist gutes Handwerk. Ernährt seine Leit.«

Der Guade taxierte Husaks Figur und pflichtete ihm bei:

»Stimmt. Du hast zugenommen. Wie du herkommen bist, warst ja zaundürr.«

»Sag ich ja: Fleischerhandwerk ernährt seine Leit.«

Husak wandte sich den auf einer Seite abgebundenen Därmen zu und begann, eine nach der anderen mit der Masse zu stopfen.

Karminsky fragte:

»Warst du letzten Sonntag am Abend unterwegs? Ein bisserl auf Lepschi*?«

»Weiß nicht. Kann nicht mich erinnern.«

»Warst nicht vielleicht drüben hinterm Praterstern in der Wohlmutstraße?«

»Wohlmutstraße? Wo ist das?«

»Zwischen Prater und Nordostbahnhof. Warst net zufällig dort?«

»Ich mich nicht auskennen. Nur Gegend um Naschmarkt und jetzt hier Leopoldstadt. Wieso fragen Sie?«

Karminsky holte tief Luft, atmete schnaufend aus, bohrte die Hände in die Hosentasche und begann, im Schlachtraum herumzuwandern. Ohne Husak anzusehen, führte er aus:

»In der Wohlmutstraße is' a Frauenleich' g'funden worden. Regina Herzl hat's g'heißen. Ich hab' s' kannt, die Regerl. Sie war a Zeit lang eines meiner Baner**. I hab' s' aber dann rausg'schmissen, weil s' net pariert*** hat.«

»Bittscheen, was hat das mit mir zu tun?«

---

* sich vergnügen
** Prostituierte
*** gefolgt

»Na ja, du hast mir unlängst erzählt, dass du gemeinsam mit einem Kameraden abpascht* bist. Einem Wiener. Nun hat der Regerl ihr Hausmeister g'sagt, dass ihr letzter Freier a Wiener war. In grauer Uniform. Vielleicht a Deserteur. Und da hab' ich sofort an dich und deinen Kameraden gedacht. Also, wo warst in der Nacht von Sonntag auf Montag?«

»Karel war bei mir.«

Die Stimme von Amalie Trnka, die zuvor unbemerkt den Schlachtraum betreten hatte, klang hart und bestimmt. Karminsky zuckte zusammen und glotzte die Witwe mit offenem Maul an. Ein leises Lächeln umspielte ihre herben Züge.

»Der Karel war die ganze Nacht bei mir. In meinem Bett. Das hat er sich verdient. Er ist mir in jeder Hinsicht eine große Erleichterung …«

Worauf der Guade verdattert stammelte:

»Ah so?«

* hier: desertiert

11/12

»SAG, HAST DU das gelesen?«

Leutnant Leo Goldblatt hatte gerade die Träger seiner Uniformhose abgestreift und war im Begriff, diese auszuziehen. Aus der Uniformjacke und den Stiefeln war er bereits herausgeschlüpft. Verblüfft sah er seine Lebensgefährtin Judith von Zweytick an und murmelte:

»Was denn, Schatzi?«

»Na da! Den Artikel über das grauenhafte Unglück in der Munitionsfabrik Wöllersdorf.«

Sie reichte ihm die aufgeschlagene Seite 6 der aktuellen Ausgabe der ›Arbeiter-Zeitung‹. Er warf einen Blick auf die Überschrift. Sie lautete: *Großes Unglück in Wöllersdorf. Es sollen dreihundert Arbeiterinnen getötet sein.*

»Ah so, das. Ja, davon hab' ich gehört. Gestern hab' ich mit dem Nechyba im Kaffeehaus darüber geredet. Er war draußen vor Ort an der Unglücksstelle. Schrecklich, was er mir erzählt hat. Das Ganze ist dadurch entstanden, dass beim Einsetzen von Zündern in Patronenhülsen eine der Hülsen explodiert ist. Da rundum Schießpulver lag, hat alles sofort zu brennen angefangen. Natürlich auch die Kleider der Frauen und Mädchen, die in der Fabrikhalle gearbeitet haben. Wer sich nicht ins Freie retten konnte, ist bei lebendigem Leib verbrannt. Als Nechyba die Unglücksstelle besichtigte, sind Berge von verbrannten Leichen herumgelegen. Schrecklich muss das gewesen sein.«

»Davon hast mir gar nix erzählt.«

»Ich bitt' dich! Ich muss dir doch nicht von allen Grauslichkeiten, die ich erfahr', erzählen. Übrigens: Was gibt's heut zum Abendessen?«

Judith von Zweytick lachte auf und sagte in bitterem Ton:

»Da verbrennen 300 Frauen, und du denkst ans Nachtmahl?«

Goldblatt zog es vor, keine Antwort zu geben. Er legte die Zeitung weg, stand auf und schlüpfte aus der Uniformhose. Danach schlurfte er mit hängenden Schultern ins angrenzende Schlafzimmer. Judith rief ihm nach:

»Es steht heut noch eine weitere sehr traurige Nachricht in der Zeitung!«

»Was denn?«

»Amerika hat das Angebot zu Friedensgesprächen, das unser Kaiser den Alliierten gemacht hat, glatt abgelehnt.«

»Wundert es dich?«

»Schon ein bisserl.«

»Mich nicht. Wirst sehen, jetzt geht alles den Bach hinunter.«

»Alles?«

»Alles.«

Wenig später erschien Leo Goldblatt, in seinen Hausmantel gekleidet, ohne Socken, dafür aber mit Patschen* an den Füßen zurück.

Seine Lebensgefährtin hatte neuerlich zur Zeitung gegriffen. Ganz echauffiert sagte sie:

»Richtiggehend unmenschlich ist das, wie von offizieller Seite mit dem Unglück in Wöllersdorf umgegangen wird. Hör dir das an, Leo:

* Hausschuhe

Diese Meldung haben wir bereits in der Donnerstagnummer bringen wollen; die weise Zensur hat ihre Veröffentlichung unterdrückt. (Weißer Fleck Seite 5.) Es ist einfach schrecklich mit diesen verstockten Zensurleuten! Die amtliche Mitteilung hat das große, erschütternde Unglück bekanntlich mit ein paar Zeilen abgetan! Es ist gewiß erfreulich, daß ›infolge der sofort ergriffenen Maßnahmen eine Betriebsstörung der Munitionsfabrik ausgeschlossen ist‹, aber es macht doch einen unsäglich peinlichen Eindruck, daß der Militärverwaltung das angesichts dreihundert Todesopfern das Wichtigste ist! Wie man erfährt, hat der Kaiser einen Flügeladjutanten hinausgeschickt, um über das gräßliche Ereignis Näheres zu erfahren. Wenn der Kaiser auf die ›Berichte‹, die amtlich veröffentlicht werden, angewiesen wäre, so wie die Bevölkerung, würde er über die traurige Sache wenig erfahren. Das einfachste menschliche Mitgefühl würde doch gebieten, der Bevölkerung doch noch etwas anderes zu sagen, als daß eine Betriebsstörung ausgeschlossen ist!

Also ich bin erschüttert. Und ich dachte, dass mich nach über vier Jahren Krieg nichts mehr erschüttern kann. Was sagst du dazu, Leo?«

Wie ein begossener Pudel stand der Herr Leutnant vor Judith, seiner strengen Richterin. Durch seinen Kopf schoss folgender Gedanke: Ich bin zwar Teil der Militärverwaltung, aber – Gott sei mein Zeuge – ich habe nichts mit ihr am Hut. Und im nächsten Augenblick dachte er: Hoffentlich straft Gott mich nicht, weil ich Atheist ihn als Zeugen angerufen habe. Diesen Gedanken behielt er aber für sich. Laut sagte er:

»Und? Was gibt's zum Abendessen?«

II/13

Es war Montag, der 23. September. Am Himmel zeigten sich nur einige wenige Wolken, und das Quecksilber des Thermometers kletterte auf fast 24 Grad Celsius. Nechyba hatte keine Lust gehabt, im Bureau herumzusitzen. Deshalb machte er nun eine kleine Inspektionsrunde über den Naschmarkt. Was er sah, verbitterte ihn. Allmählich wurde sein Fortbewegungstempo ein bummelndes Gehen, so als ob sich seine Beine dagegen wehrten, hier entlangspazieren zu müssen. Grummelnd versank der Oberinspector in ein halblautes Selbstgespräch.

»Überall steh'n die Leut' Schlange. Nirgends gibt's was zum Essen. Und das, was es zum Essen gibt, ist ein Fraß. Das hab' i schon g'fressen. Der ganze Krieg steht ma bis daher …«, unwillkürlich machte er bei seinem Selbstgespräch eine Handbewegung in Kopfhöhe, »bis daher steht mir der Scheißkrieg. Speiben* könnte man. Andauernd nur speiben. Aber bitte was? Was soll man schon aus einem leeren Magen rausspeiben? Was soll man herauswürgen? Da kommt nix, weil im Magen nix drinnen is'. Man würgt und würgt und was kommt schließlich ausse? Ein bisschen Galle …«

Plötzlich sah er einen bunten Fleck inmitten der Tristesse. Den jungen Gotthelf mit zwei Papageien. Als der Planetenverkäufer den Inspector sah, rief er:

»Na, ham S' schon den Mörder von meinem Vater gefunden, Herr Inspector?«

---

* kotzen

Nechyba bedachte ihn mit einem giftigen Blick und replizierte:

»I bin Oberinspector …«

»Und? Herr Oberinspector, haben S' den Mörder meines Vaters endlich g'funden?«

Ein paar Passantinnen blieben stehen und gafften. Nechyba bekam einen roten Schädel.

»Das is' a Amtsgeheimnis. Das geht Sie einen feuchten Dreck an. Sobald wir gesicherte Erkenntnisse besitzen, werden wir Sie darüber informieren.«

»Warum werden S' denn gleich pampig? Ich hab' ja nur g'fragt.«

Nechyba trat ganz dicht an den Planetenverkäufer heran. Er sah dem wesentlich kleineren und schmächtigeren Mann direkt in die Augen. Dieser senkte den Blick und versuchte, einen Schritt zurückzumachen. Doch hinter ihm befand sich die Wand eines Marktstandes. Es gab keinen Ausweg. Sein Adamsapfel hüpfte nervös hinauf und hinunter, und seine beiden Papageien flatterten aufgeregt und krächzten unverständliches Zeug. Nechyba sprach mit Donnerstimme:

»Merken S' Ihnen eines, wenn Sie mit Amtspersonen reden: keine dummen Fragen stellen! Haben Sie verstanden?«

»Ja… jawohl, Herr Oberinspector.«

»Alsdann: Habe die Ehre. Pfiat Ihnen!«

Nechyba wandte sich ab und ging gemächlichen Schrittes davon. Toni, der ältere der beiden Papageien, war besonders aufgeregt. Er spreizte seine Flügel und krächzte Nechyba hinterher:

»Geh scheißen! Geh scheißen!«

»Ich hab' heut den Gotthelf getroffen.«

»Was?«

»Na, den Pepi Gotthelf. Der hat mich mitten am Naschmarkt blöd angeredet.«

»Na geh!«

Nechyba nahm einen kräftigen Schluck Wasser, so als ob er seinen Ärger hinunterspülen müsste.

»Das Gfraßtsackl hat mich tatsächlich laut vor allen Leuten g'fragt, ob ich schon den Mörder seines Vaters g'funden hab'.«

»Und? Hast ihn g'funden?«

Nechyba bekam einen dicken Hals und plärrte:

»Jetzt fang' du nicht auch noch damit an!«

»Was schreist denn so in der Gegend herum? Benimm dich, Nechyba!«

Nechyba schlug mit der Faust auf den Tisch, dass die Gläser, das Besteck und die Teller schepperten.

»Wenn ich schreien will, schrei ich!«

Aurelia ließ den Kochlöffel in das Reindl fallen, schob es von der heißen Herdplatte fort und ging wortlos ins anschließende Schlafzimmer.

Nechyba saß mit grimmiger Miene am Esstisch und hieb erneut mit der Faust auf den Tisch. Am liebsten hätte er Teller, Gläser und alles, was in der Küche nicht niet- und nagelfest war, an die Wand geschleudert. Er bebte vor Zorn. Stur stierte er vor sich hin auf das mit hübschen Stickereien verzierte Tischtuch. Er erinnerte sich an die langen Jahre seines Junggesellendaseins, als hier nie so sauber gewaschene und liebevoll gebügelte Tischtücher lagen. Damals war der Teller auf der nackten Tischplatte gestanden. Auch die liebevoll zusammengelegten Stoffservietten, die jeweils in einem silbernen Serviettenring steckten, hatte es damals nicht gegeben. Und dann dachte er daran, dass seine Wohnküche ganz und gar nicht so heimelig ausgesehen hatte, wie sie es nunmehr seit Jahren tat. Wie lange war es nun schon her, dass er Aurelia geheiratet hatte und sie zu ihm gezogen war? Er rechnete nach und kam auf erstaunliche 13 Jahre. Sein umherschweifender Blick blieb an dem liebevoll bestickten Leinentuch hängen, das sich oberhalb des Waschtisches befand. Er hatte es auf Aurelias Drängen einmal bei einem Kirtag* erstanden. Der aufgestickte Spruch, der nun an der Küchenwand hing, brachte ihn immer wieder zum Schmunzeln: »Wenn's Oascherl brummt, is' s' Herzerl g'sund.« Heute schmunzelte er nicht, sondern bekam feuchte Augen. Sein Zorn war verraucht, und er dachte an all die schönen Dinge und die wundervollen Stunden, die ihm diese 13 Jahre mit seiner Aurelia geschenkt hatten. Nun genierte er sich für sein Benehmen. Langsam stand er auf und ging zum Herd. Dort hatte Aurelia in einem Reindl gerührt, als er den Wutanfall bekommen hatte. Das Reindl stand neben der heißen Herdplatte und der Kochlöffel steckte in grünem Gemüse. Vorsichtig schob er es zurück auf die heiße Herdplatte und begann, mit dem Kochlöffel umzurühren. Brennnesselspinat. Gestern waren sie wieder draußen bei seiner Cousine in Speising gewesen. Die Gärtnerin hatte auf einer Gstettn** einen ganzen Sack voll frischer Brennnesselblätter gepflückt gehabt. Davon hatte sie ihnen die Hälfte abgegeben. Noch am Abend hatte Aurelia die Blätter blanchiert und passiert. Nun war sie dabei gewesen, Einbrenn*** in die grüne

---

* Kirchweihfest
** Brache
*** Mehlschwitze

Masse zu rühren. Nechyba erhitzte den Brennnesselspinat und rührte dann die kalte Einbrenn ein. Dadurch bildete sie kaum Klumpen. Liebevoll zerquetschte er jedes noch so kleine Klümpchen am Reindlrand, sodass schließlich eine cremige hellgrüne Spinatmasse auf dem Herd blubberte. Er schob den Spinat von der heißen Platte weg und schob eine Pfanne drauf, in der Aurelia einen Erdäpfelschmarrn zubereitet hatte. Da der Guade nicht nur die Familie Schmerda, sondern auch die Nechybas mit Speck versorgte, konnten sie Köstlichkeiten wie einen Erdäpfelschmarrn mit Grammeln zubereiten. Als der Schmarrn in der Pfanne zu brutzeln und wunderbar zu duften anfing, ging Nechyba ins Schlafzimmer, wo seine Frau mit geschlossenen Augen im Dunkeln am Bett lag. Vorsichtig nahm er ihre Hand, drückte sie zärtlich und murmelte:

»Das Essen is' fertig. Und … es tut mir … es tut mir sehr leid … vorhin … dass ich rabiat g'worden bin.«

Wortlos stand Aurelia auf und folgte Nechyba in die Küche, wo er den Spinat auf den Tellern mit jeweils zwei appetitlich goldbraunen Erdäpfelschmarrn-Gupferln anrichtete. Schweigend aß das Ehepaar.

Als sie das Nachtmahl beendet hatten, brummte Nechyba:

»Du hast großartig gekocht. Ich hab' dich lieb.«

Aurelia ergriff seine Hand, drückte sie, bis diese schmerzte, und erwiderte:

»Ich dich auch. Du narrisches Mannsbild, du!«

II/14

Platsch! Bumm!

Eine gerade und dann eine verkehrte Ohrfeige fegten den Mann von seinem Sessel, der mit ihm umfiel. Er schrie vor Schreck und Schmerz auf. Sein Gegner beugte sich über ihn. Josef Fischer krümmte sich instinktiv zusammen. Bitte nicht treten! Keine neuerlichen Schläge! Schützend hielt er die Arme über seinen Kopf. Doch der Oberinspector dachte gar nicht daran, Fischer neuerlich zu schlagen. Er packte ihn mit kräftiger Hand am Schlafittchen und zog ihn hoch.

»Stell den Sessel auf und setz' dich wieder!«

Josef Fischer stand da und schepperte wie ein Kluppensackl*.

»Du sollst dich setzen! Kruzitürken!«

Mit zitternden Händen hob Fischer den Sessel auf und setzte sich.

Nechyba brummte zufrieden und fragte in ruhigem Ton:

»Wie war das damals im 74er Jahr? Du hast beobachtet, dass die Viktoria Moldaschl allein in der Wohnung deines Meisters, des Goldschmieds, war. Also hast du in jede Hand einen Hammer genommen, bist zu ihr hinauf und hast sie mit den Hämmern niedergeschlagen. Dann hast du alle Preziosen, die in der Werkstatt herumgelegen sind, zusammengerafft. Als die Moldaschl leise gestöhnt

* Sack mit Wäscheklammern

hat, weil sie offensichtlich noch gelebt hat, hast den Goldschmiedeamboss gepackt und ihr damit den Schädel zertrümmert. Damit s' auch wirklich hin is', hast ihr noch ein bisserl Salzsäure übers G'sicht g'schüttet. Nachher hast dich mit dem Goldschmuck päulisiert. War's so?«

Josef Fischer starrte vor sich auf den Boden und sagte kein Wort.

Nechyba überlegte, ob er ihn noch einmal schlagen sollte. Er entschied sich, es einmal mit Brüllen zu versuchen:

»War es so???«

Fischer zuckte zusammen, so als ob er wiederum eine fürchterliche Ohrfeige bekommen hätte. Er beugte den Kopf vor und versteckte ihn hinter seinen Ellbogen. Seine großen, ungepflegten Hände legte er auf den von dünnem Haar bedeckten Schädel. Er begann neuerlich zu zittern und zu allem Überdruss auch noch zu weinen. Nechybas Wut verwandelte sich in Ekel. Vor ihm saß der, der die junge Marie Drda zuerst um ihre Ersparnisse und dann um ihr Leben gebracht hatte. Der sie sodann kaltblütig zerstückelt und danach die Leichenteile im Keller unter einem Kohlenhaufen vergraben hatte. Ein eiskalter Verbrecher, der nun als Häufchen Elend vor ihm saß. Nechyba empfand Abscheu. Umso mehr, als Josef Fischer vor 44 Jahren wahrscheinlich auch den bis dato nicht aufgeklärten Mord an Viktoria Moldaschl begangen hatte. Als ein mit allen Wassern gewaschener Kriminalist war Nechyba von Dr. Schober gebeten worden, Licht in diesen seit 1874 ungeklärten Fall zu bringen. Nun beobachtete er aufmerksam den zusammengekrümmt dasitzenden, Rotz und Wasser heulenden Josef Fischer. So wie der im Moment beisammen war, hätte Nechyba ihn totprügeln können und er hätte trotzdem kein Geständnis von ihm bekommen. Fischer hatte abgeschaltet. Er war bereit, alles zu erdulden und nichts zu sagen. Das bedeutete das Ende des Verhörs.

Nechyba stand auf und verließ den Raum. Draußen befahl er dem Uniformierten:

»Bringen S' ihn zurück in seine Zelle. Morgen oder besser noch übermorgen knöpf ich ihn mir noch einmal vor. Bis dahin wird der Fischer in Ruhe gelassen. Der muss sich erst einmal erholen. Wenn er glaubt, das Schlimmste überstanden zu haben, dann wird er mir wieder gegenübersitzen, und dann geht's weiter.«

»Jawohl, Herr Oberinspector.«

Nechyba war verschwitzt und hatte Hunger. So ein mieser Tag, dachte er und stapfte in sein Bureau, wo er mit der Faust an die Wand pumperte. Als Pospischil erschien, befahl er ihm, ein Krügel Bier zu holen. Währenddessen befeuchtete der Oberinspector mit der Zunge seinen Tintenstift und begann in gut lesbarer Schreibschrift, das Protokoll zu verfassen. Es widerte ihn an, aber er wusste, dass es morgen nur noch schwieriger sein würde, dieses vermaledeite Verhörprotokoll zu schreiben. Das von Pospischil gebrachte Bier erleichterte ihm die Schreibarbeit ein klein wenig. Außerdem beruhigte es den knurrenden Magen. Als er sein Werk vollendet hatte, warf er den Stift auf den Schreibtisch, legte das Protokoll in eine Mappe und lehnte sich seufzend zurück. Nein, heut arbeite ich nix mehr! Nachdem er diesen Entschluss gefasst hatte, erhob sich der Oberinspector, setzte seine Melone auf und verließ schleunigst das Polizeigebäude.

Auf seinem Weg ins Café Sperl sah er, wie Drabek bei der Sezession die Linke Wienzeile überquerte.

»Drabek! Warten S' einen Augenblick!«

Der Polizeiagent blieb stehen, sah sich um und entdeckte Nechyba in der auf ihn zuströmenden Menschengruppe. Ohne zu zögern, ging er dem Oberinspector entgegen.

»Grüß Sie, Herr Oberinspector.«

»Hawedehre! Gut, dass ich Sie seh'. Ich wollt' Sie heut schon am Rayon anrufen und Sie zu mir bestellen.«

»Wieso? Is' was passiert?«

»Es is' eben nix passiert und das kann so net weitergehen. Also: Wo steckt der Zach?«

Drabek machte ein bedrücktes Gesicht.

»Ich such ihn rund um die Uhr. Ich weiß, dass er sich hier irgendwo im Grätzl aufhält. Deswegen bin ich den ganzen Tag unterwegs.«

Nechyba war die Unterhaltung mitten im Straßenlärm zuwider, deshalb schlug er vor, sie bei einem Bier im Gasthaus Zur Bärenmühle fortzuführen.

Als sie sich gesetzt und den ersten kräftigen Schluck Bier getrunken hatten, kam Nechyba zur Sache:

»Und woran wollen S' ihn erkennen?«

»Der Nedorost, wissen S' eh, der Polizeiagent, der dem Polizeikommissariat Wieden zugeteilt is', …«

»Was is' mit 'm Nedorost?«

»Na, der hat ihn fast verhaftet.«

»Was heißt fast?«

»Na, dass der Zach abpascht is'. Der Nedorost hat ihn quer übern Naschmarkt verfolgt. Ich bin zufällig auch am Markt g'wesen. Wir sind dann beide dem Zach nachgerannt. Gemeinsam mit zwei Sicherheitswachleuten. Bis zur Kettenbrückengasse haben wir ihn verfolgt.«

»Und dann?«

Drabek nahm einen Schluck Bier, setzte behutsam den Krug ab und traute sich nicht, Nechyba ins Gesicht zu schauen.

»Dann war er plötzlich verschwunden. Er hat einen steirischen Lodenjanker angehabt.«

»Einen Steirerjanker?«

»Ja. Sehr auffällig. Trotzdem haben wir ihn aus den Augen verloren.«

»Das ist doch net möglich!«

Drabek nahm einen weiteren Schluck Bier und antwortete leise:

»Sie glauben gar net, was alles möglich is.«

II/15

»WOLLEN S' A interessante Visitenkarte sehen, Nechyba?«

»Gott zum Gruß, Herr Leutnant.«

»Ja, grüß Sie. Da setzen S' Ihnen her und schau'n Sie sich diese Visitenkarte an! Im Übrigen brauchen S' bei mir net klerikal werden. Sie wissen doch, dass ich Atheist bin.«

Goldblatts Bemerkung provozierte folgende Retourkutsche:

»Einen guten Tag zu wünschen, verkneife ich mir seit einiger Zeit. Es gibt keine guten Tage mehr.«

»Da haben S' auch wieder recht. Aber jetzt schau'n Sie sich endlich diese Visitenkarte an!«

Goldblatt reichte Nechyba die neueste Ausgabe der ›Kronen Zeitung‹. Zu des Oberinspectors Verblüffung prangte auf Seite 2 ganz oben – dort wo normalerweise die neuesten Nachrichten vom Kriegsverlauf vermeldet wurden – eine Visitenkarte. Nechybas Neugierde war geweckt. Auf der Visitenkarte stand:

Woodrow Wilson
Herr der Welt
Washington

Darunter befand sich folgender Artikel:

Solche Visitenkarten möchte sich der Mann am liebsten drucken lassen, der drüben in Washington auf dem Prä-

sidentenstuhle sitzt. Er gebärdet sich wenigstens so, als wäre er der Herr der Welt, und man muß sogar zugeben, daß dieser Herr genug unterwürfige Knechte findet. Wo sind die freien Amerikaner, die sich immer rühmten, ihrem Staatsoberhaupt die Hand schütteln zu dürfen, als wären sie seinesgleichen? Sie wagen nicht zu mucksen, lassen sich Steuern aufpelzen, daß ihnen die Schwarten krachen, und schicken ihre Söhne – vielleicht auf Nimmerwiedersehen – übers Meer, in Länder, die sie nur aus dem Geographiebuch kennen, und für eine Sache, die sie eigentlich gar nichts angeht. Aber der Herr will es, der Herr befiehlt und die Knechte kuschen. Alle hat er unter seiner Peitsche, nicht bloß die freien Bürger der Vereinigten Staaten von Amerika, die er zu feigen Bedientenseelen herabgewürdigt hat, sondern auch die »Großkopfeten« der Entente, die früher frei sprechen und handeln durften und jetzt nur den Mund aufmachen dürfen, wenn er das Zeichen dazu gibt. Wie klein sind sie alle geworden, Lloyd George und der Orlando, der Clemenceau und Sonnino, die politischen Heerführer Englands, Frankreichs und Italiens. Sie stöhnen unter dem Druck, den Wilson auf sie ausübt, aber sie müssen gehorchen.

Der salbungsvolle Heuchler Wilson, der öffentlich Bußpredigten hält und Psalmen singt und immer vom Frieden der Zukunft, von Freiheit und Brüderlichkeit faselt, hat jetzt sein wahres Gesicht gezeigt. Unser Kaiser hat durch den Minister des Aeußern Grafen Burian, der Welt sagen lassen, daß es an uns gewiß nicht liegt, wenn der Krieg noch immer fortdauert. Deutschland hat in feierlicher Form erklärt, daß es auch für einen gerechten und würdigen Frieden zu haben wäre. Was aber tat der Weltbeglücker Wilson? Wenige Minuten nach Einlangen unse-

rer Note hat er ohne Anhörung des »freien« amerikanischen Volkes Hunderttausende seiner Mitbürger, besser gesagt Untertanen, zum Tode verurteilt, indem er unseren Vorschlag verwarf. Und er hat auch die Staatsmänner der Entente gezwungen, unseren Antrag auf Einleitung unverbindlicher Friedensbesprechungen abzulehnen. Es blieb ihnen gar keine Wahl, sie müssen eben kuschen, …

Nechyba ließ das Blatt sinken, nahm einen Schluck Kaffee, den ihm der Ober ganz ohne Bestellung serviert hatte, und strich sich über den Bart.

»Sehr polemisch. Sehr polemisch …«

Goldblatt beugte sich vor und sagte leise:

»Aber ganz so unrecht hat der Verfasser dieses Artikels nicht. Haben S' ihn fertig gelesen?«

»Nicht ganz.«

»Ist eh besser. Weil, am Ende übertreibt der Herr Redakteur dann ein bisserl. Er stellt uns als Unschuldslämmer und Wilson als den bösen Kriegstreiber dar. So als ob wir von Anfang an einen reinen Verteidigungskrieg geführt hätten.«

Nechyba grinste grimmig:

»Das ist typisch österreichisch. Man verursacht einen Riesen-Ballawatsch*, aber schuld sind immer die anderen.«

»Sie sagen es, Nechyba. Sie sagen es. Wenn wir vor vier Jahren den Serben nicht den Krieg erklärt hätten, könnt' ma jetzt alle miteinander in Ruhe leben. Und der Herr Wilson tät' sich ausschließlich um seine amerikanischen Angelegenheiten kümmern.«

* Durcheinander, Chaos

TEIL 3 / OKTOBER 1918

So war der Krieg ausgebrochen, ohne daß der Fernblick derer, die ihn erklärten, auch nur den Umkreis der nächsten fünf Tage umspannt hätte. So auch spielte sich der Umsturz ab, mit dem einzigen Unterschied, daß die Planlosigkeit und Verwirrung deutlicher zutage trat.

Zitat aus: Franz Werfel, Barbara oder die Frömmigkeit, Paul Zsolnay Verlag Berlin-Wien-Leipzig, 1929.

III/1

Es war Sonntag. Husak verließ die Trnkasche Wohnung. Er spazierte, fröhlich vor sich hin pfeifend, die Stiegen hinunter ins Erdgeschoss und dann hinaus in die Blumauergasse. Eigentlich, dachte er, geht's mir wirklich gut. Während die Leut' rundum hungern, hab' ich einen vollen Magen, ein warmes kuscheliges Bett und auch ordentliche Sachen zum Anziehen. Ja, die Amalie putzt mich heraus. Von einem jüdischen Schneider, der zu Beginn des Krieges mit seiner Familie aus Galizien nach Wien geflohen war und nun in einer feuchten Souterrainwohnung im Trnkaschen Haus wohnte, hatte sie dem Karel die Kleider ihres verblichenen Ehemanns umarbeiten lassen. Und da Adolf Trnka ein wohlbestallter Fleischhauer und Hausherr gewesen war, hatte er Zeit seines Lebens auf anständige Kleidung Wert gelegt. Davon profitierte nun sein Nachfolger. Da alles im Leben seinen Preis hat, musste Husak auch die ehelichen Pflichten des Hausherrn übernehmen. Nicht, dass er Amalie sehr erotisch fand, das bitte nein! Die Fleischhauerwitwe war eine große, eher knochige Person. Ein Frauentyp, den Karel Husak bisher als nicht sehr anziehend empfunden hatte, da ihn mehr die barocken Formen ansprachen. Allerdings war die oft hart und barsch auftretende Amalie Trnka im Grunde ihrer Seele eine sehr fürsorgliche und warmherzige Person, die Karel nach Strich und Faden verwöhnte. So auch an diesem Sonntag. Nach dem gemeinsamen Frühstück – es hatte Bohnenkaffee gegeben! – schickte sie ihn mit folgenden Worten ins Kaffeehaus:

»A ordentlicher Mann arbeitet sechs Tage die Woche. Am siebten geht er in die Messe und dann zum Stammtisch oder ins Kaffeehaus. Also schau, dass d' weiterkommst! Um 12 Uhr steht der Schweinsbraten am Tisch.«

Weil er sich schon ganz narrisch auf den Schweinsbraten freute, spazierte Husak, mit den Händen in den Hosentaschen, fröhlich pfeifend rüber zur Praterstraße. Seine gute Laune war auch dadurch bedingt, dass Amalie zum Schweinsbraten böhmische Knödel machte. Keine Semmel- oder Erdäpfelknödel, so wie man sie in Österreich zum Schweinsbraten aß. Nein, weiße, duftig weiche Serviettenknödel nach böhmischer Art. Für das Weißbrot, das sie dafür verwenden musste, hatte Amalie ein kleines Vermögen ausgegeben. Aber das war ihr wurscht. Hauptsache, Husak hatte eine Freude. Er betrat das Café und war erstaunt. In seinem dunklen Anzug und mit frisch gebügeltem Hemd und Krawatte wurde er ganz anders behandelt als damals, als er gemeinsam mit Pepi Selewosky dieses Lokal betreten hatte.

»Wunderschönen guten Tag, der Herr! Wollen S' vielleicht in einer Fensterloge Platz nehmen? Da, die zweite von links ist frei.«

Husak sah irritiert, dass in besagter Loge auf der Marmorplatte des Kaffeehaustisches ein Reserviert-Schild stand. Aufmerksam, wie er war, bemerkte der Kellner Husaks irritierten Blick, eilte voran, entfernte es und lud Husak mit einer leichten Verbeugung ein, Platz zu nehmen.

»Das mit der Reservierung hat sich schon erledigt. Bittschön nehmen S' doch Platz. Was darf's denn sein?«

Husak überlegte nicht lange:

»Ein große Mokka bittscheen. Mit Weinbrand gespritzt.«

»Bitte sehr, bitte gleich!«

Zu einem Piccolo rief er quer durch den Raum:

»Schurli! An Mokka g'spritzt mit Weinbrand! In die 2er-Loge!«

Husak machte es sich auf der Kaffeehausbank bequem. Er gähnte zufrieden und blinzelte auf die im goldenen Sonnenlicht vor ihm liegende Praterstraße. Später wanderte sein Blick durch das Kaffeehaus. Plötzlich stutzte er, als er die dicke fette Schlagzeile der am Nebentisch liegenden ›Kronen Zeitung‹ sah:

Antrag an den Präsidenten Wilson auf Waffenstillstand und Friedensverhandlungen.

Husak sprang auf, eilte zum Zeitungsständer und sah sich die Titelseiten der anderen Zeitungen an.

Die ›Arbeiter-Zeitung‹ titelte:

Angebot zum Waffenstillstand und Friedensverhandlungen.

Um sicherzugehen, griff er noch zu einer dritten Zeitung. ›Die Neue Zeitung‹ brachte folgende Schlagzeilen:

Friedensangebot an Amerika.

Eine Note der Mittelmächte.

Autonomie der Völker der österreichisch-ungarischen Monarchie.

Ganz benommen ging Husak zu seinem Kaffeehaustisch zurück. Der Piccolo hatte bereits den Kaffee serviert, der kaum nach Kaffee, aber wunderbar nach Weinbrand duftete. Husak nahm einen kräftigen Schluck, lehnte sich zurück und schloss die Augen. Jetzt ist der Albtraum vorbei. Bald bin ich kein Deserteur mehr, sondern tschechischer Patriot! Bis dahin werde ich ganz ruhig hier in meinem warmen Nest bei Amalie bleiben. Wenn Tschechien unabhängig ist, werde ich mir eine Fahrkarte kaufen und gemütlich heimfahren. Vor seinem geistigen Auge sah er die Türme der Altstadt und den mächtigen Hügel des Hradschin. Dazwischen floss die Moldau, und er vermeinte, Smetanas wunderbare Klänge zu hören.

»Na hallo! Wen seh' ich da in der Einserpanier* sitzen?«

Husak schrak aus seinem Tagtraum auf. Karminsky musterte ihn unverschämt grinsend von oben bis unten.

»Wer hat dich denn so ausstaffiert? Die Witwe Trnka? Na servas! Bei der hast dich aber ganz schön eingeweimperlt**!«

Ohne zu fragen, nahm Karminsky an Husaks Haustisch Platz. Umgehend wurde dem Guaden ebenfalls ein Mokka mit Weinbrand serviert. Karminsky nahm einen Schluck und fuhr fort, auf den schweigsamen Husak einzureden.

»Ja, die Weiber ... Wenn's einmal einen Narren an einem g'fressen haben, kann man fast alles von ihnen haben. Was sagst, Husak? Das hat sich jetzt fast gereimt!«

Husak blieb stumm und sah beim Fenster hinaus. Karminskys Ton klang nun leicht gekränkt:

»Schau, Husak, du solltest mir dankbar sein, dass ich dich bei der Witwe Trnka untergebracht hab'. Das war doch ein Hundertguldenschuss von mir. Mitten ins Herz. Die gute Amalie hat eh schon längere Zeit wieder einen Herrn gebraucht. So einen richtigen. Na, und das scheinst du zu sein. Ist doch leiwand. Also schmoll nicht, sondern sei mir dankbar, dass ich dich und die kleine Hur', mit der

* Sonntagsanzug
** einschmeicheln

du damals z'amm warst, hier im Kaffeehaus aufgeklaubt hab'. Ich hätt' euch ja auch verhungern lassen können.«

»Ich bedanke mich recht scheen. Das war wirklich sehr liebenswürdig von Ihnen, Herr Karminsky.«

»Na also! Geht ja! Gern geschehen. Übrigens, Husak, hast schon die heutigen Zeitungen g'lesen? Der Friede naht! Mit Riesenschritten. Da werden wir uns endlich wieder umstellen können. Von der Kriegswirtschaft auf die Friedenswirtschaft. Das wird auch schon Zeit! Ich möchte im Kaffeehaus endlich wieder einen Bohnenkaffee bekommen.«

»Recht haben Sie. Kaffee hier ist wirklich scheißlich«, replizierte Husak höflich.

»Na ja ... wenn der Frieden kommt, wird auch die Unabhängigkeit der österreichischen Völker kommen. Ich sag dir, das ist unaufhaltsam. Dann kannst heimfahren in ein unabhängiges und freies Tschechien. Wirst schon sehen.«

»Und Sie? Fahren Sie heim nach Polen?«

»Bist deppert? Was mach' i dort?«

Er nahm einen großen Schluck vom g'spritzten Mokka, trommelte mit den Fingern auf die Marmorplatte des Tisches und fügte dann sehr bestimmt hinzu:

»I heiß' zwar Karminsky, bin aber a echter Wiener.«

III/2

Es war ein schöner Herbstmorgen. Die Sonne tauchte die Stadt in ein herbstlich mildes Licht, und Nechyba war auf dem Weg zum Naschmarkt. Genauer gesagt zur Rosalia Mrkwiczka vulgo Naschmarkt-Roserl. Die Fratschlerin kannte er seit dem Winter 1911, als sie einen erfrorenen Bankert* vor ihrem Stand gefunden hatte. Vor allem in den letzten Jahren, in denen es nie ausreichend Lebensmittel für die Wiener Bevölkerung gegeben hatte, nutzte er diesen Kontakt. Mit der Faust klopfte er an die rückwärtige Tür des Standes.

»Wer is' denn?«

»I bin's.«

»Wer?«

»Oberinspector Nechyba.«

Die Tür wurde geöffnet und die Naschmarkt-Roserl begrüßte ihn mit einem »Jessas na**!«

»Jedes Mal, wenn du mich siehst, tust du so, als ob du dich bekreuzigen müsstest. Wie wann i der Gottseibeiuns wär'!«

»Viel fehlt nimmer«, antwortete die Roserl mit bösem Grinsen.

»Für diese Beleidigung einer Amtsperson verdonnere ich dich zu einer Buße in Form von einem Kilogramm Zwiebel.«

»Zwiebeln wollen S' von mir?«

---

* uneheliches Kind

** Stoßseufzer / wörtlich übersetzt: Jesus nein!

»Ja, von wem denn sonst? Du bist doch a Gemüsefratschlerin.«

»Aber Zwiefl sind Mangelwar'.«

»Keine Angst, i bezahl sie ja eh. I will nix g'schenkt haben.«

»Trotzdem sind s' Mangelwar'.«

»Deswegen bin i ja zu dir kommen. Damit's keinen Ballawatsch und keine Spompanadln* gibt.«

»Na, von mir aus. Wie viel wollen S' denn?«

»Ein Kilo. Es können auch zwei sein.«

»Was, zwei Kilo?«

»Wenn du dich blöd spielst, nehm' ich drei.«

»Is scho guad, is' scho guad. Zwa Kilo.«

Sie schlurfte in den Stand hinein, Nechyba folgte ihr. Aus einem groben Sack nahm sie mit beiden Händen Zwiebelknollen und legte sie auf die Waagschale. Noch einmal bückte sie sich und legte nach.

»Ein Kilo achtzig. Reicht des?«

»Is gut. Leg' ma die Zwiebeln auf die Seite. Ich hol s' mir am Abend.«

»Aber um sechse sperr i zua!«

»Ich bin vor sechs da. Wie viel kriegst du?«

Die Naschmarkt-Roserl legte den Kopf schief, verzog nachdenklich das Gesicht und sagte dann, ohne mit der Wimper zu zucken:

»Zwei Kronen achtzig.«

Nechyba nickte und verließ grußlos den Stand. Die Unverschämtheit der Naschmarkt-Roserl ärgerte ihn. Preise hatte die wie im Sacher! Aber immerhin: Er hatte sich nicht anstellen müssen und würde die Zwiebeln am

* Wirrwarr und Mätzchen

Abend abholen können. Zu einer Zeit, zu der es normalerweise überhaupt nichts mehr zu kaufen gab. Service hatte eben seinen Preis.

Mit der morgendlichen Müdigkeit in den Beinen schlenderte er den Naschmarkt entlang. Plötzlich irritierte ihn etwas. Hatte er sich getäuscht? Er blickte sich um und entschied, dass das, was er gesehen hatte, in der parallel verlaufenden Marktzeile gewesen war. Rasch ging er nun zwischen zwei Ständen zur anderen Zeile durch. Er reckte den Hals und kniff die Augen zusammen. Tatsächlich! Ziemlich weit vorne sah er einen Mann, der einen steirischen Lodenjanker trug und in Richtung Kettenbrückengasse ging. Nechyba beschleunigte seinen Schritt. Er kam dem Lodenjankerträger immer näher. Zach! Endlich hatte er ihn vor sich. Der Zufall wollte es, dass er ihn höchstpersönlich verhaften würde. Nechyba rannte nun. Als er knapp hinter dem Mann war, packte er zu. Mit eisernem Griff riss er den Jankerträger am Schlafittchen nach hinten. Ein erschrockener Laut entwich dessen Mund.

Nechyba knurrte:

»Sie sind verhaftet.«

Der Mann sah Nechyba fassungslos an.

»Oberinspector Nechyba. K. k. Polizeiagenteninstitut. Sie kommen mit aufs Mariahilfer Kommissariat.«

»Was hab' i denn g'macht?«

»Gosch'n* halten und mitkommen.«

»Aber ich bin unschuldig!«

»Das sagen alle.«

---

* Mund

III/3

ZACH SASS ÜBER seinen Bleiletternkasten gebeugt und setzte Artikel um Artikel. Schnell und konzentriert. Sein Kollege Sepp Navratil war heute Morgen nicht zur Arbeit erschienen. Nun hatte er doppelt so viel zu tun. Mit großer Freude bemerkte er, dass ihm die Arbeit flott von der Hand ging. Es machte ihm richtig Spaß, den erlernten Beruf wieder auszuüben. Trotzdem war er beunruhigt. Was war passiert? War Navratil krank? Hatte er einen Unfall gehabt? Oder hatte ihn gar die Polizei verhaftet? Der Vormittag verging wie im Flug. Als er um halb eins eine kurze Rauchpause einlegte, wurde die Tür zur Setzerei aufgerissen und Navratil kam herein.

»Servus, Sepp! Wie geht's dir? Was is' passiert?«

Navratil setzte sich an seinen Arbeitsplatz, zündete sich eine Zigarette an, blies den Rauch säulenartig in die Höhe und fragte beiläufig:

»Sag einmal, Ambros, hast du wen umgebracht?«

Wie von einer Tarantel gestochen, sprang Zach auf und rief erregt:

»Wie kommst denn da drauf?«

»Schrei net so. Und reg dich nicht auf. Es war ja nur eine harmlose Frage.«

Leo Bei sah von der Arbeit auf und mischte sich ein:

»Warum soll der Ambros wen umgebracht haben? Sich

selbst hat er heute fast umgebracht. Hat gehackelt* wie ein Wilder, weil du nicht da warst. Hat gemacht deine Arbeit dazu.«

»Na, dann is' ja gut.«

»Warum schaust dann so ang'fressen, Sepp?«

»Weil man mich heut früh am Naschmarkt verhaftet hat.«

Nun mischte sich auch Hans Meier ein:

»Wer hat dich verhaftet?«

»A Polizeiagent. A Oberinspector.«

»Und?«

»Der hat mich abg'führt. Wie einen Schwerverbrecher. Quer über den Markt hinauf ins Mariahilfer Kommissariat. Dort haben s' mich dann verhört. Der Oberinspector und noch a anderer Polizeiagent. Die wollten mir zwei Morde anhängen.«

Hans Meier fiel die Kinnlade herunter, und Leo Bei murmelte:

»Das muss sein a Irrtum.«

»Freilich war's a Irrtum. Weil, dann is' a dritter Polizeiagent dazugekommen und der hat g'sagt, dass ich net der bin, den sie suchen. Sie suchen nämlich einen gewissen Ambros Zach. Der Polizeiagent, der mich entlastet hat, hat Zach vor Kurzem im Gasthaus Zur Bärenmühle gestellt. Leider is' er ihm dann abgepascht.«

»Ja, aber warum haben s' dich denn für den Ambros gehalten?«

»Weil ich dem Ambros seinen Steirerjanker getragen hab'. Deshalb hat der Oberinspector geglaubt, i bin er.«

Zach war schneeweiß im Gesicht und stammelte:

---

* gearbeitet

»Ich hab' glaubt, ich mach' dir a Freud, wenn ich dir den Janker um einen Bettel* verkauf'. So einen erstklassigen und warmen Janker kriegst in ganz Wien net.«

»Das stimmt schon. Und dafür bin ich dir auch dankbar. Aber ich frag' dich noch einmal: Hast du jemanden umgebracht?«

Zach warf den Zigarettenstummel, der zwischen seinen Fingern glühte, auf den Boden, stand auf und trat ihn aus. Dann nahm er seinen neuen Mantel, der aus dem Kleiderkasten von Zenzis Dienstgeberin beziehungsweise von deren verstorbenem Gemahl stammte, und ging. Beim Hinausgehen sagte er in beleidigtem Ton:

»Solche Frechheiten muss ich mir nicht gefallen lassen!«

Zach saß in Zenzis Küche. Die Ellbogen hatte er auf den Tisch gestützt und das Gesicht in die Hände vergraben. Zenzi, die ihn anfangs ohne Erfolg zu trösten versucht hatte, war in ihr Kammerl verschwunden. Zach war zum Heulen zumute. So sehr hatte er es genossen, in sein altes Leben zurückzukehren. Als geachteter und geschätzter Kollege, der inmitten von Gesinnungsgenossen seiner Arbeit nachging. Das war vorbei. Nun war er wieder der Außenseiter, der Gesetzlose, der Verbrecher. Verdammt noch einmal! Er hatte den Gotthelf nicht umgebracht! Und die Eigensperger? Gut, er musste zugeben: Die hatte er umgebracht. Allerdings ganz sanft. Mit einem Polster hatte er sie im Tiefschlaf überrascht und erstickt. Das war ein humaner Tod gewesen. Wer weiß? Vielleicht war sie sowieso todkrank und er hatte ihr nur ein langes

* geringen Betrag

Leiden erspart? Alt war sie auf jeden Fall. Sehr alt. Sie musste so um die 80 gewesen sein. Keine Freunde hatte sie mehr gehabt. Ihre früheren Bekannten und Freunde waren längst alle tot. Ziemlich lange schon. Die Eigensperger war eigentlich eine arme Haut. Ein einsamer alter Mensch, den er von seinem jämmerlichen Dasein erlöst hatte. Das war kein Mord. Es war eine Gnade, die er ihr angedeihen hatte lassen. Jawohl, eine Gnade! Und dann kam dieser verfluchte Kiberer und beschuldigte ihn, einen Mord begangen zu haben. Mit dem einen hatte er nichts zu tun und der andere war eigentlich eine Erlösung gewesen. Nein, ein Mörder war er keiner. Vielleicht ein Dieb, aber kein Mörder! Ja, er hatte gestohlen. Bei der Armee alles Essbare und später dann bei seiner Flucht nach Wien Lebensmittel, Kleider und Geld. Aber all das hatte er nicht aus schnöder Habgier getan. Er war zum Dieb geworden, weil er überleben wollte. Weil er sich nicht aufgegeben hatte wie so viele seiner Kameraden, die sich von den Offiziersschweinen ins feindliche Feuer schicken und abschlachten ließen. Nein, da hatte er immer einen Weg gesucht, um sich zu drücken. Ja, er hatte einen ganz starken Überlebenswillen. Dieser Wille, sich nicht aufzugeben, hatte ihn schließlich zurück nach Wien und sogar zurück an seinen Arbeitsplatz gebracht. Und jetzt? Jetzt war alles aus. Jetzt war er als Mörder gebrandmarkt. Diese Hundsfötte von Kiberern! Am liebsten würde er sie alle umbringen! Alle! Und die ganze Adelsbrut und die verdammten Habsburger dazu!

Nein. Er war kein Mörder. Natürlich würde er keine Kiberer umbringen, so sehr er sie auch verabscheute. Diese Knechte des Bürgertums und der Aristokratie! Wobei er sich im Falle der Aristokratie mit dem Umbringen nicht so sicher war. Die Vorstellung, alle Freiherren, Grafen, Fürsten und Erzherzöge hintereinander an den Bäumen der Ringstraße aufzuknüpfen, hatte schon etwas Verlockendes. Oder sie zu guillotinieren. So wie man mit dem Adel bei der Französischen Revolution verfahren war. Ja, diese Idee hatte etwas für sich. Aber deshalb war er noch lange kein Mörder. Auch kein potenzieller. Schließlich ging es darum, die arbeitende Klasse zu befreien. Eine Räterepublik zu errichten, in der die Macht vom Volk ausging und in der es keinen Platz für nicht arbeitende Parasiten geben würde. Zach begann, von neuen Zeiten zu träumen, sein Kopf glitt auf den Küchentisch, und wenig später hörte Zenzi heftige Schnarchgeräusche aus der Küche.

III/4

KNAPP VOR 8 UHR MORGENS verließ Nechyba seine Wohnung und ging hinauf zur Gumpendorfer Straße. Er betrat die Greißlerei* der Lotte Landerl und brummte:

»Morgen!«

Die Landerl saß hinter dem Verkaufspult und nahm gerade einen Schluck aus dem Kaffeehäferl. Sie seufzte:

»Herr Oberinspector, was wollen S' denn?«

»Was ich immer will. A Gabelfrühstück.«

»Ja, das hätt' i a gerne.«

»Sie frühstücken doch gerade!«

»Gehen S'! Das is' ka Frühstück. I trink nur an Kaffee. Ersatzkaffee …«

Nechyba bemerkte, dass sich im Damenbart der Landerl ein Brotbrösel verfangen hatte. Weitere Brösel waren auf der Wölbung von Lotte Landerls mächtigem Busen zu sehen. Nechyba beugte sich grinsend über das Verkaufspult und sah, dass die Landerl dahinter auf einem Hocker einen Teller mit zwei Butterbroten stehen hatte.

»Wenn Sie eh nur Kaffee trinken, dann können S' mir das, was da am Hocker steht, verkaufen.«

»Hör'n S', wie haben S' denn das bemerkt?«

»Na, an den Bröseln auf Ihrer Bluse.«

»Was? Sie schau'n mir auf den Busen? Das werd' ich Ihrer Frau erzählen!«

»Sie werden gar nix erzählen, weil, wenn S' mich reizen,

* Tante-Emma-Laden

verhafte ich Sie wegen Hamstern. Sie haben doch Butter gehamstert! Wie sonst kommt die Butter auf Ihr Brot?«

»Himmelherrgott! An Ihnen is' a Detektiv verloren gegangen!«

»I bin Polizeiagent. Das reicht.«

»Und so einer is' seit Jahrzehnten mein Kunde!«

»Als jahrzehntelanger Kunde will ich jetzt das eine Butterbrot kaufen. Wie viel kostet es?«

Die Landerl sah Nechyba scharf an und hielt dabei den Kopf etwas schief. Nechyba schoss durch den Kopf, dass ihn unlängst die Naschmarkt-Roserl genauso angesehen hatte. Ui! Das wird teuer, dachte er. Und genauso war es. Die Landerl verkaufte ihm das Butterbrot zum ungeheuerlichen Preis von zwei Kronen. Nechyba war so gierig, dass ihm das völlig egal war. Er zahlte, verließ die Greißlerei und begann auf dem Weg zum Ring, das Butterbrot zu essen. Er genoss jeden Bissen. Wie lange hatte er schon kein Butterbrot mehr gehabt? Ein Jahr? Zwei Jahre? Er konnte sich beim besten Willen nicht mehr erinnern. Vorne am Ring bei der Tramway-Haltestelle sah er eine Gruppe Menschen stehen, die heftig diskutierten. Weiters fiel ihm auf, dass unzählige Leute auf den Tramway-Gleisen zu Fuß unterwegs waren. Ein älterer, sehr gut gekleideter Herr erregte sich:

»Dass die Bediensteten der Elektrischen streiken, ist eine Sauerei!«

Ein anderer Herr widersprach:

»Also i versteh' das. Die Tramway-Bediensteten wollen doch nur das Nötigste zum Überleben. Und weil ihnen das die Gemeinde nicht geben will, streiken sie.«

»Was heißt: ›das Nötigste zum Überleben‹?«

»Na, eine Erhöhung der Kriegszulagen.«

»Aber gleich 30 Prozent. Das ist eine Unverschämtheit!«

Nechyba wandte sich von den Streithansln ab. Er überquerte den Ring, leckte über seine Lippen und erinnerte sich an den wunderbaren Geschmack des Butterbrotes. Plötzlich verspürte er einen heftigen Gusto auf Kaffee. Butterbrot und Kaffee. So wie er es früher, in der Vorkriegszeit, unzählige Male genossen hatte. Dieser unbändige Gusto lenkte seine Schritte stadtauswärts. Ins Café Sperl, wo er dem Cafetier in die Arme lief.

»Nechyba! Was machen denn Sie zu dieser Uhrzeit hier?«

»Na was? Kaffee trinken.«

»Mein Gott, euch Beamten geht's gut. Ihr könnt schon in der Früh ins Kaffeehaus gehen.«

»Ich muss im Polizeiagenteninstitut anrufen, darf ich Ihr Telefon benutzen?«

»Selbstverständlich. Sie wissen eh, wo es is'. In meinem Bureau.«

»Dankschön.«

»Keine Ursache, Herr Oberinspector. Was darf's denn zum Trinken sein?«

»Wie immer: einen ›Goldblatt‹, bittschön.«

Nachdem er im Polizeiagenteninstitut angerufen und bekannt gegeben hatte, dass er einen Dienstweg zu erledigen hätte und deshalb erst später in der Dienststelle erscheinen würde, schlürfte Nechyba seinen »Goldblatt«. Der mit Trebernem aufgespritzte Ersatzkaffee wirkte äußerst anregend auf seine Ganglien. Er dachte über Zach nach. Was wusste er über diesen Verbrecher? Dass er Setzer gelernt und vor dem Krieg in der

Vorwärts-Druckerei gearbeitet hatte. Ein überzeugter Sozialdemokrat also. Das war auch der fälschlich verhaftete Arbeitskollege von Zach. Wie hieß der? Novak? Novotny? Nein! Navratil, Josef Navratil. Der hatte natürlich kein böses Wort über Zach gesagt. Die Genossen hielten eisern zusammen. Navratil hatte nur zu Protokoll gegeben, dass er den Zach zufällig im Gasthaus Zur Bärenmühle getroffen und dieser ihm den Steirerjanker zu einem sehr günstigen Preis verkauft hätte. Und dass Zach vor dem Krieg ein geschätzter Arbeitskollege gewesen war. Mehr hatte er im Verhör nicht preisgegeben. Nechyba kam eine Idee. Was war, wenn Zach, der ja desertiert war, wieder an seinem alten Arbeitsplatz werkte? Gute Setzer waren rar, da die meisten an der Front waren. Außerdem gebot die Solidarität, dass Genossen zusammenhielten. Vor allem, wenn es darum ging, einen Deserteur zu schützen. Nechyba lächelte traurig. Im Prinzip verstand er den alten Josef Navratil vollkommen. Er hätte an dessen Stelle nicht anders gehandelt. Und gerade deshalb war es höchste Zeit, dem Vorwärts-Verlag einen Besuch abzustatten. Vielleicht war Zach dort untergeschlüpft.

Als Nechyba durch das Stiegenhaus des Vorwärts-Verlags ging, stürmte ihm ein Mann entgegen. Mittelgroß, gut gekleidet, recht fesch. Auffallend war sein dichtes schwarzes Haar, das von silbernen Fäden durchzogen war. Silbergrau meliert, dachte sich Nechyba. Er betrat die Setzerei und sagte laut:

»Grüß Sie, Herr Navratil.«

Der alte Setzer blickte erschrocken von seiner Arbeit auf.

»Herr Oberinspector, was machen denn Sie da? Wollen S' mi schon wieder verhaften?«

»Herr Navratil, ich bitt' Sie. Was soll das? Ich bin nur da, weil ich mit Ihnen plaudern möchte.«

»Ich hab' zu tun.«

»Tun S' Ihnen keinen Zwang an. Arbeiten S' ruhig weiter, ich schau mich nur ein bisserl um.«

Nechyba machte einen kleinen Rundgang. Es gab offensichtlich vier Arbeitsplätze, die derzeit genutzt wurden. Zwei davon waren unbesetzt, an einem arbeitete Navratil und an einem weiteren ein älterer, rundlicher Mann mit dicken Brillen. Nechyba blieb neben ihm stehen und sah ihm beim Setzen folgenden Artikels zu:

Die Grippe.
Sämtliche Wiener Schulen geschlossen
Auf Antrag des Landessanitätsrates hat der Landesschulrat gestern beschlossen, daß sämtliche Wiener Schulen vorläufig bis zum 21. Oktober geschlossen bleiben. Man will gegen Ende des zweiten Drittels des Monats beraten, ob die Schließung noch ausgedehnt werden soll. In Ungarn, wo die Grippe noch stärker zu wüten scheint, sind im ganzen Staate die Schulen geschlossen worden.

»Die Grippe wütet, das is' a Wahnsinn«, brummte Nechyba.

Der rundliche Setzer blickte auf und antwortete:

»Es is' ka Wunder. Wir ham nix mehr zum Fressen. Unsere Körper sind geschwächt und haben keine Substanz mehr. Schaun S' mich an! Ich hab' vorm Krieg 95 Kilo gewogen. Jetzt hab' ich 75. Wenn's so weitergeht, werden wir alle verhungern.«

Gerade als er das sagte, kam ein alter kleiner Mann herein. Er setzte sich an einen der beiden leeren Arbeitsplätze und schimpfte:

»Jetzt kürzen s', Gott möge diese Regierung strafen, noch einmal die Fleischration! Ein Achtelkilo pro Woche und Person gibt's ab sofort nur mehr. Das is' nebbich. Schäbig und nebbich!«

Nechyba wandte sich dem Alten zu:

»Es ist wirklich a Schand'. Ich bin übrigens der Oberinspector Nechyba. Und Sie?«

»Leo Bei. Setzer und Mitglied der Sozialdemokratischen Arbeiterpartei seit 1893.«

Navratil sah von seiner Arbeit auf und schmunzelte:

»Der Leo ist unser Nestor. Er war eigentlich schon im Ruhestand. Aber als unsere jüngeren Kollegen einberufen wurden, ist er zurückgekommen, um uns zu unterstützen.«

»Und einer dieser jüngeren Kollegen ist der Ambros Zach?«

Navratil nickte. Nechyba kehrte zu ihm zurück, zog einen Sessel her und setzte sich. Er sah Navratil zu, wie er Bleibuchstaben um Bleibuchstaben aneinanderreihte und zu Worten, Sätzen und Absätzen setzte.

»Das ist ein interessanter Beruf, den Sie da ausüben. Ich könnt' mir vorstellen, dass der Zach hierher an seinen Arbeitsplatz zurückkehrte, nachdem er desertiert ist. Das Setzen, so scheint mir, is' nicht nur a Hack'n*, sondern ein Beruf. Dazu muss man berufen sein.«

Neuerlich nickte Navratil.

»Darum versteh' ich nicht, warum der Zach zuerst den

* Job

Stanislaus Gotthelf und dann die Eigensperger umgebracht hat.«

Ohne von seiner Arbeit aufzublicken, knurrte Navratil: »Der Zach hat niemanden umgebracht.«

»Stimmt nicht. Die Eigensperger, seine ehemalige Vermieterin, hat er sicher auf dem Gewissen. Weil, da wurde nicht eingebrochen. Da hat einer, der den Wohnungsschlüssel gehabt hat, alle Habseligkeiten mitgenommen und nebenbei die alte Frau im Schlaf erstickt. Das war einer, der sich in der Wohnung ausgekannt hat. Das deutet auf den Zach hin.«

»Und wie war's beim Gotthelf?«

»Anders. Da ist der Zach, nachdem er desertiert ist, untergeschlüpft. Und dann hat er ihn erschlagen.«

Nun blickte Navratil von seiner Arbeit auf und sah Nechyba in die Augen:

»Und was war sein Motiv?«

Nechyba senkte den Blick. Er starrte vor sich auf den Boden und murmelte schließlich:

»Ein klares Motiv kann ich bei dieser Tat auch nicht erkennen. Vielleicht war es kein Mord, sondern ein Totschlag.«

»Da wird dem Deserteur Zach von einem alten Bekannten Unterschlupf gewährt und zum Dank schlägt er ihn tot. Das glauben Sie wirklich, Herr Oberinspector?«

Nechyba schüttelte den Kopf, stand auf und verabschiedete sich.

Als er wieder draußen auf der Wienzeile war, schüttelte er neuerlich den Kopf und seufzte:

»Faktum ist, dass es für den Mord am Gotthelf kein einleuchtendes Motiv gibt.«

Was ihn aber noch viel mehr ärgerte als das fehlende Mordmotiv, war die Tatsache, dass Zach zuvor an ihm vorbeigerannt war und er ihn nicht erkannt hatte. Sepp Navratil hatte zum Abschied gehöhnt:

»Wenn S' fünf Minuten früher gekommen wären, Herr Oberinspector, hätten S' den Zach persönlich nach dem Mordmotiv fragen können. Der war vorher nämlich gerade da und hat a paar persönliche Sachen abgeholt.«

»Was? Der war da? Also hat er hier gearbeitet?«

»Ja, kurze Zeit. Aber jetzt is' er weg. Er hat Angst, dass er verhaftet wird. Wie man sieht, nicht ohne Grund.«

Völlig zerknirscht hatte Nechyba die Setzer dann gefragt:

»Wie sieht er denn aus, der Zach?«

Während Navratil nur mit der Schulter gezuckt hatte, hatte Leo Bei gemurmelt:

»A schöner Mann mit schwarze Haar'. Silbergrau meliert.«

III/5

Es war früher Nachmittag, und er saß in der Unterhose und im Leiberl* am Küchentisch. Er las die gestrige ›Arbeiter-Zeitung‹. Seitdem er sich nicht mehr außer Haus wagte, brachte Zenzi ihm von ihren Einkaufstouren immer die aktuelle Ausgabe mit. So verlor er nicht den Kontakt zur Außenwelt. Zenzi liebte es, ihren Ambros mit dem Zentralorgan der Deutschen Sozialdemokratie in Österreich zu versorgen. Als 40-jährige Frau, die ihr ganzes Leben lang ein Dasein als Dienstbotin geführt hatte, verspürte sie große Sympathien für Zachs marxistische Gesinnung. Ja, sie bewunderte ihn dafür. Tag für Tag konnte Zach nun hier in Zenzis kleinem Reich die ›Arbeiter-Zeitung‹ studieren und sich Gedanken über den Krieg, den Kaiser, die Monarchie und ein mögliches Ende all dessen machen. Mit großem Interesse las er nun den Leitartikel vom 12. Oktober:

Wer soll die Friedensverhandlungen führen?

*Das haben die Grafen Berchtold**, Tisza*** und Conrad von Hötzendorf****, als sie an jenem unglückseligen Julitag des Jahres 1914 das Ultimatum an Serbien beschlossen und redigiert haben, nicht geahnt, wohin sie das alte Habsburgerreich führen! Sie haben eine »Strafexpedition« nach*

* Unterhemd
** österreichisch-ungarischer Außenminister
*** ungarischer Ministerpräsident
**** Chef des Generalstabs

Serbien beschlossen und haben das Reich, das strafen sollte, selbst in das furchtbarste Verhängnis gelockt! Sie haben Serbien den Krieg erklärt, weil es die Teilnahme österreichisch-ungarischer Beamter und Offiziere an gerichtlichen Erhebungen gegen serbische Staatsbürger auf serbischem Boden nicht zulassen, seine inneren Einrichtungen also nicht der Kontrolle der Monarchie unterwerfen wollte; und jetzt endet ihr Unternehmen damit, daß Wilson, daß der Friedenskongreß, daß also das Ausland uns unsere ganze innere Ordnung diktieren, daß es also nicht nur vereinzelte gerichtliche Erhebungen auf unserem Boden, sondern unsere ganze staatliche Ordnung seiner Kontrolle unterwerfen wird! Der Herr Graf Tisza hat damals gesagt, das österreichisch-ungarische Heer werde in Serbien einziehen wie eine Patrouille in ein Wirtshaus, um dort Ordnung zu machen; und jetzt mußte Oesterreich-Ungarn selbst, indem es die vierzehn Punkte Wilsons annahm, der Welt das Recht zugestehen, auf seinem eigenen Boden Ordnung zu machen! Die Monarchie wollte einem kleinen Nachbarstaat ihren Willen aufzwingen und endet damit, sich selbst in den Grundbeziehungen ihres ganzen Lebens fremdem Willen unterwerfen zu müssen.

Und wie unterwerfen! Die ganze Lage, in der sich Oesterreich-Ungarn befindet, wird am vollkommensten durch die Tatsache veranschaulicht, daß Wilson auf das Friedensangebot der Monarchie bisher keine Antwort gegeben hat. Wilson verhandelt mit Deutschland über die Bedingungen eines Waffenstillstandes; eine Antwort an Oesterreich-Ungarn hat er, wie von Washington amtlich gemeldet wurde, noch gar nicht in Erwägung gezogen! Den Grund zu erraten, ist nicht schwer. Wilson hat die deutsche Reichsleitung ausdrücklich gefragt, ob sie ihr Friedensangebot nur im Namen des Kaisers und der Bundesfürsten oder im Namen des deutschen Volkes und seiner Vertretung gemacht hat; er will nur über ein Angebot verhandeln, das vom Volke selbst ausgeht, und nur mit einer Regierung, die die berufene, vom Volke selbst anerkannte Vertreterin des Volkes ist. Deutschland kann diese Bedingungen erfüllen; es kann Wilson antworten, daß das Friedensangebot mit Zustimmung des Reichstages gemacht wurde, und daß die deutsche Reichsleitung von der Mehrheit des Reichstages eingesetzt ist. Aber wie könnte Oesterreich-Ungarn diese Bedingungen erfüllen? Der Graf Burian mag allenfalls zur Not noch als Vertreter der Magyaren und der Deutschen gelten; aber acht von zehn Nationen des Reiches sprechen ihm mit der größten Entschiedenheit das Recht ab, in ihrem Namen zu verhandeln! Und daran würde sich auch dann nichts ändern, wenn an die Stelle des Grafen Burian irgend ein anderer Burian träte. Oder soll man es auch hier versuchen, eine parlamentarische Regierung, ein »Völkerministerium« zu bilden, das Vertreter aller Nationen umfassen würde und darum im Namen aller Nationen sprechen könnte? Aber das geht gar nicht; aus dem sehr einfachen Grunde nicht, weil Tschechen, Südslaven, Polen keine solche Regierung bilden, in keine österreichische Regierung mehr eintreten wollen, weil sie eben dem österreichischen Staat überhaupt nicht mehr zugehören, ihre eigenen Nationalstaaten bilden wollen! Keine Macht der Welt kann diese Tatsachen ändern. Kein Staatsstreich von oben und keine Revolution von unten könnte eine österreichische Regierung hervorbringen, die von allen Nationen das Mandat zu Friedensverhandlungen bekäme, weil viele Nationen eben überhaupt Oesterreich nicht mehr wollen, sich als Bürger Oesterreichs nicht mehr fühlen, jeder österreichischen Regierung, wie immer sie aussähe, das Recht, ihre Sache zu führen, absprechen. Das ist die nackte, brutale Tatsache, die, ob man sich ihrer nun freut oder ob man sie beklagt, kein Einsichtiger mehr leugnen kann. Darum kann Wilson eine österreichisch-ungarische Regierung, die nach seiner Auffassung und seinen Grundsätzen zu Friedensverhandlungen berechtigt wäre, nicht finden. Darum müssen wir heute schon mit der Möglichkeit rechnen, daß Wilson vielleicht überhaupt nicht die österreichisch-ungarische Regierung zu Friedensverhandlungen einladen wird, sondern nur die Vertreter der einzelnen Nationen Oesterreichs und Ungarns. Es werden also vielleicht überhaupt nicht Vertreter der k. u. k. Regierung zum Verhandlungstisch kommen, sondern nur Vertreter der Tschechen, der Südslaven, der Polen, der Ungarn und so weiter! Und wenn wir Deutschösterreicher bei den Verhandlungen nicht unvertreten bleiben wollen, dann müssen wir uns eben auch als Nation konstituieren und unsere eigenen Vertreter zum Friedenskongreß entsenden. Die österreichisch-ungarische Regierung hat den Krieg erklären können; aber ob sie auch noch berufen sein wird, Frieden zu schließen, ist durchaus nicht gewiß. Das haben die Herren Berchtold, Tisza und Conrad v. Hötzendorf an jenem düsteren Julitage nicht geahnt!

Zach ließ die Zeitung sinken und grinste. Er erinnerte sich an das, was ihm der Dr. Adler im Stiegenhaus des Vorwärts-Verlags prophezeit hatte: dass der Krieg bald zu Ende sein würde. Für Zach war sonnenklar, dass es mit dem Kriegsende zum Umsturz kommen würde. Der Kaiser würde abdanken, die Monarchie zusammenbrechen und es würde drunter und drüber gehen. Zach lächelte still vor sich hin. Wenn alles zusammenbräche, würden Deserteure nicht mehr verfolgt, und die Mördergeschichten, die ihm die k. k. Polizeiagenten angehängt hatten, würden im allgemeinen Umsturz untergehen und vergessen werden. Kaiserlich-königlich sowie kaiserlich und königlich wären dann ein für alle Mal Geschichte, und er könnte ein neues Leben als freier Mensch beginnen. Er träumte vor sich hin und malte sich die Zukunft in rosigen Farben aus. Plötzlich hörte er, dass die Wohnungstür aufgeschlossen wurde. Er wollte schon rufen: »Zenzi! Bist schon zurück?«, biss sich aber im letzten Moment auf die Zunge. Denn er vernahm eine fremde Frauenstimme:

»Stellen S' das Gepäck schön der Reihe nach da her. Ich lass es dann wegräumen.«

»In Ordnung, gnä' Frau«, erwiderte eine männliche Stimme. »I bin glei wieder mit den restlichen Koffern da.«

Die Tür fiel ins Schloss und Schritte näherten sich der Küche. Zach war wie elektrisiert. Er sprang auf, klemmte die Zeitung unter den Arm und schlich auf Zehenspitzen in Zenzis Kammerl. Dort kroch er unters Bett. Gerade rechtzeitig. Denn in der Tür zwischen Küche und Kammerl erschienen Frauenfüße, die in eleganten Lederschuhen steckten.

»Zenzi? Bist du da?«

Die Frauenfüße betraten das Kammerl, verharrten einige Augenblicke, drehten um und verschwanden. Zach atmete auf. Als er einatmete, blieben etliche Staubflankerln, von denen es mehr als genug unter Zenzis Bett gab, in seiner Nase hängen. Sie kitzelten wie verrückt, und Zach kämpfte mit all seinem Willen dagegen an, niesen zu müssen. Angstschweiß! Sein Gesicht wurde puterrot, er schloss die Augen und begann zu zittern. Gott sei Dank läutete es an der Haustür. Schritte, die Tür wurde geöffnet und die Männerstimme von vorhin sagte laut:

»Soda, gnä' Frau! Das wär's dann. Zwei Kronen geradeaus bekomm ich von Ihnen.«

Zach hielt sich die Nase zu und nieste. Nicht ganz geräuschlos, aber auch nicht so laut, dass man es im Vorzimmer hätte hören können. Leise schnäuzte er sich in seine Faust und wischte den Rotz in die Unterhose. Die Nase war frei. Er konnte wieder ungestört atmen. Während er da lag und fieberhaft überlegte, was er tun sollte, hörte er neuerlich, wie die Wohnungstür aufgesperrt wurde.

»Gnädige Frau! Sind Sie wieder da?«

»Das siehst du doch, Zenzi. Ja, ich bin wieder da. Und meine Koffer sind auch da. Trag sie in den Ankleideraum. Wir räumen sie später aus.«

»Jawohl, gnädige Frau. Sofort, gnädige Frau.«

Zach spürte erneut ein Kribbeln in der Nase. Nein! Nicht noch einmal! Er krümmte sich zusammen, atmete ganz flach und dachte in einem fort: Nicht niesen. Nicht niesen, nicht niesen … Er hörte die fremden Schritte nebenan in der Küche und die Stimme der Wohnungsbesitzerin:

»Zenzi? Haben wir Kaffee? Ich hätt' so einen Gusto auf ein Schalerl Kaffee.«

Zenzis Schritte näherten sich.

»Nur Ersatzkaffee, gnädige Frau.«

»Na gut. Mach' mir ein Schalerl.«

»Sofort, gnädige Frau.«

Zach hörte Geschirr scheppern, Wasser rauschen und

sodann die Ofentür des Herdes aufklappen. Ein Schürhaken kratzte in der Heizkammer herum, Holz wurde nachgeschoben.

»Zum Glück is' noch a Glut im Herd. Der wird gleich wieder warm werden, dann mach' ich Ihnen das Kaffeetscherl.«

»Haben wir Milch im Haus?«

»Gnädige Frau, Milch ist Mangelware und kaum zu bekommen.«

»Mein Gott! Ich hätt' am Land bleiben sollen. Dort hat's immer von irgendwoher eine Milch gegeben.«

»Es tut mir leid. Aber ich werde jetzt einmal die Schutzbezüge der Möbel im Salon entfernen, damit Sie es sich dort bequem machen können. Das Kaffeetscherl serviere ich Ihnen dann im Salon, wenn's recht ist.«

»Ja, das ist mir sehr recht. Ich werd' mich ein bisserl auf die Chaiselongue legen und ausruhen.«

Die beiden Frauen entfernten sich. Zach registrierte mit Genugtuung, dass sich der Niesreiz ebenfalls entfernt hatte. Er begann zu sinnieren. In was für eine Lage bin ich da reingeraten? Wieso habe ich mich darauf verlassen, dass Zenzis Gnädige nicht zurückkommt? Ich habe wie ein kleines dummes Kind in den Tag hineingelebt, ohne vorzusorgen. Jetzt sitze ich in der Falle. Zenzis Schritte näherten sich und steuerten dem Kammerl zu. Dann hörte er Zenzi flüstern:

»Ambros! Wo steckst du?«

»Hier!«

»Wo?«

»Unterm Bett.«

Er sah, wie sich Zenzi niederkniete und ihn mit großen, schreckgeweiteten Augen anstarrte.

»Was mach' ma jetzt?«

»Du musst gehen. G'schwind.«

»Aber da draußen rennt deine gnädige Frau herum.«

»Ich werd' ihr Baldrian in den Kaffee schütten. Wenn sie eing'schlafen is', kannst verschwinden.«

»Glaubst, dass das so einfach geht?«

»Ich glaub' schon. Sie is' von der Reise müd'. Der Baldrian wird auch helfen.«

»Ich muss mich noch anziehn.«

»Sobald s' eing'schlafen is', ziehst dich an und verzupfst* dich.«

»Einfach so?«

»Ja! Das is' net meine Wohnung. I bin nur a Dienstbote. Wenn die Gnädige draufkommt, dass du da g'wohnt hast, haut s' mich stante pede raus. Sie mag nämlich keine fremden Leut' in ihrer Wohnung.«

»Ist schon recht, Zenzi. Sobald sie schlaft, verschwind' ich.«

»Bist mir bös, Ambros?«

»Nein, Zenzi. Es is' nur ein bisserl plötzlich.«

»Ich mach' jetzt den Kaffee.«

Später, als die Dame des Hauses schlief, holte Zenzi ihren Liebhaber unter dem Bett hervor und half ihm beim Ankleiden. Sie hängte ihm eine alte Ledertasche um, in die sie ein Stück Brot, einen Zipfel Wurst und zwei Zwiebeln eingepackt hatte. Zach umarmte sie und schickte sie dann hinaus, um nachzusehen, ob ihre Dienstgeberin wirklich schlief. Kaum war sie weg, stürzte er in die Küche, lockerte eine Kachel des Herdes und holte aus

* weggehen

dem dahinterliegenden Hohlraum ein Bündel Geldscheine hervor. Seine eiserne Reserve, die Ersparnisse der alten Eigensperger. Er konnte die Kachel gerade noch rechtzeitig anbringen, als Zenzi zurück in die Küche kam und wisperte:

»Sie schnarcht. Laut und deutlich. Komm jetzt!«

Auf Zehenspitzen schlichen die beiden durch das lange Vorzimmer zur Wohnungstür. Zenzi öffnete sie lautlos, umarmte Zach, küsste ihn. Tränen rannen ihr über die Wangen.

»Adieu, Ambros …«

»Baba* …«

»Werden wir uns wiedersehen?«

»Wenn der Krieg aus ist, treffen wir uns am Naschmarkt. Dann wird alles ganz anders sein. Dann kann ich mich frei bewegen.«

»Is gut, Ambros. Bis nach dem Krieg also!«

»Bis nach dem Krieg.«

* Tschüss

III/6

»Jetzt ist es bald aus und vorbei.«

Mit diesem Seufzer ließ sich der Leutnant Goldblatt an Nechybas Kaffeehaustisch nieder. Nechyba, der gerade das kaiserliche Manifest in der Extraausgabe der amtlichen ›Wiener Zeitung‹ gelesen hatte, legte das Blatt auf den Kaffeehaustisch und nickte. Generell herrschte im Café Sperl am späten Nachmittag dieses 17. Oktobers eine merkwürdig melancholische Stimmung. Der Oberkellner trat an den Tisch und fragte in ironischem Tonfall:

»Herr Leutnant, wie wollen Sie denn heute Ihren ›Goldblatt‹? Mit einem deutsch-österreichischen Trebernen oder mit einem national-tschechischen Karlsbader-Becherbitter? Oder vielleicht mit einem ungarisch-nationalen Barack oder einem national-südslavischen Slibowitz?«

Goldblatt blickte den Ober mit ernster Miene an.

»Sie machen sich also lustig über unseren Kaiser und seinen Willen, Österreich in einen föderalistischen Bundesstaat umzuwandeln?«

»Herr Leutnant, das bitte nein! So etwas würde ich mir nie erlauben. Was ich mir erlaubt habe, war ein kleiner Scherz zur aktuellen politischen Situation.«

»Das Scherzen wird Ihnen schon noch vergehen.«

»Wie Sie meinen, Herr Leutnant.«

»Das meine ich nicht, davon bin ich überzeugt. Und eines ist sicher: Nix wird besser werden.«

»Wenn ich Sie recht verstehe, Herr Leutnant, wollen

Sie also Ihren ›Goldblatt‹ so wie immer. Mit einem österreichischen Trebernen.«

Goldblatt nickte, und der Ober verschwand. Nechyba klopfte mit dem Zeigefinger auf die Extraausgabe der ›Wiener Zeitung‹ und brummte:

»Mit diesem kaiserlichen Manifest wird unsere Monarchie zu einem Witz. Wenn die Völker selbst bestimmen können, brauchen sie ja keine Monarchie und schon gar keinen Kaiser mehr.«

»Sie sagen es, Nechyba. Sie sagen es ...«

»Seine Majestät, unser Kaiser, gibt sich einer ungeheuren Illusion hin. Allein der Titel des Manifests sagt ja schon alles ...«

Nechyba griff zur Extraausgabe der ›Wiener Zeitung‹ und hielt sie Goldblatt unter die Nase.

»*An Meine getreuen österreichischen Völker!*«

Nechyba schnaufte empört und fuhr fort:

»Weiter unten steht dann:

Österreich soll, dem Willen seiner Völker gemäß, zu einem Bundesstaat werden, in dem jeder Volksstamm auf seinem Siedlungsgebiet sein eigenes staatliches Gemeinwesen bildet.

Wie bitte, soll denn das funktionieren? Die wollen doch alle weg von Österreich!«

Dem Leutnant wurde der Kaffee serviert, und während er einen Schluck nahm, starrte er in einem fort auf die Überschrift. Schließlich zischte er:

»Getreue Völker. Dass ich nicht lache! Die Tschechen haben schon vor Monaten eine eigene Regierung gebildet, unsere Polen wollen sich mit den deutschen und russischen Teilen Polens zu einem neuen Staat vereinigen. Ähnlich agieren die Slovenen und Kroaten. Die basteln mit den Serben an einem südslavischen Staat. Und die Triestiner und die Istrier? Die wollen endlich zu Italien. Ach ja, die Ruthenen! Die arbeiten auch schon an der Eigenstaatlichkeit. Getreue Völker! Dass ich nicht lache!«

»Was bleibt, ist Deutsch-Österreich. Ein Kleinstaat. Und da wollen viele lieber eine Republik als eine Monarchie.«

»Mit diesem Manifest hat unser Kaiser den Willen Präsident Wilsons erfüllt. Gleichzeitig scheint er aber nicht zu erkennen, dass er damit jeglichen Machtanspruch aufgegeben hat.«

Nechyba nahm einen Schluck von seinem mittlerweile kalten Kaffee. Angewidert ob des Geschmacks verzog er sein Gesicht und sagte schließlich traurig:

»Wie Sie eingangs sagten, Goldblatt, es ist aus und vorbei.«

III/7

»Herr Leutnant, servus! Komm weiter und setz' dich. Willst einen Kaffee?«

Goldblatt ließ sich auf dem Besuchersessel vor dem Schreibtisch von Oberst Eisner-Bubna nieder. Er machte eine abwehrende Handbewegung und raunzte:

»Ich dank' dir recht schön, Herr Oberst. Aber den Ersatzkaffee bring' ich nur mit einem Schnaps drinnen runter.«

Der Leiter des Kriegspressequartiers beugte sich verschwörerisch grinsend über den Schreibtisch:

»Wer hat denn was von Ersatzkaffee g'sagt?«

»Na ja, Bohnenkaffee gibt's doch keinen.«

»Das, mein lieber Goldblatt, würde ich nicht so kategorisch behaupten. Da hat man mir vor Kurzem zugetragen, dass die Feldgendarmerie eine Waggonladung Kaffeebohnen beschlagnahmt hat. Irgend so ein Ganef* wollt' sich damit eine goldene Nase verdienen. Na, und da hab' ich ein bisserl meine Beziehungen spielen lassen, und schon hamma drei Kilo davon bekommen. Also, willst einen Kaffee oder nicht?«

»Ich bitte darum, Herr Oberst.«

Eisner-Bubna lehnte sich entspannt zurück, rief seine Ordonnanz ins Bureau und orderte zwei kleine Mokka. Goldblatt lief das Wasser im Mund zusammen. Eisner-Bubna lächelte selbstgefällig.

* Ganove

»Ich hab' dich aber nicht zum Kaffeetrinken rufen lassen. Ich hab' ein Problem, bei dem du mir helfen musst.«

»Was für ein Problem?«

»Du kennst doch den Leutnant Winkler, net wahr? Also, den haben s' heute ins Kriegsspital eingeliefert. Spanische Grippe. Schaut nicht gut aus.«

»Was, der Winkler Willi hat Grippe?«

»Schlimm ist das. Sehr schlimm. Vor allem für ihn. Aber auch für uns. Weil der Leutnant Winkler gerade jetzt den Trachtenkalender für 1919, weißt eh, den wir jedes Jahr für das Kriegsfürsorgeamt machen, zusammenstellen sollte. Eine Viertelmillion Stück drucken und verkaufen wir immer in der Vorweihnachtszeit.«

Es klopfte, die Ordonnanz öffnete die Tür und trug auf einem Kupfertablett eine kleine Kaffeekanne sowie zwei Mokkaschalen herein. Es duftete plötzlich im ganzen Raum nach Bohnenkaffee. Vor Aufregung begann Goldblatt zu schwitzen. Eisner-Bubna schob eine Zuckerdose über den Tisch und sagte nonchalant:

»Wennst Zucker willst, den hamma auch. Wurde ebenfalls von einem Kettenhändler* requiriert.«

Goldblatt griff ungeniert zu. Schwarzer, kräftiger Bohnenkaffee mit Zucker! Wie lange hatte er das schon nicht mehr genossen? Er konnte sich nicht erinnern. Mit einem kleinen Silberlöffel rührte er in der Mokkaschale vorsichtig um und nippte dann an dem heißen Gebräu. Er schloss die Augen und genoss den Geschmack. Wunderbar! Nun nahm er einen kräftigeren Schluck, der heiße Kaffee brannte auf den Lippen und auf der Zunge, und das zartbittere Kaffeearoma, das von einer Prise Zucker

* Schleichhändler

etwas milder gemacht wurde, verzauberte seinen Gaumen. Er seufzte zufrieden, stellte die Mokkaschale auf die dazu passende Untertasse und dachte sich: Das und der Silberlöffel sind wahrscheinlich auch irgendwo requiriert worden.

»Gell, so ein Bohnenkaffee ist schon etwas Feines«, feixte der Oberst, leckte sich die Lippen und fuhr fort: »Im Frieden werden wir ja hoffentlich wieder all die guten Sachen bekommen, die uns jetzt so abgehen. Apropos! Ich hab' gestern eine Unterredung mit dem Generaloberst Baron Arz gehabt, weil er mich um eine Analyse der Pressemeldungen bezüglich des Manifests Seiner Majestät gebeten hatte. Nachdem ich ihm die Situation dargestellt habe, haben wir noch ein bisserl geplaudert. Er vertraute mir an, dass er bereits heuer im August zur Überzeugung gelangt war, dass die Mittelmächte nicht mehr in der Lage seien, den Feind zu schlagen. Das hat unser Baron Arz dann auch am 14. August im deutschen Hauptquartier zur Sprache gebracht und gefragt, wie lange man noch den Krieg zu führen gedenke und welche Maßnahmen man ergreifen wolle, sich mit dem Gegner in Verbindung zu setzen. Er hat die Deutschen nachdrücklich darauf hingewiesen, dass Österreich-Ungarn den Krieg nur mehr bis Dezember führen könne.«

Goldblatt warf ein:

»Ja, wir sind ziemlich am Sand. Ich hab' unlängst einen Akt auf den Tisch bekommen, in dem die Ernährungssituation unserer Truppen dargelegt wird. Die Kampftruppen bekommen gerade noch 200 Gramm Fleisch pro Woche, die Ersatzmannschaften sogar nur 100 Gramm. Statt Brot erhalten sie kaum genießbare Maisklumpen. Ihre Hauptnahrung besteht aus Dörrgemüse. Das Körpergewicht der meisten Soldaten beträgt nur mehr 50 Kilogramm. Die solchermaßen Unterernährten sind für Erkrankungen wie Malaria oder auch Spanische Grippe sehr anfällig.«

Der Oberst seufzte:

»Da sieht man, wie gut es uns hier geht. Warum aber der Leutnant Winkler Grippe bekommen hat, ist mir unbegreiflich.«

Er nahm einen Schluck Kaffee und fuhr dann fort:

»Vielleicht hat er sich bei einem Mädel ang'steckt. Es ist ein Jammer! Man darf sich keinen Spaß mehr gönnen ...«

III/8

Ausgesetzt wie ein Tier. So hatte sich Ambros Zach gefühlt, als er aus Zenzis warmem Nest vertrieben worden war. Kaum war die Haustür hinter ihm ins Schloss gefallen, torkelte er wie betrunken die Stiegen hinunter. Unten im Stiegenhaus hatte er den Hausmeister rumoren gehört. Also war er umgekehrt und zum Dachbodenaufgang hinaufgestiegen. Dort hatte er gewartet, bis es im Haus ganz still war und es draußen, er konnte durch ein Dachfenster hinausschauen, dunkelte. Er war die Treppen hinuntergeschlichen, hatte beim Haustor aufgeatmet – es war noch nicht versperrt – und war dann hinaus auf die belebte Wienzeile getreten. Er hatte den Kragen seiner Jacke aufgestellt und den Kopf eingezogen. Den Hut, der einst dem Verblichenen von Zenzis Dienstgeberin gehört hatte, hatte er tief ins Gesicht gezogen. Nur nicht auffallen. Uniformierten aus dem Weg gehen. Sich ducken, ausweichen, niemandem ins Gesicht sehen. So war er umhergeirrt. Ohne Plan. Ohne Ziel. Schließlich hatten ihn seine Beine in den zweiten Innenhof jenes Hauses geführt, in dem sich der Schuppen des ermordeten Stanislaus Gotthelf befand. Ohne zu zögern, hatte er den Schlüssel aus der Hosentasche gefischt, den Schuppen aufgesperrt und sich verkrochen.

Noch jetzt – Tage später – musste Zach grinsen. Unglaublich, welche Streiche einem das Gehirn spielt! Den Schlüssel, den er Gotthelf seinerzeit gestohlen hatte, wollte er eigentlich schon wegwerfen. Er hatte es – aus welchen Gründen auch immer – nicht getan. Mit traumwandlerischer Sicherheit war er hierhergegangen und hatte Unterschlupf gefunden. Es war gefährlich, aber hatte er eine andere Möglichkeit? Nein. Hier drinnen war alles verstaubt. Ein gutes Zeichen. Gotthelfs Sohn kümmerte sich offensichtlich nicht um die Behausung seines Vaters. Der feine Binkel* wohnte ja jetzt oben in der Beletage. In der Hausherrnwohnung. Am liebsten hätte er den Pepi Gotthelf sowie alle anderen Bürgerlichen aus ihren Wohnungen gejagt und diese an Obdachlose, Kriegskrüppel und Waisenkinder vergeben. Zach war nahe daran, sich in eine sozialrevolutionäre Fantasie hineinzusteigern, ließ es aber bleiben. Erschöpft lehnte er sich zurück. Er lag auf dem breiten Diwan, der dem Gotthelf als Nachtlager gedient hatte. Wie es wohl dem Husak ging? Vielleicht war der schon in seinem geliebten Prag. Ein Tscheche unter Tschechen, der bald in einer eigenen tschechischen Republik leben würde. Unglaublich, wie rasant nun das Reich der Habsburger zerfiel. Er kramte ein Stück Zeitung aus seiner Jackentasche. Die Titelseite der ›Arbeiter-Zeitung‹, die er bei seinem gestrigen nächtlichen Streifzug über den Naschmarkt gefunden und mitgenommen hatte. Hinauszugehen aus dem Schuppen, traute er sich nur nach Einbruch der Dunkelheit. Da war die Wahrscheinlichkeit, dass ihn die He** erkannte und verhaftete, viel geringer als untertags. Kiberer verbringen ihre Abende daheim bei ihren Familien, dachte Zach und kramte in seinen Taschen nach Schwefelhölzern. Er zündete einen Kerzenstummel an

* Kerl
** Polizei

und begann den Leitartikel der ›Arbeiter-Zeitung‹ vom 19. Oktober zu lesen:

Das Ende eines Reiches

Ein altes Reich bricht zusammen. Im ungarischen Reichstag verkünden der Ministerpräsident Wekerle und Graf Tisza, der Führer der Parlamentsmehrheit, das Ende des Ausgleichs von 1867, die vollständige Auflösung jeder Gemeinschaft, die Ungarn mit Oesterreich verbindet. Ungarn wird zum unabhängigen Staate, der sein eigenes Ministerium des Aeußern, seine eigenen Botschafter, Gesandten und Konsuln, seine selbstständige Armee haben und sein Gebiet mit Zollmauern gegenüber Oesterreich umgürten wird; nichts bleibt Ungarn mit Oesterreich gemeinsam als die Person des Monarchen. Gleichzeitig aber kündigt in Oesterreich der Kaiser selbst die Umwandlung des Staates in einen Bund von vier Nationalstaaten an; in einer Sprache, die vor kurzem noch niemand in Oesterreich gesprochen hat als wir Sozialdemokraten, verheißt jetzt der Kaiser die Neugestaltung Oesterreichs auf der Grundlage des Selbstbestimmungsrechts der Völker, seine Erneuerung zu einem Bund freier Nationen. Den Nationen aber genügt das nicht mehr: Sie fordern ihre volle Unabhängigkeit, sie wollen ihr nationales Recht nicht aus den Händen der österreichischen Gesetzgebung, sondern durch die Satzung des Friedenskongresses empfangen, sie lehnen, des Schiedsspruches des Auslandes harrend, jede Verhandlung über eine Gemeinschaft, die die Völker Oesterreichs verbinden soll, ab. Und dieselbe Sprache beginnen nun die so lange eingeschüchterten, stummen Nationen Ungarns zu sprechen. Auch der Vertreter des rumänischen Vol-

kes im ungarischen Abgeordnetenhause hat in der letzten Sitzung für sein Volk das Recht gefordert, in voller Freiheit über seine staatliche Zugehörigkeit zu entscheiden. So bleibt von der ganzen Verfassung Oesterreich-Ungarns kein Stein auf dem anderen und der Bestand des Reiches selbst wird zum Problem.

Zach ließ das Zeitungsblatt sinken und murmelte:

»Endlich. Endlich ist es so weit.«

Er löschte die Kerze und starrte einige Zeit ins Dunkle. Sehnsucht nach seiner Zenzi überkam ihn. Ihre Wärme, ihre Fürsorge fehlten ihm. Und natürlich auch das gute Essen, das sie ihm tagein, tagaus zubereitet hatte. Nun saß er einsam und verlassen da, während sein Magen knurrte. O Zenzi! Verflucht! Er hatte Hunger. Riesenhunger. Er rappelte sich auf und sah auf die Taschenuhr. Es war zehn Minuten vor 8 Uhr abends. Er hatte also zwei Stunden Zeit, denn pünktlich um 10 Uhr sperrte der Hausmeister das massive Eingangstor zu. Den Hut tief ins Gesicht und die Schultern hochgezogen, stapfte er hinaus auf die Wienzeile. Es war ein erstaunlich lauer Herbstabend. In einem Haustor schmuste ein Soldat mit einem Mädel. Zachs Blick streifte die beiden. Der Soldat hatte die eine Hand unter ihrem Rock, das Mädel kuderte und gurrte. Zach dachte an Zenzi. Mein Gott, wie gerne würde er ihr jetzt ebenfalls unter den Rock greifen. Er überquerte die Rechte Wienzeile, den Naschmarkt und die Linke Wienzeile und bog in die Engelgasse ein, die er bergauf zum Café Sperl ging. Gelblich warmes Licht strahlte durch die riesigen Kaffeehausfenster in die Dunkelheit heraus, und es lockte ihn sehr, in diese heimelige Atmosphäre einzutauchen. Doch er zwang sich weiterzugehen. Er eilte die Gumpendorfer Straße stadteinwärts an der Fleischerei Mostbichler vorbei. Dabei musste er an die lufttgetrockneten Würste denken, die Husak und er auf ihrer Flucht in einem Kärntner Bauernhaus gestohlen hatten. Das Wasser lief ihm im Mund zusammen und der Magen sonderte knurrende Geräusche ab.

Schließlich erreichte er sein Ziel. Das Haus, in dem die Greißlerei Landerl untergebracht war. Ohne zu zögern, öffnete er die Haustür, durchquerte den Flur und ging hinaus in den Innenhof des Gebäudes. Dort befand sich der Hintereingang der Greißlerei. Es war stockdunkel. Er tastete sich an der Hauswand entlang und stieß an Metall. Die Klopfstange! Seine Augen hatten sich allmählich an die Dunkelheit gewöhnt, und so konnte er ohne Probleme dieses Hindernis hinter sich lassen. Nach der Klopfstange kamen gemauerte Stufen, die zu einer Tür führten. War das der von ihm gesuchte Hintereingang in die Greißlerei? Er tapste die zwei Stufen hinauf, verharrte kurz vor der Metalltür und drückte vorsichtig die Klinke hinunter. Die Tür war verschlossen. Mit den Fingerspitzen ertastete er das Türschloss. Es war einfach und groß. Zach grinste. Dazu hatte er einen Dietrich mitgenommen, den er unter den Sachen des verblichenen Stanislaus Gotthelf gefunden hatte. Ohne Hast führte er ihn in das Schlüsselloch ein. Der Dietrich schien zu passen. Zach stocherte im Schloss herum, drehte den Dietrich hin und her, und plötzlich sperrte er. Langsam öffnete Zach die Metalltür. Was er roch, entzückte ihn: Der Geruch von Viktualien. Zwiebeln, Gewürze und Geselchtes, Säuerliches und Fettiges, ein bisschen ranzig. Er schloss die Tür und entzündete ein Schwefelhölzchen. Fässer, Kisten und Konserven standen da. Gierig stopfte er Gemüse- und

Fleischkonserven in die Manteltaschen. Bing! Er war mit einem Fuß an eine bauchige Flasche gestoßen, die offensichtlich leer war und deshalb einen Nachklang erzeugte. Vor Schreck ließ er das Schwefelhölzchen fallen.

»Ist da wer?«

Schritte. Die Tür, die Greißlerei und Magazin trennte, wurde geöffnet. Grelles Licht fiel herein. Zach hatte sich blitzschnell hinter eine große Kiste gehockt. Von unten aus dem Dunklen sah er die Silhouette der Greißlerin, die sich kurz im Magazin umsah und dann murmelte:

»Die Rozz'n*, die Rozz'n … A Jammer ist das mit den Rozz'n!«

Sie drehte sich um und verließ das Magazin, ohne jedoch die Tür zu schließen. Nachdem sich sein Pulsschlag beruhigt hatte, schlich Zach zur Tür. Was er sah, verschlug ihm den Atem. Vor ihm lag das Hinterzimmer der Greißlerei, in dem die alte Landerl auf einer Couch saß. Vor ihr stand ein wackeliger Tisch und auf dem Tisch lag ein Sack. Ein Sack mit Zwieback, so wie er ihn als eiserne Ration als Soldat gehabt hatte. Das Unglaubliche an der Szene war die Menge Zwieback, die die Greißlerin da hatte, und den sie genüsslich kaute. Nein, nicht trocken! Ein großer irdener Topf mit Schmalz stand neben dem Zwiebacksack. Unfassbar! Die Greißlerin aß in einer Zeit, in der es den Frontsoldaten an allem mangelte, Zwieback, der aus k. u. k. Militärbeständen stammte. Dazu Schmalz! Kostbares, köstliches Schmalz. Maßloser Zorn stieg in Zach auf. Er sah sich um, erblickte am Boden eine leere Weinflasche, griff nach ihr, stürmte vor und zertrümmerte sie voll Wut auf Lotte Landerls Schädel.

* Ratten

III/9

Nechyba hatte den Wecker ausgeschaltet, bevor er zu rasseln anfangen konnte. Er war heute, im Gegensatz zu anderen Tagen, nicht noch einmal eingeschlafen, nachdem Aurelia aufgestanden war und wenig später die gemeinsame Wohnung verlassen hatte. Um 6 Uhr musste sie ihren Dienst im Haushalt von Hofrat Schmerda antreten. Nechyba empfand dies als barbarisch. Im Halbschlaf überlegte er, ob es nicht möglich wäre, dass seine Ehefrau ihre Stelle als Köchin aufgeben könnte. Als Oberinspector verdiente er mittlerweile wirklich recht gut, sodass sich das ausgehen würde. Auch hatte er einige Ersparnisse im Laufe der Jahre angehäuft. Allerdings schmolzen die neuerdings wie Butter in der Sonne. Erstens aufgrund der ständig steigenden Preise und der damit verbundenen Geldentwertung, und zweitens, weil Nechyba ungeniert auf seine Rücklagen zurückgriff, wenn sich eine Gelegenheit bot, kostbare Viktualien wie Speck, Eier, Mehl oder Fleisch zu erstehen. Mürrisch wälzte er sich hin und her. Wenn dieser vermaledeite Krieg und die damit zusammenhängende Geldentwertung nicht wären, könnte seine Aurelia ohne Probleme daheimbleiben. Müsste sie nicht mehr von 6 Uhr in der Früh bis 8 Uhr am Abend arbeiten. Seine Aurelia daheim. Ach, wäre das schön! Sie könnten gemeinsam frühstücken, am Nachmittag würde er möglichst oft früh nach Hause kommen, und Nacht- und Wochenenddienst würde er, soweit es möglich war, vermeiden. Sie könnten endlich viel Zeit miteinander verbringen. Nechyba wälzte sich auf die linke Seite, dorthin, wo Aurelia schlief. Er griff sich ihren Polster, umarmte ihn und atmete ganz tief ein. Ja, der Polster roch nach Aurelia, und Nechyba griff nun auch nach ihrer Tuchent, die er ebenfalls ganz fest an sich drückte. So hatte er kurze Zeit die Illusion, sein geliebtes Eheweib in den Armen zu halten. Aufgrund dieser Aktivitäten wurde er aber endgültig wach.

Nachdem er genug gekuschelt hatte, stand er auf. Er schlüpfte in seine Patschen, schlapfte zum Fenster und zog die Vorhänge auseinander. Verschlafen blinzelte er in dichten Nebel. Er bildete sich ein, dass ihm die Feuchtigkeit des Nebels unter das Nachthemd kroch. Es fröstelte ihn. Er ging zur Wohnküche, öffnete die Verbindungstür, und warme Luft umfing ihn. Aurelia war ein Schatz. Sie hatte in der Früh das Feuer im Ofen neu entfacht. Nechyba gähnte, schlurfte zum Waschtisch, zog sich das Nachthemd aus und verrichtete seine Morgenwäsche. Dann zog er sich an und suchte das WC am Gang auf. Nachdem er sich erleichtert und bei der Bassena gleich die Hände gewaschen hatte, ging er zurück in die Wohnung, schlüpfte in Sakko und Überzieher, setzte die Melone auf und begab sich auf den Weg in die Arbeit. Während er zur Gumpendorfer Straße hinaufging, dachte er an die Köstlichkeiten, die er sich in den Jahren vor dem Krieg bei der Greißlerin Landerl zum Gabelfrühstück gekauft hatte. Als er an eine Knackwurst mit einem knusprigen Kaisersemmerl dachte, lief ihm das Wasser im Mund zusammen. Er musste heftig schlucken. Was sie wohl heute für ihn bereithalten würde? In letzter Zeit waren es oft nur einige Stücke Zwieback, die sie auf verschlungenen Wegen vom k. u. k. Militärproviant besorgt hatte. Dass das illegal war, war Nechyba klar. Doch es war ihm wurscht. Hauptsache, die Landerl hatte irgendetwas Nahrhaftes für ihn. Als er die wie in Watte gehüllte Gumpendorfer Straße entlangging, stutzte er. Im Nebel vor der Greißlerei standen drei weibliche Gestalten und gestikulierten. Als Nechyba sie erreichte und in die Greißlerei eintreten wollte, sagte eine der Frauen:

»Da werden S' ka Glück haben.«

Und eine zweite, die eine ausgesprochen spitze Nase hatte, fügte hinzu:

»Die Greißlerei hat nämlich zu.«

Nechyba hielt inne, wandte sich der Spitznäsigen zu und brummte:

»Zu? Was ist denn g'schehen?«

Die Spitznäsige zuckte mit der Schulter, und die Dritte im Bunde, eine blonde, recht mollige Person, mutmaßte:

»Vielleicht hat die Landerl die Spanische Grippe erwischt.«

Und die Erste fügte schnippisch hinzu:

»Oder die Grippe die Landerl …«

Nechyba verzog sein Gesicht zu einer Grimasse des Unwillens und fragte:

»Hat schon wer mit der Hausmeisterin geredet?«

Die drei Damen verneinten. Er wandte sich ab, ging ein paar Schritte weiter und betrat das Mietshaus, in dem sich die Greißlerei befand. Im Souterrain klopfte er an die Tür der Hausmeisterwohnung. Aus dem Inneren erscholl eine Stimme:

»Lassen S' mich in Ruh'! Kommen S' später wieder!«

»Polizei!«

»Jessas na!«

Die Tür wurde aufgemacht und vor Nechyba stand ein

altes, verhutzeltes Weiberl, das ängstlich zu ihm emporschaute.

»Sind Sie die Hausmeisterin in dem Haus da?«

»Ja freilich.«

»Weil die Greißlerei geschlossen ist. Wissen S', was mit der Frau Landerl los ist?«

»Na. Wieso?«

Nechyba holte tief Luft und beherrschte sich. In leisem Ton gab er folgende Anweisung:

»Sie holen jetzt den Schlüssel zur Greißlerei. Und dann schau ma gemeinsam einmal nach, was los ist.«

»Ja gleich. Ich muss ihn nur finden, den Schlüssel …«

Sie verschwand in ihrer höhlenartigen Wohnung, Nechyba hörte sie herumkramen. Schließlich erschien sie freudestrahlend:

»Ich hab' ihn g'funden, den Schlüssel!«

»Na dann gehen S' voran und sperren S' auf.«

»Das is' aber der Schlüssel für'n Hintereingang. Den für vorn, für die Rollläden, hab' i net.«

»Na dann gemma halt von hinten in die Greißlerei.«

Die Alte führte Nechyba durch den Hof zu einer Metalltür. Ächzend stieg sie die beiden Stufen hoch, die zu der Tür emporführten, steckte den Schlüssel ins Schloss und versuchte aufzusperren. Schließlich drückte sie die Türschnalle nieder und die Tür ging auf.

»Is eh offen. Die Landerl hat gar net zug'sperrt.«

Nechyba runzelte die Stirn.

»Gehen S' zur Seite und lassen S' mich eine.«

Er betrat das Magazin der Greißlerei. Auf einem Fass stand eine Petroleumlampe, daneben lagen Schwefelhölzer. Er zündete den Docht der Lampe an, hob sie empor und sah sich im Lichtschein um. Er bemerkte nichts

Ungewöhnliches. Außer, dass die Tür, die in das Hinterzimmer der Greißlerei führte, offen stand. Langsam ging er auf sie zu, und plötzlich war da ein Geruch, der all die Gewürze und die würzigen und teils ranzigen Duftnoten, die in dem Magazin vorherrschten, übertönte. Der Oberinspector betrat das Hinterzimmer der Greißlerei und schluckte.

Die Landerl saß an einem Tisch, den Kopf auf der Tischplatte. Dort, wo früher ihr graues Haar zu einem Knoten zusammengesteckt war, war nun nichts als roter Matsch. Auf dem Tisch und auch auf dem Boden befanden sich eine riesige Blutlache sowie die Splitter einer zerschlagenen Weinflasche. Nechyba trat an die Tote heran. Im Schein der Petroleumlampe bot sich ihm ein makabrer Anblick. Rund um den eingeschlagenen Schädel der Landerl lagen Zwiebackstückerl und Brösel im gestockten Blut. Etwas abseits stand ein halbleeres Glas Wein. Neben dem blutverschmierten Kopf der Greißlerin befand sich die Titelseite einer Ausgabe der ›Kronen Zeitung‹. Trotz unzähliger Blutspritzer war die riesengroß gesetzte Schlagzeile deutlich lesbar:

Die Grundsteinlegung des deutsch-österreichischen Staates

III/10

»TRINKST EIN BIER mit mir, Joseph?«

Alois Bitzinger, der Polizeioberkommissär von Mariahilf, sah Nechyba fragend an. Der lehnte sich in seinem Sessel zurück und grummelte:

»Auf nüchternen Magen?«

»Ich hab' auch noch nix gefrühstückt. Aber so ein Krügerl Bier beruhigt ein bisserl den Hunger.«

»Na von mir aus.«

Bitzinger schickte einen jungen uniformierten Beamten namens Stachel um zwei Bier, dann rekapitulierte er:

»Also, was hamma? Wir haben die Leiche der Greißlerin und wir haben die Mordwaffe, eine leere Weinflasche. Weiters wissen wir, dass der Hintereingang der Greißlerei unversperrt war. Wir wissen außerdem von der Hausmeisterin und von den Hausparteien, dass die Greißlerin die Tür, die zu ihrem Warenlager führt, immer versperrt hielt. Ich hab' mir das Schloss ang'schaut. Das ist so primitiv, dass es fast ein jeder, der ein bisserl geschickt ist, aufbringt. Das heißt, dass der Mörder wahrscheinlich durch die Hintertür in die Greißlerei eingedrungen ist und die Landerl beim Abendessen und Zeitunglesen überrascht und mit der Flasche von hinten niedergeschlagen hat.«

Nechyba nickte und fügte hinzu:

»Mir ist außerdem aufgefallen, dass es in dem ganzen Greißlerladen kein einziges Stück Zwieback mehr gibt.

Obwohl die Greißlerin Zwieback zum Abendessen verspeiste.«

»Der Zwieback stammt aus Armeebeständen. Weil, sonst bekommst du keinen.«

Nechyba nickte.

»So ist es. Die Landerl hat ihre Quellen gehabt, wo sie allerlei Sachen für ihre Stammkunden beschafft hat.«

»Da kennst dich aus, was?«

»In diesen Zeiten müssen wir alle schau'n, dass wir satt werden.«

»Du sagst es, Joseph.«

Es klopfte, Stachel trat ein und servierte zwei Krügel Bier. Bitzinger legte ihm Geld auf den Tisch, das dieser mit einem Bückling einstreifte.

»Wünschen der Herr Oberkommissär noch was?«

»Ja, bring' Er uns zwei Wurstsemmeln. Mit Salami und Gurkerl. Eine Käsescheibe in jeder Semmel wäre auch nicht schlecht.«

Der junge Stachel stammelte:

»Wie … wie bitte …«

Nechyba sagte streng:

»Wissen S' nicht, was ein Salamisemmerl ist?«

Bitzinger lachte schallend, und auch Nechyba musste grinsen. Stachel wurde rot im Gesicht und stand wie ein verbogenes Fragezeichen da.

Bitzinger entließ ihn mit den Worten:

»Das war ein Scherz, Stachel. Lassen S' jetzt einmal die Hausparteien und die drei Damen, die vor dem G'schäft gewartet haben, eine nach der anderen herein, damit wir sie befragen können.«

Stachel nickte und verließ die Amtsstube.

Nechyba räusperte sich und sagte:

»Zum Zwieback ist mir noch was eingefallen: Wahrscheinlich hat die Landerl den Zwieback net trocken gegessen.«

»Wie kommst du da drauf?«

»Na ja, die Landerl hat immer was g'habt. A Schmalz, a Butter oder a Stückl Wurst.«

»So bist du immer zu einem Gabelfrühstück gekommen …«

Nechyba brummte zustimmend und fuhr fort:

»Wir sollten die Hausbewohner und die Leute in der Gumpendorfer Straße fragen, ob sie gestern Abend einen Mann mit einem Topf und mit allerlei Sachen unter dem Arm gesehen haben.«

»Wie kommst du auf einen Topf?«

»Die Landerl hat immer einen Schmalztopf gehabt.«

Es klopfte, und eine dickliche ältere Dame, die oberhalb der Greißlerei wohnte, trat ein. Ihre Befragung brachte keinerlei Hinweise. Ähnlich erging es Bitzinger und Nechyba mit den weiteren Bewohnern des Hauses. Schließlich kamen die drei Damen, die vor der Greißlerei gewartet hatten, dran.

»Das ist eine Unverschämtheit, mich so lange warten zu lassen!«, keifte die mollige Blonde. Bitzinger beschwichtigte:

»Gnädige Frau, Sie hätten ja nur ein Wörterl sagen müssen, dass Sie es eilig haben.«

»Na ja, ich möchte mich ja net vordrängen.«

Nechyba schaltete sich ein:

»Machen wir's kurz: Waren Sie gestern am Abend noch unterwegs? In der Gumpendorfer Straße oder in dem Grätzel?«

»Gestern Abend war ich daheim. Ich hab' die Wäsche

geflickt. Man bekommt ja kaum mehr was Neues zu kaufen. Dieser Krieg ist a Wahnsinn! Überall mangelt es an allem. Und wo, frag' ich Sie, wo bekomm ich in Zukunft Zwieback oder ein Stückl Brot her? Jetzt, wo die Landerl tot ist.«

»Haben Sie Zwieback in der Greißlerei gekauft? Sie wissen schon, dass das illegal ist?«

»Ja eh. Aber Zwieback haben doch alle bei der Landerl gekauft. Die hat a erstklassige Quelle im Kriegsministerium gehabt, die sie mit Armee-Zwieback versorgt hat. Ich hab' einmal gesehen, dass sie einen großen Sack hat, aus dem sie die Zwiebackstückerl herausgenommen und einzeln wie Goldstücke verkauft hat.«

Nechyba bedankte sich bei ihr und bat sie, die nächste Dame hereinzuschicken. Es erschien die Spitznäsige, die jetzt hochnäsig war:

»Meine Herren, ich werd' mich bei Ihren Vorgesetzten beschweren. Mich so lange warten zu lassen, ist eine Ungeheuerlichkeit! Mein Mann ist Ministerialrat im Außenministerium.«

Nechyba brummte:

»Tun Sie das, gnädige Frau, tun Sie das. Aber zuvor beantworten Sie uns bitte eine einzige Frage.«

»Was? Und dafür haben Sie mich jetzt über zwei Stunden warten lassen!«

»Gnädige Frau, ich entschuldige mich in aller Form, aber sagen S' mir jetzt bitte: Waren Sie gestern Abend auf der Gumpendorfer Straße beziehungsweise in der Gegend rund um den Naschmarkt unterwegs?«

»Was geht Sie das an? Das ist Privatsache!«

»Zweifellos, gnädige Frau. Uns interessiert ja nur, ob Sie jemanden gesehen haben.«

»Wen soll ich denn gesehen haben?«

»Einen Mann, der es sehr eilig gehabt hat.«

»Und der eine Reihe von Sachen mit sich geschleppt hat«, ergänzte Bitzinger. Die Spitznäsige sah den Oberkommissär böse an, dann schwenkte ihr Blick hinüber zu Nechyba. Sie dachte kurz nach, räusperte sich und sagte schließlich mit leiser Stimme:

»Es geht Sie zwar nichts an, aber ich erzähl's Ihnen trotzdem: Mein Gatte und ich waren gestern Abend bei Bekannten eingeladen. Als wir kurz vor 10 Uhr abends die Wienzeile entlang heimgingen, eilte ein Mann an uns vorbei.«

»Und? Hat er Sachen mit sich getragen?«

»Ich glaub' schon. Was Rundes, was wie ein Schmalztopf ausgesehen hat. Und den Hut hat er in der anderen Hand getragen, da waren lauter kleine Stücke drinnen.«

»Zwiebackstücke?«

»Das könnte gut möglich sein.«

»Und wie hat er ausgesehen, der Mann?«

»Wie ein Mann halt. Nicht zu groß und nicht zu klein. Mager, wie wir alle jetzt. Dunkelhaarig war er. Aufg'fallen ist mir, dass er so Silberfäden in seinem dunklen Haar g'habt hat. Er war so silbergrau meliert. Und nicht unfesch.«

Nechyba schoss ein einziger Gedanke durch den Kopf: Zach!

III/11

Angewidert von der blödsinnigen Tätigkeit, den Trachtenkalender für 1919 zusammenzustellen, kam Leo Goldblatt abends heim. Seine Lebensgefährtin Judith von Zweytick begrüßte ihn liebevoll, aber ebenfalls ermattet. Schweigend setzte er sich auf die Couch im Wohnzimmer, Judith schenkte zwei Gläser Nusslikör ein. Sie prosteten einander zu, und Goldblatt murmelte:

»G'sundheit.«

Judith erwiderte:

»Das kann man brauchen. Heutzutage mehr denn je.«

Goldblatt nickte seufzend und öffnete seinen Uniformrock. Judith half ihm aus dem Rock heraus und ging ins Vorzimmer, um ihn auf einen Haken zu hängen. Von dort hörte Goldblatt sie sagen:

»Ich war übrigens heute bei den Schieles in Hietzing draußen.«

»Und, wie geht's ihnen?«

»Nicht gut. Edith liegt darnieder. Wahrscheinlich mit Grippe.«

»Na geh!«

»Sie liegt im Bett und ist ganz dasig*. Egon kümmert sich rührend um sie. Er macht sich Riesensorgen, dass sie das Kind verliert.«

»Er sollt' sich eher Sorgen machen, dass sie die Grippe überlebt.«

---

* matt, benommen

»Wie meinst denn das?«

»So, wie ich's sag.«

Er schenkte sich noch ein Stamperl Nusslikör ein, nahm einen Schluck und fuhr fort:

»Bei uns im Kriegspressequartier ist vor ein paar Tagen der Leutnant Winkler mit Spanischer Grippe ins Spital eingeliefert worden. Heute haben wir die Verständigung bekommen, dass er g'storben ist.«

Judith schlug erschrocken die Hände vor dem Gesicht zusammen.

»Um Gottes willen! Ich hab' nicht gewusst, dass das so g'fährlich ist.«

»Irrsinnig gefährlich. Wir haben doch alle keine g'scheiten Abwehrkräfte mehr. Wir sind alle unterernährt. Da hat die Grippe leichtes Spiel.«

Nervos stand Judith auf, ging in ihr Arbeitszimmer und kam mit der aktuellen Ausgabe der ›Arbeiter-Zeitung‹, die sie abonniert hatte, zurück.

»Ich hab' da heute was gelesen …«

Sie nahm nun ebenfalls einen kräftigen Schluck Likör und begann laut vorzulesen:

»*Die Grippe scheint noch immer weitere Fortschritte zu machen, wenn auch die Meldung kommt, daß in einzelnen Bezirken ein leichtes Abflauen zu bemerken ist. Nicht wenig zur Verbreitung der Seuche trägt auch die Anstellerei bei, die überall dort, wo sie zu vermeiden ist, wirklich vermieden werden sollte. Wir werden aufmerksam gemacht, daß in der Krugerstraße die Niederlage einer Zucker- und Sirupraffinerie ist, wo nur an bestimmten Tagen Kunsthonig verkauft wird. Da das Geschäft nicht regelmäßig offen ist, so ergibt sich dann immer ein Mas-*

senandrang und es stellen sich Hunderte und Hunderte von Menschen in dichtem Gedränge an, um Kunsthonig als Zuckerersatz zu bekommen. Könnte dieses Geschäft und könnten andere Geschäfte, die ihre Waren ja doch nur gegen Abstempelung der Mehlbezugskarten abgeben, nicht den Verkauf so einrichten, daß die Anstellerei überflüssig wird? Auch derartige Maßnahmen würden zur Verminderung der Grippeverschleppung beitragen. Im übrigen hat sich endlich die Militärsanität bereit gefunden, die Privatspitäler vom Militärbelag zu befreien und auch einen größeren Teil des Kriegsspitals Nr. 1 am Flötzersteig für Zivilbelag freizugeben. Dadurch wird wenigstens der schlimmste Mangel, der an Spitalbetten, einigermaßen gelindert. Behoben ist er natürlich noch lange nicht, wie die vielen Abweisungen, die noch täglich in allen Spitälern erfolgen müssen, dartun. Und eine Reserve für die dritte Welle der Grippe, die Triest schon erreicht zu haben scheint, ist überhaupt nicht da. Für sie muß noch vorgesorgt werden. In der Frage der Beistellung von Kraftwagen für die Aerzte ist noch immer nicht eine entscheidende Handlung vom Kriegsministerium verfügt worden, ebenso ist noch nichts bekannt darüber, ob und wie viel Aerzte das Kriegsministerium freigeben wird. Wenn man sich alle diese Dinge vor Augen hält, muß man annehmen, daß nur böser Wille so hartnäckig sein kann.«

Judith ließ die Zeitung sinken und sah Goldblatt ernst an.

»Kannst du nicht irgendwas machen, Leo?«

Goldblatt lachte bitter:

»Geh! Ich bin doch nur ein ganz kleines Würschtl in Uniform und darf zu nix, aber auch zu gar nix meinen Senf dazugeben.«

III/12

ZACH GENOSS SEINEN UNTERSCHLUPF. Gotthelfs Hütte war ideal, um die letzten Tage des Krieges zu überstehen. Der alte Gotthelf war tot und der junge Gotthelf war kein Problem. Der benützte die Hütte als Versteck für seine Schleichhandelsaktivitäten. Wenn der junge Gotthelf ihn entdecken sollte, würde er ihn bedrohen. Ihm Angst machen. Ja, das konnte er mittlerweile gut. Er staunte selbst über die Verwandlung, die in ihm vorgegangen war, seit er die Greißlerin im Zorn erschlagen hatte. Davor – unter Zenzis liebevoller Zuwendung – war er drauf und dran gewesen, wieder der alte Ambros Zach zu werden, der er vor dem Krieg gewesen war. Doch damit war es nun für immer vorbei. Er war entschlossen, dieses alte, vollkommen korrupte System zu stürzen. Und wenn er allein nach Schönbrunn hinausfahren und den Kaiser erschießen würde! Es war ihm alles eins. Der Kaiser musste weg und das Volk musste befreit werden. Die Landerl, diese alte Koberin, hatte den Frontsoldaten den Zwieback, den diese als eiserne Ration benötigten, ganz ungeniert weggefressen. Deshalb musste sie sterben. Und alle anderen Lemuren, die hier im Hinterland alles an sich rissen, sodass draußen an der Front die Soldaten hungerten und froren, sie alle mussten ausradiert werden. Liquidiert! Jawohl! Zach nahm einen großen Schluck Wein aus der Doppelliterflasche, die er unter Gotthelfs Vorräten gefunden hatte. Revolution! Das war die Lösung. Zach grinste hämisch. Seine Zeit würde kommen, da war er ganz sicher. Aus seinen racheschwangeren Tagträumen wurde er abrupt herausgerissen. Schritte näherten sich der Hütte und ein Schlüssel wurde ins Schloss gesteckt. Zach sprang auf, schnappte die Weinflasche und verschwand hinter der Lehne des Sofas, auf dem er gerade noch gemütlich ausgestreckt gelegen hatte. Die Tür wurde geöffnet und Josef Gotthelf hinkte herein. Er ignorierte so wie in den Tagen zuvor den Teil der Hütte, in dem sein ermordeter Vater gelebt hatte und in dem das Sofa stand. Er ging vielmehr zu dem Vorhang, der den Raum teilte und hinter dem das Matratzenlager der zwei Bettgeher gewesen war. Er schob den Fetzen, denn mehr war dieser Vorhang nicht, zur Seite, riss die Matratzen vom Boden und machte sich dann an einem der breiten Bretter des Fußbodens zu schaffen. Es war lose. Er nahm es vom Boden auf, griff in den Hohlraum darunter und hob einen Kanister heraus. Danach legte er das Bodenbrett zurück, schob die Matratzen drüber, hinkte bei der Tür hinaus und zündete sich eine Zigarette an.

Plötzlich krähte eine Bubenstimme:

»Haben S' an Spe* für mich?«

»Das heißt: Guten Morgen, Herr Gotthelf, haben Sie bitte eine Zigarette für mich!«

»Von mir aus! Guten Morgen, gnädiger Herr, haben S' an Spe bittschön?«

Zach musste ob dieser Insubordination grinsen. Die Frechheit des Lausbuben gefiel ihm. Er hörte, wie ein Schwefelhölzchen angezündet wurde. Danach kurzes Schweigen. Schließlich sagte Gotthelf:

»Und, was gibt es Neues?«

»A Bahöö** is' rundumadum. Zehntausende Soldaten,

---

* Zigarette
** Aufruhr

die von der Front z'ruckkommen, ziehen durch die Stadt. Oben beim Südbahnhof ist in den Parkanlagen ein einziges riesiges Lager entstanden. Da wird g'handelt und g'feilscht und Huren treiben sich umadum. Es is' a riesiger Jahrmarkt, auf dem's alles gibt. Und in der Nacht schlafen dort Tausende Soldaten aus allen Ländern im Freien. Dauernd kommen neue dazu. Die Züge, die von Italien raufkommen, sind überfüllt. Soldaten klammern sich sogar an die Trittbretter außen. Die wollen alle nur mehr weg von der Front. Und gestern, gestern, da war was ganz Besonderes los. Beim Deutschmeisterdenkmal unten in der Rossau hat sich die Rote Garde eing'funden. Und i war dabei!«

»Was? Was für a Rote Garde?«

»Na, die Boletarier! Die was rote Fahnen schwingen und die was für die Revolution kämpfen! I hab' mich gleich g'meldet. Aber die ham g'sagt, i bin z' jung dafür.«

»Was für Proletarier?«

»Na die Boletarier aller Länder, die was sich jetzt vereinigen.«

»Das klingt ja g'fährlich.«

»Für Sie schon. Für mi net.«

»Was redest da für einen Stuss? Dämpf den Tschick* aus, komm rein und fangen wir mit dem G'schäft an.«

Zach beobachtete von seinem Versteck aus, wie Gotthelf mittels eines Trichters Petroleum in diverse Flaschen einfüllte. Jede Flasche hatte einen Zettel mit einem Namen drauf. Bevor Gotthelf mit dem Abfüllen begann, drückte der Lausbub ihm jedes Mal Geld in die Hand. Je nach der Höhe der Summe wurde die Flasche ganz oder

---

* Zigarette

nur teilweise angefüllt. Genial, das Schleichhandelssystem, das die beiden da aufgezogen haben, dachte sich Zach. Menschen, die den Lausbuben mit dem runden, sommersprossigen Gesicht und dem frechen Grinsen kannten, gaben ihm Flaschen und Geld. Damit kam er zu Gotthelf, der das Geld einstreifte und Petroleum abfüllte. Als alle Flaschen gefüllt, verschlossen und in des Lausbuben Holzbutte verstaut waren, begann Gotthelf, das Geld zu zählen.

»Heut hast du mir Petroleum für 52 Kronen abgenommen. Da hast fünf Kronen, die sind für dich.«

»Aber des san kane zehn Prozent! Des is' Betrug!«

»Ich hab' keine 20 Heller.«

Das Gesicht des Buben verzog sich zu einem bösen Lächeln. Zach sah, dass ihm etliche Zähne fehlten.

»I hab' aber 80 Heller.«

»Na und?«

»Sie geben mir sechs Kronen und i geb' Ihnen 80 Heller raus.«

»Du bist mir einer!«

Gotthelf tat, wie es der Bub vorgeschlagen hatte. Der schulterte die schwere Butte und verschwand mit einem »Pfiat Ihnen!« aus der Hütte. Draußen rief er:

»Übermorgen komm i wieder. Wenn i net komm, bin i bei der Roten Garde!«

TEIL 4 / NOVEMBER 1918

Wie vom Blitze gefällt, ist Österreich-Ungarns alte und ruhmreiche Armee nach vierjährigem, bewundernswertem Ringen mit einer Welt von Feinden, als das Reich zertrümmert und alle Bande gelöst waren, zusammengebrochen.

Zitat aus: Generaloberst Baron Arz, Kampf und Sturz der Kaiserreiche, Günter-Verlag Wien, 1935.

IV/1

Die Rote Garde ging Zach nicht aus dem Sinn. Er verspürte den brennenden Wunsch, sich ihnen anzuschließen. Das waren Gesinnungsgenossen, die das verhasste Regime stürzen wollten. Plötzlich bedauerte er, dass er keine Uniform besaß. Als Uniformträger würde er sicher ohne Probleme in die Reihen der Roten Garde aufgenommen werden. Er musste hinaus! Wohin? Am besten hinauf zum Südbahnhof. Der lag nicht weit weg. Er würde durch den 4. Bezirk hinaufspazieren und sich das riesige Soldatenlager, den unglaublichen Jahrmarkt, einmal anschauen. Wenn dort wirklich mit allem Möglichen gehandelt wurde, könnte er doch auch ein bisserl was verdienen. Grinsend erhob er sich vom Diwan, gähnte und streckte sich. Dann schob er die Matratzen sowie das lockere Bodenbrett zur Seite und holte aus dem Hohlraum darunter einen Petroleumkanister hervor. Den würde er beim Südbahnhof zu Geld machen. Wobei, Geld hatte er sowieso einiges, aber man konnte ja nicht wissen …

Je näher er dem Gürtel, hinter dem das Areal des Südbahnhofs lag, kam, desto größer wurde das Gedränge auf der Straße. War er am Anfang, als er durch die kleinen Gasserln des 4. Bezirks hinauf zur Elisabethkirche ging, noch etwas fahrig und auf der Hut gewesen, besserte sich nun seine Stimmung mit jedem Schritt. Seine Besorgnis und Vorsicht waren vollkommen unbegründet gewesen. In den Straßen herrschten nicht mehr Ruhe und Ordnung. Unmengen von Soldaten, freigelassenen Kriegsgefangenen und auch ganz normalen Menschen wuselten umher. Ein riesiger aufgescheuchter Ameisenhaufen. Das gefiel ihm. Noch besser gefiel ihm aber, dass ihn eine Frau angesprochen hatte, ob er nicht ein Kilo Mehl bei ihr kaufen wolle. Ohne Marken. Er verneinte lachend. Der Schleichhandel hatte die Stadt erobert. Gut so!

Beim Südbahnhof angekommen, bot sich ihm ein Bild, das alles von ihm Imaginierte bei Weitem übertraf. Hier lagerten Soldaten aus Ungarn, Tschechien, der Slowakei, Polen, der Ukraine und aus allen deutschsprachigen Gebieten des alten Österreichs. Die Soldaten handelten mit Gewehren, Bajonetten, Rucksäcken, Feldflaschen, Decken, Uniformstücken, Konserven und vielem mehr. Um ein Spottgeld verkauften sie all das an Zivilpersonen und Schleichhändler. Aber auch Taschendiebe, jede Menge zerlumpte Rotzbuben, Huren und deren Zuhälter trieben sich in dem lärmenden Gewurl herum. Es wurde getratscht, gefeilscht, gehandelt, geflucht, geschimpft, betrogen und natürlich auch Schmäh geführt. Zach rümpfte mehrmals die Nase, denn es roch hier gar nicht gut. Nach schmutziger Kleidung, Schweiß und Fäkalien. Zach war nach den Wochen der Zurückgezogenheit überwältigt. Mit dem Kanister in der Hand geisterte er durch die Menge, um schließlich in einem nahen Beisl zu landen. Es herrschte dichtes Gedränge, mit Müh und Not konnte er einen Platz an der Schank ergattern. Er stellte den Kanister neben sich. Der Wirt, der ununterbrochen Bier zapfte, matschkerte*:

»Gehen S', stellen S' den Kanister auf den Boden. Der hat da heroben nix verloren.«

* maulen

»Aber der is' wertvoll.«

»Wieso? Was is' denn drinnen?«

»Petroleum.«

Der Wirt schaute Zach scharf an und stellte ihm dann ein frisch gezapftes Krügel Bier vor die Nase.

»Sehr zum Wohl!«

Ohne zu zögern, griff Zach zu und trank einen langen Schluck. Wunderbar! Der Fußweg vom Wiental herauf hatte ihn durstig gemacht.

»Für wen is' das Petroleum?«

»Für den, der's mir abkauft.«

»Wie viel wollen S' dafür?«

Die dicht um Zach herumstehenden Soldaten wurden hellhörig.

»Das ist wert kleines Vermegen«, zischte ein Tscheche.

Der Wirt sah den Gast unfreundlich an und sagte zu Zach:

»Kommen S' mit nach hinten. Da hamma a Ruh.«

Zach trank das restliche Bier aus, griff nach dem Kanister und folgte dem Wirt ins Extrazimmer.

Beschwingt verließ er fünf Minuten später das Beisl. Der Wirt hatte ihm für das Petroleum einen anständigen Preis gezahlt. Er hatte nun wirklich viel Geld in der Tasche. Was tun? In ein Hotel gehen, ein Zimmer mit Bad nehmen, baden und dann endlich wieder einmal etwas Warmes essen. Danach sehnte er sich. Doch in einem Hotel würden sie einen Ausweis, eine Legitimation von ihm verlangen. Verflucht! Er brauchte eine neue Identität. Und als er unschlüssig am Gehsteig der Argentinierstraße herumstand, rempelte ihn ein Oberleutnant mit seinem Koffer an und raunzte ungehalten:

»Gehen S' mir gefälligst aus dem Weg!«

Zach sprang erschrocken zurück und ärgerte sich augenblicklich darüber. Sein Verhalten resultierte aus der Untertänigkeit gegenüber Offizieren, die man ihm in der Armee eingebläut hatte. Er hasste diesen Reflex. Mit seinem Blick verfolgte er den Oberleutnant, der die Straße hinunterging. Unbändige Wut stieg in ihm auf. Er setzte sich in Bewegung und folgte dem Offizier, als der in die Belvederegasse einbog. Hier war es ruhiger, keine Menschen auf der Gasse. Zach holte den Oberleutnant ein und trat ihm von hinten in den Arsch. Der stolperte, fiel fast hin, drehte sich um und hatte Zachs Faust im Gesicht. Links, rechts, links, rechts schlug Zach zu. Blut spritzte, Zähne splitterten, und der Offizier sackte zusammen. Zach sah sich um, packte ihn mit einer Hand und mit der anderen den Koffer. Hinein ins nächste Haustor! Zum Glück war es offen. Keuchend schleifte er den Offizier unter den Stiegenaufgang. Dort ließ er ihn und den Koffer fallen. Schwer atmend rang er nach Luft. Als er sich einigermaßen erfangen hatte, öffnete er den Mantel des Offiziers, griff in dessen rechte Hosentasche und angelte dessen Legitimationsblattkapsel heraus. Er öffnete sie und erfuhr aus dem Legitimationsblatt, dass vor ihm Oberleutnant Alois Mitterhuber lag.

Der hatte mittlerweile das Bewusstsein wiedererlangt und stammelte:

»Wo bin ich? Wer sind Sie? Was tun Sie hier?«

Die arrogante näselnde Art, in der der Offizier sprach, ließ in Zach neuerlich Wut aufsteigen. Wie von Sinnen trat er auf den am Boden Liegenden ein, bis dieser sich nicht mehr rührte. Keuchend stierte Zach auf das Legitimationsblatt. Dann betrachtete er den Mann. Der Oberleutnant war nicht nur genauso alt wie er, sie waren einander auch in Größe und Statur ähnlich. Zach hatte eine Idee, die er sofort umsetzte. Er steckte dessen Legitimationskapsel ein und zog dem Oberleutnant die Uniform aus. Dann entkleidete er sich und schlüpfte in Mitterhubers Uniform. Sie passte ihm tadellos. Während sein Opfer in Unterhosen und Unterhemd unter der Steintreppe lag, inspizierte Zach dessen Koffer. Hier fand er neben Konserven, Unterwäsche und allerlei persönlichem Zeug einen kompletten Satz Silberbesteck, den der Herr Oberleutnant offensichtlich als persönliche Beute vom italienischen Kriegsschauplatz mitgebracht hatte. Und in der Brieftasche des Alois Mitterhuber befanden sich 300 Kronen. Wunderbar! Das war heute sein Tag! Er setzte dessen Tschako auf und spazierte mit dem Koffer in der Hand aus dem Haus. Wenig später saß er in einem Kaffeehaus und, nachdem er den Oberkellner mit zehn Kronen geschmiert hatte, servierte ihm dieser ein erstklassiges Schinkenomelette. Während er aß, blätterte Zach die Tageszeitungen durch. Es war Samstag, der 2. November, und die Schlagzeile der ›Arbeiter-Zeitung‹ lautete:

Friedrich Adler frei!

Zach konnte es nicht fassen. Friedrich Adler, der vor zwei Jahren den österreichischen Ministerpräsidenten Graf Stürgkh erschossen hatte, war freigelassen worden. Eine neue Zeit brach an.

IV/2

»Herr Oberst, melde gehorsamst, der Trachtenkalender ist fertig.«

»Sehr gut, Goldblatt. Ausgezeichnete Arbeit! Aber leider umsonst …«

»Wie darf ich das verstehen, Herr Oberst?«

»Na so, wie ich's gesagt hab'.«

Oberst Eisner-Bubna machte eine einladende Handbewegung.

»Komm, setz' dich her, Goldblatt. Trink' ma einen Kaffee miteinander.«

Eisner-Bubnas Bursche, der sich unauffällig im Hintergrund aufhielt, fragte:

»Zwei Kaffee, die Herren? Mit Milch?«

»Mit Schnaps wär' er mir lieber«, murmelte Goldblatt.

Der Oberst rief begeistert:

»Ausgezeichnete Idee, Goldblatt. Also: zwei Mokka g'spritzt*. Mit dem guten ungarischen Kirsch, den wir unlängst requiriert haben!«

»Jawohl, Herr Oberst!«

»Also, wo waren wir stehengeblieben? Ah ja! Bei deinem wunderbaren Trachtenkalender, den wir hätten fürs Kriegsfürsorgeamt produzieren sollen. Schade, dass daraus nix mehr wird.«

»Wieso?«

»Weil der Krieg aus ist. Und wenn der Krieg aus ist,

* schwarzer Kaffee mit Schnaps

ist es auch mit dem Kriegspressequartier und all seinen Aktivitäten aus. Das ist logisch.«

Eisner-Bubnas Bursche servierte den Kaffee. Der Duft von echtem Bohnenkaffee und aromatischem Kirschbrand verbreitete sich in der Amtsstube. Goldblatt schlürfte die flüssige Köstlichkeit und musste an den Ausspruch eines Kameraden denken, der das Kriegspressequartier als das korrupteste aller korrupten Ämter Österreichs bezeichnet hatte.

»Wir haben also den Waffenstillstand unterzeichnet?«

»›Wir‹ ist leicht gesagt. Aber so leicht war das nicht, wie man mir geflüstert hat. Eigentlich hätte Kaiser Karl das Waffenstillstandsabkommen unterzeichnen müssen, aber Seine Majestät hat sich geweigert. Er hat meinen lieben Freund Baron Arz, der ja Chef des Generalstabs ist, zum Oberkommandierenden ernannt. Der wollte dieses Dokument jedoch auch nicht unterfertigen und hat das Oberkommando an Generaloberst Kövess abgetreten. Der hat dann schlussendlich unterschrieben.«

»Hat Seine Majestät tatsächlich das Armeeoberkommando abgegeben?«

»Du wirst es morgen in der Zeitung lesen.«

Und nach einem Schluck Kaffee fügte Eisner-Bubna leise hinzu:

»Am Ende will keiner schuld sein.«

Es war später Nachmittag und Goldblatt marschierte, nach einem mehrstündigen Besuch im Kriegsspital, traurig und müde ins Café Sperl. Dies war möglich geworden, da der Oberst ihm nach ihrer Unterredung den restlichen Tag freigegeben hatte. Im Kaffeehaus bestellte er einen ›Goldblatt‹, und als der Ober mit einem zackigen »Jawohl, Herr Leutnant!« die Bestellung annahm, zuckte Goldblatt zusammen. Eisner-Bubna hatte ihm nämlich noch mitgeteilt, dass er ab 1. November zum Oberleutnant befördert worden sei. Doch war in dem derzeitigen allgemeinen Wirrwarr das Beförderungsdekret bisher nicht ausgestellt worden. Nichtsdestotrotz sei er ab sofort Oberleutnant. Obwohl das nun völlig irrelevant war. Irrelevant? Nein, irreal! Das war das richtige Wort für die derzeitige Situation. Österreich-Ungarn hatte zwar noch eine kaiserliche und königliche Regierung unter Ministerpräsident Heinrich Lammasch, doch die hatte nichts mehr zu sagen. Die Macht war an den deutsch-österreichischen Staatsrat sowie an die neugegründeten Institutionen in den Nationalstaaten, die auf dem Boden des alten Österreichs entstanden waren, übergegangen. Der Kaiser war nun ein Regent ohne Reich. Sogar das Armeeoberkommando hatte er abgegeben! Sein letztes Fünkchen Macht war damit erloschen. Einzig die Beamtenschaft in Wien sowie die Polizei mit dem interimistischen Polizeipräsidenten Schober waren noch kaisertreu. Obwohl immer öfter zu beobachten war, dass Angehörige der Roten Garde Polizisten aufforderten, das kaiserliche Hoheitszeichen von ihren Helmen und Kappen zu entfernen und durch das neue republikanische Rot-Weiß-Rot zu ersetzen. Bin gespannt, was der Nechyba dazu sagt, dachte Goldblatt und blätterte in dem Stapel Zeitungen, den er sich zuvor geholt hatte. Der ›Goldblatt‹, den er schlürfte, war im Vergleich zu der heißen Delikatesse, die er vormittags genießen durfte, eine herbe geschmackliche Niederlage.

»Jaja, die Niederlagen …«

»Was murmeln Sie da, Goldblatt?«

Der Leutnant sah auf und grinste. Vor ihm stand die massige Gestalt Nechybas, der auch mit sehr viel weniger Bauch noch immer groß und stattlich aussah. Ächzend ließ sich der Oberinspector am Kaffeehaustisch nieder und sagte jovial:

»Mein lieber Goldblatt, ich begrüße Sie. Wie geht's denn so immer?«

Goldblatts Gesicht versteinerte, und Nechyba fragte leise:

»Was ist mit Ihnen? Hab' ich was Falsches gesagt?«

Der Leutnant schüttelte den Kopf und schluckte mehrmals. Er musste sich eisern beherrschen, um zu verhindern, dass sich seine Augen mit Wasser füllten. Zum Glück kam der Ober, und Nechyba macht seine Bestellung. Natürlich einen »Goldblatt«. Danach wurde eine Zeit lang geschwiegen.

Schließlich räusperte sich Nechyba:

»Was sagen Sie eigentlich zum Waffenstillstand? Es schaut so aus, wie wenn der verdammte Krieg endlich vorbei ist. Wenn nicht alle Begleitumstände so schrecklich wären, wäre das ja seit vier Jahren endlich einmal eine gute Nachricht.«

»Natürlich ist das eine gute Nachricht. Auch wenn ich jetzt keine Aufgabe mehr hab'.«

»Warum denn?«

»Denken S' nach, Nechyba. Ich arbeite im Kriegspressequartier.«

Nechyba rührte in seinem Goldblatt um und nickte dann.

»Ich versteh', was Sie meinen. Wenn der Krieg aus ist, braucht kein Hund mehr ein Kriegspressequartier.«

»So ist es.«

»Aber Sie sind doch ein g'standener Journalist. Kehren S' halt an Ihren alten Arbeitsplatz zurück.«

»Darum werde ich mich morgen sofort kümmern.«

»Na, dann ist eh alles in Ordnung.«

»Nun, das würde ich nicht so sagen …«

»Was ist denn los?«

Leo Goldblatt holte tief Luft und hob dann zu einer längeren Erklärung an:

»Wie Sie wissen, bin ich jetzt seit vier Jahren mit der Malerin Judith von Zweytick liiert. Durch sie hab' ich interessante Menschen wie zum Beispiel den Gustav Klimt, der heuer im Jänner verstorben ist, kennengelernt. Eine besondere Freundschaft hat sich in den letzten Jahren zwischen Judith und dem Maler Egon Schiele entwickelt. Sie erinnern sich? Den hab' ich Ihnen letztes Jahr einmal vorgestellt. Im Café Landtmann war das. Da hat er von Ihnen eine geniale Porträtskizze auf ein Stück Papier gezaubert.«

Goldblatt sah, wie sich Nechyba zu erinnern versuchte. Plötzlich dämmerte es ihm:

»Freilich, das war so ein dünnes Bürscherl mit dunklem, wirrem Haar. Der hat damals gemeinsam mit Ihnen seinen Militärdienst in der Konsumanstalt für die Gagisten der Armee im Felde versehen.«

»Genau! Den meine ich.«

»Und, was ist mit ihm los?«

»Der ist vor fünf Tagen verstorben.«

»Na geh!«

»Spanische Grippe. Kurz davor ist seine Frau Edith, die schwanger war, ebenfalls an der Grippe gestorben.«

»Das ist tragisch.«

»Nein, Nechyba. Tragisch ist, dass die beiden meine Judith angesteckt haben und dass die nun seit drei Tagen im Kriegsspital liegt.«

IV/3

»Ich halt' diesen Saustall nicht mehr aus!«

»Geh, Schatzi, reg dich doch nicht so auf.«

»Du hast unsere Wohnung zu einem Stall gemacht! Und da soll ich mich nicht aufregen?«

Auguste Schmerda war weiß vor Wut. Tränen des Zorns rannen über ihre faltigen Wangen, sie ballte die Fäuste und schrie:

»Ich halt' den Saustall nicht mehr aus!«

»Schatzi, du übertreibst. Es ist doch nur ein Hühnerstall.«

»Stall ist Stall! Und ich will nicht länger in einem Stall wohnen! Ich will nicht!«, schrie sie und stürzte sich auf ihren Gatten. Ihre Fäuste trommelten auf seine Brust und seinen Kopf ein. Er duckte sich, drehte ihr den Rücken zu und brüllte:

»Frau Aurelia! Hilfe! Helfen Sie mir!«

Aurelia, die den Streit ob seiner Lautstärke auch in der Küche mitverfolgt hatte, eilte am käsebleichen Dienstmädel vorbei in das Arbeitszimmer des Hofrats, wo sich ihr ein bizarres Bild bot. Schmerda stand in der Ecke, mit dem Gesicht zur Wand, Hände über den Kopf, Schädel eingezogen. Auguste Schmerda hatte einige Schritte entfernt von ihm neben dem Schreibtisch ihres Mannes Position bezogen und warf ihm alles, was auf der riesigen Schreibtischplatte herumlag, an den Kopf. Bücher, Akten, Bleistifte, Federn, die schweinslederne Schreibunterlage und das Tintenfass. Aurelia konnte der Dame des Hauses, die sich in eine Furie verwandelt hatte, gerade noch in den Arm fallen. Sonst wäre auch der schwere Messing-Aschenbecher am Kopf des Herrn Hofrat gelandet. Alleine das Tintenfass war schon eine Katastrophe gewesen. Sein Aufprall auf Schmerdas kahlem Schädel hatte eine Platzwunde verursacht und ihn über und über mit blauer Tinte bekleckert. Aurelia, die eine kräftige Frau war, gelang es, die Tobende zu bändigen. Schluchzend brach Auguste Schmerda in ihren Armen zusammen. Aurelia führte sie aus dem Arbeitszimmer hinaus zu sich in die Küche.

Dort setzte sie ihre Dienstgeberin auf einen der wackeligen Küchensessel und befahl dem Dienstmädel:

»Gerti, mach' ein Geschirrtuch mit kaltem Wasser nass und gib es mir.«

Das Dienstmädchen tat, wie ihm geheißen. Aurelia legte das Tuch zusammen und tupfte damit die Schläfen und die Stirn von Auguste Schmerda ab. Die Ärmste hyperventilierte heftig, verschluckte sich an ihrer eigenen Spucke und rang infolgedessen krampfhaft nach Luft. Aurelia klopfte ihr mehrfach kräftig auf den Rücken, sodass sich die verirrte Spucke lösen und Auguste Schmerda endlich wieder atmen konnte.

Mit tränennassem Gesicht schluchzte sie:

»Aurelia, helfen Sie mir. Der Hühnerstall muss weg.«

»Gnädige Frau, Sie wissen doch, dass Ihr Herr Gemahl ungern auf die Eier verzichten täte.«

»Aber die Viecher haben schon seit Tagen nichts mehr gelegt.«

Aurelia, die in Oberösterreich in einem bäuerlichen Haushalt aufgewachsen war, dozierte:

»Das is' ganz normal. Wenn die Tage so kurz sind wie jetzt im November, haben die Hendln zu wenig Licht.

Und wenn s' kein Licht haben, legen s' nix. Erst im Februar fangen s' dann wieder mit dem Eierlegen an.«

»Was? Und solang müssen wir die Gfraster durchfüttern?«

»Aus dem Grund hamma bei uns daheim die Hendln im Herbst immer geschlachtet. Nur die Junghühner und Küken hamma durchgefüttert.«

Plötzlich erschien ein Strahlen auf dem Gesicht der gnädigen Frau.

»Aurelia, Sie sind genial. Das ist es!«

»Was?«

»Morgen gibt's Hühnersuppe. Und am Sonntag Brathendl. Die beiden Viecher verputz'* ma, und dann sind sie weg!«

Als der Hofrat Schmerda am nächsten Tag nach der Arbeit heimkam, roch es in der ganzen Wohnung nach Hühnersuppe. Aurelia hatte Karotten, gelbe Rüben, Zeller und Petersilwurzeln sowie einen Bund Liebstöckel am Naschmarkt erstanden und konnte so eine wunderbar duftende Hühnersuppe kochen. Der Hofrat setzte sich gut gelaunt an den Esstisch und ließ sich die deftige Hühnersuppe, in der viel kleingeschnittenes Hühnerfleisch schwamm, von Herzen schmecken. Als Dessert gab es einen Rollgerstl-Pudding mit Hagebuttenmarmelade. Nach dem Essen, als Aurelia gemeinsam mit Gerti das Geschirr abräumte, fragte der Hofrat, während er sich eine Zigarre anzündete:

»Und? Haben die Hendln heute was gelegt?«

»Nein, Herr Hofrat, wenn es so spät hell und so früh dunkel wird, legen die Hendln nix.«

---

* verspeisen

»Ein Jammer, Aurelia, ein Jammer ist das«, murmelte er. Dann nahm er den Packen Zeitungen, den er mit heimgebracht hatte, zur Hand und überflog die Titelseiten. Plötzlich erbebte der Hofrat vor Zorn. Mit der Faust schlug er auf die Titelseite der ›Arbeiter-Zeitung‹ und schnaubte:

»Da! So eine Unverfrorenheit! Auguste! Aurelia! Hört euch das an:

Eine Botschaft Wilsons an die Völker in Oesterreich-Ungarn.

An den Genossen Karl Seitz, Präsidenten des Staatsrates, ist heute in einer Depesche aus Bern, von dem Informationsbüro der Vereinigten Staaten von Amerika (Committee of public information) folgende Botschaft des Präsidenten Woodrow Wilson eingelangt:

Der Präsident der Vereinigten Staaten richtet an die nun konstituierten Völker in Oesterreich-Ungarn, denen die Befreiung vom Joch des österreichisch-ungarischen Reiches gelungen ist, den folgenden Aufruf:

Es sei mir gestattet, als Wortführer eurer vielen aufrichtigen Freunde zu sagen: Es ist die ernsthafteste Hoffnung und Erwartung aller Freunde der Freiheit allerorts und insbesondere jener, denen gegenwärtig die unmittelbare Pflicht obliegt, den befreiten Völkern der Welt beim Werke des Ausbaus ihrer wahrhaften Freiheit beizustehen, daß sowohl die Führer wie die Bevölkerung der nun befreiten Länder danach trachten, die begonnenen Veränderungen sowohl in Ordnung, mit Mäßigung und Milde wie auch mit Festigkeit durchzuführen und Gewalttätigkeit und Grausamkeit jeder Art zu hemmen und zu verhindern, auf daß keinerlei Unmenschlichkeiten die Annalen des neuen Zeitalters, das das einer vollkomme-

nen Ordnung sein soll, beflecken. Eure Freunde wissen, daß solche Vorkommnisse die großen Dinge, die wir alle anstreben, nur verzögern könnten, und sie richten daher vertrauensvoll an euch den Appell, es mögen alle Kräfte gebunden werden, die die Fortschritte der Freiheit verzögern oder in Mißkredit bringen könnten.

Woodrow Wilson.«

Erschöpft lehnte sich der Hofrat nach dieser Deklamation in seinen Sessel zurück. Er schüttelte den Kopf und schnaufte:

»Die Fortschritte der Freiheit! So ein Blödsinn! Die Freiheit, von der Wilson da spricht, hilft nur, dass radikale Elemente wie die Rote Garde Oberwasser bekommen. Von Freiheit faselt er. Wie wenn die Völker in Österreich-Ungarn nicht über ein ausreichendes Maß an Freiheit verfügt hätten. So ein Blödsinn! Freiheit! Ha! Das ist so, wie wenn ich meinen Hühnern die Freiheit geben würde. Die würden hinaus in die Winterkälte flattern und jämmerlich erfrieren.«

Aurelia wurde bei dieser Aussage blass im Gesicht. Doch Auguste Schmerda legte ihrem Mann beruhigend die Hand auf den Unterarm und sagte in süßlichem Tonfall:

»Ob du es glaubst oder nicht, wir haben heute deinen Hühnern die Freiheit gegeben. Sie müssen nicht mehr in dem engen Zimmer nebenan ihr Leben fristen. Aurelia hat sie auf meine Anordnung hin geschlachtet. Nun sind sie von ihrem eingesperrten Dasein befreit, müssen aber nicht draußen in der Winterkälte erfrieren, sondern wurden zu Suppe verkocht beziehungsweise werden im Rohr in ein Brathendl verwandelt.«

IV/4

Es schüttete. Wasser rann ihm über die Hutkrempe auf den Mantel und ins Genick. Die Schulterpartie des Mantels war völlig durchnässt, sodass er nun durch sein Sakko die Nässe spürte. Hinten über das Rückgrat rann sowieso das Wasser. Das Hemd war am Rücken klatschnass und Regenwasser lief durch die Bünde von Hose und Unterhose die Arschbacken entlang. Bald würde das Wasser auch von oben in seine Schuhe sickern. Aber das war in diesem Fall völlig gleichgültig, da die Schuhsohlen sowieso aufgeweicht waren und die nassen Socken bei jedem Schritt ein leises schmatzendes Geräusch erzeugten. All das kümmerte ihn nicht. Nichts kümmerte ihn. Gar nichts. Stockbesoffen, wie er war. Schwankend stand er im strömenden Regen vor dem Haustor, in dem sich seine Wohnung befand. Seine Wohnung? Die Wohnung von Amalie Trnka. Die ehemalige Wohnung, denn nun wohnte sie unten in der feuchten Erde zwischen Würmern und anderem Getier, die sicher schon an ihrem Fleisch und an ihren Knochen zu knabbern begannen. Nicht nur Regentropfen, sondern auch Tränen rannen über sein Gesicht. Amalie war nicht mehr. Und nun sollte er hinein in ihre Wohnung? Das empfand er wie Leichenschändung. Amalie war tot und ihre Wohnung tabu. Keinen Augenblick könnte er es innerhalb der vier Wände aushalten, in denen sie jahrzehntelang gewohnt, gelebt und geatmet hatte. Ihr zarter weiblicher Geruch, all die kleinen Dinge, die sie da und dort hingelegt hatte, der Waschtisch, auf dem ihre nach Rosen duftende Seife und der Hornkamm mit ihren Haaren lagen, und viele andere Spuren ihrer Existenz ließen sie in dieser Wohnung noch ein wenig weiterleben, obwohl sie tot war. Nein, er konnte nicht hinauf in diese Wohnung gehen.

Also wandte er sich um und torkelte weiter zum Portal der Fleischhauerei, in der er gemeinsam mit Amalie die Kundinnen bedient hatte. Husak heulte Rotz und Wasser. Er schnappte wie ein an Land gespülter Fisch nach Luft. Seine Nase war völlig verlegt. Er wandte sich von der Fleischerei ab, machte einige schwankende Schritte und rutschte aus. Mit einem Pumperer fiel er auf den Rücken. Ein Hundehaufen, der im Regen eine äußerst glitschige Konsistenz angenommen hatte, war ihm zum Verhängnis geworden. Regen peitschte in sein Gesicht. Er lag da, ächzte, schnaufte und dachte: Jetzt ist es aus. Plötzlich hörte er eine Stimme über sich. Regentropfen und Tränen verklebten seine Augen, die seine bereits vom Alkohol benebelte Sicht vollkommen einschränkten. Es war eine weibliche Stimme. Amalie? War sie vom Himmel heruntergestiegen, um ihn zu retten? Oder war sie gekommen, um ihn zu sich zu holen?

»Herr Husak, um Gottes willen, stehn S' auf. Sie holen Ihnen ja noch den Tod!«

Warum war Amalie plötzlich per Sie mit ihm? War das im Himmel so? Oder war das ein Engel, den sie ihm geschickt hatte? Hände griffen ihm unter die Arme. Er richtete sich auf und saß nun im Rinnsal der Gasse mitten im dahinströmenden Wasser. Der Engel packte ihn auf einer Seite unter der Achsel und zog ihn hoch. Dabei strauchelte der Engel und wäre um ein Haar selbst niedergefallen. Doch Engel fallen nicht. Sie erheben sich und heben alle empor, die sie bei sich haben. Das war Husak klar, und deshalb lallte er: »Ein Engel … sind Sie … ich mecht' kommen mit Ihnen … in Himmel. Hier … hier auf der Erd' freit's mich nimmer.«

»Herr Husak, genieren Sie sich. Wie kann man sich nur so betrinken?«

»Ich gelobe: In Himmel … in Himmel … ich werd' nix trinken. In Himmel ich werd' mich … aufführen brav.«

»Dann sind S' jetzt einmal so brav und stützen sich auf mich. Ich bring' Sie ins Trockene. Sie kommen mit mir rauf und ich heiz ein. Ich mach' ein schönes Feuer.«

»Feuer? Feuer? Fegefeuer! Dann sind Sie doch kein … kein Engel …«

Als Husak aufwachte, wusste er nicht, wo er war. Es roch nach frischer Wäsche, es war kuschelig warm und er spürte jemanden neben sich. Weiches, warmes Fleisch. Und wie immer, wenn er am Vortag stockbesoffen gewesen war, überkam ihn augenblicklich eine unglaubliche Geilheit. Er drehte sich zu dem weiblichen Körper, der neben ihm lag, stöhnte, griff zwischen die Pobacken, spürte Haare, Feuchtigkeit, rückte ganz nahe heran und seufzte:

»Amalie …«

Ratsch!

Von diesem Geräusch wurde er Stunden später geweckt. Das Geräusch eines energisch zur Seite gezogenen Vorhangs. Gleißendes Tageslicht strömte herein. Er zog die Bettdecke über die Augen und wimmerte.

»Herr Husak, Sie müssen jetzt aufstehen. Ich hab' Frühstück g'macht. Damit Sie wieder zu sich kommen.«

»Amalie, was is' denn?«

»Jetzt sagen S' net dauernd Amalie zu mir, Herr Husak. Nach dem, was heut Nacht passiert is', dürfen S' ruhig Reserl zu mir sagen.«

Plötzlich war Husak hellwach. Er setzte sich auf und merkte, dass er splitternackt in einem fremden Bett und in einem ihm völlig unbekannten Schlafzimmer lag. Vor sich sah er die Theresia Sinkovits, die eine Stammkundin der Fleischerei Trnka war. Erschrocken bedeckte er mit der Decke seinen nackten Oberkörper.

»Passiert? Wos is' passiert?«

»Sie sind ein Schlimmer, Herr Husak. Ein ganz, ganz Schlimmer.«

Dabei setzte sie sich neben ihn aufs Bett und streichelte wie zufällig mit der Hand über seine Leibesmitte. Husak zuckte zusammen.

»Frau Sinkovits!«

»Darfst ruhig Reserl zu mir sagen.«

»Aber warum denn?«

»Weilst mich heut Nacht sehr glücklich g'macht hast.«

Die Hofratswitwe Theresia Sinkovits entsprach so überhaupt nicht dem weiblichen Idealbild Husaks. Sie war mittelgroß und nicht allzu rundlich. Außerdem war sie gut und gern 20 Jahre älter als er. Was hatte er sich da nur eingebrockt? Während er frühstückte, rückte die Sinkovits mit der Wahrheit heraus. Sie hatte ihn stockbesoffen auf der Gasse aufgelesen, ihn zu sich in die Wohnung genommen, ihn aus seinen völlig durchnässten Kleidern geschält, seinen nackten Körper trocken gerubbelt und ihn dann zu sich in das breite Ehebett gelegt, in dem es trocken und warm war. In der Nacht hatte er sie dann mitten im Schlaf beglückt. So nannte sie sein alkoholbedingtes Verhalten, das er nun bedauerte. Verdammt! Soweit er sich erinnern konnte, hatte er doch mit Amalie geschlafen. Aber Amalie war ja tot. Bei diesem Gedanken schossen ihm Tränen in die Augen.

Er stand auf und wankte zur Toilette, wo er sich einsperrte und hemmungslos weinte. Da Theresia Sinkovits infolge der letzten Nacht bestens gelaunt war, ließ sie ihn vorerst in Ruhe. Ihr war bewusst, dass er um Amalie Trnka trauerte. Diese Trauer musste er ausleben. Sie musste ihm Zeit geben. Vielleicht gelang es ihr, ihn in seinem Schmerz aufzufangen, ihm Trost zu spenden und so seine Zuneigung zu gewinnen. Denn eine Nacht wie die vergangene würde sie allzu gerne noch einmal erleben. Nachdem er sich ausgeweint hatte, schlich Husak zurück ins Bett, zog die Decke über den Kopf und schlief weiter.

Als er aufwachte, war es draußen bereits dunkel, und ein verführerischer Geruch kroch in das Schlafzimmer. Es duftete nach Braten. Nagendes Hungergefühl begann in Husaks Magen zu wüten. Hatte die Sinkovits ihm tatsächlich einen Braten zubereitet? Nun ja, sie war eine begüterte Frau, die in der Fleischerei Trnka immer nur das Beste und Teuerste eingekauft hatte. Ein Braten! Wasser lief Husak im Mund zusammen, und so schlich er splitternackt durch das lange Vorzimmer zur Küche. Er konnte gerade noch seine Blöße in der Leibesmitte bedecken, bevor das Dienstmädel der Sinkovits ihn sah und einen gellenden Schrei ausstieß. Husak drehte um und wollte zurück ins Schlafzimmer laufen, doch er rannte in das feste Fleisch der Frau Hofrat. Sie umarmte ihn mit beiden Armen. Ihre Hände griffen nach seinen Pobacken, die sie zärtlich drückte.

»Bist endlich aufgewacht? Na, dann komm in den Wirtschaftsraum, dort habe ich den Schlafrock von meinem verstorbenen Gatten frisch aufgebügelt. Der müsste dir tadellos passen.«

Sie nahm ihn bei der Hand, führte ihn in besagten Nebenraum und half ihm in den Schlafrock. Auch die feinen Lederpantoffeln, in die er nun schlüpfte, hatte sie vorbereitet.

»Sag, wie heißt du eigentlich mit dem Vornamen?«

»Karel«, stammelte er. Dann nahm sie ihn bei der Hand und führte ihn in die Küche.

»Mizzi, das ist der Herr Karel. Dem ist es gestern Nacht ganz schlecht gegangen, deshalb hab' ich ihn zu mir heraufgenommen. Bitte decke jetzt im Speisezimmer für uns beide auf, wir wollen essen.«

Ohne Husaks Hand loszulassen, führte sie ihn ins Speisezimmer, wo alsbald ein köstlicher Kaninchenbraten samt mitgeschmorten Braterdäpfeln von Mizzi serviert wurde. Satt und zufrieden ließ sich Husak nach dem Essen von der Frau Hofrat mehrere Gläschen Kräuterlikör einschenken, die ihn aufs Angenehmste an den böhmischen Becherovka erinnerten. Zu diesem Zweck waren sie in den Salon übersiedelt, wo er es sich auf dem Sofa gemütlich machte. Die Dame des Hauses bettete ihn dort inmitten von Polstern. Sie selbst setzte sich zu ihm an den Rand des Sofas und schenkte immer wieder von dem wunderbaren Kräuterlikör nach. Wärme durchströmte seinen Körper. Der frisch zugeführte Alkohol vermengte sich mit dem Restalkohol des gestrigen Abends, und er fühlte sich ausgesprochen wohl. Er streckte und reckte sich behaglich. Dabei rutschte der Schlafrock in der Mitte auseinander. Plötzlich spürte er Sinkovits' warme, fleischige Hand, die ihn zu liebkosen begann. Der Mensch ist schwach, dachte er, schloss die Augen und ließ alles Weitere geschehen.

»Husak! Karel! Bist du's?«

Ein Lastkraftwagen blieb quietschend neben ihm stehen und sein alter Kamerad Ambros Zach sprang aus der Führerkabine. Er umarmte Husak stürmisch, der wie vom Donner gerührt dastand. Eigentlich wollte er nur einen Spaziergang in die Innenstadt machen, um für einige Stunden der überbordenden Fürsorge der Theresia Sinkovits zu entfleuchen. Nun war er Zach in die Arme gelaufen.

»Gut schaust aus! Was machst du eigentlich?«

»Ich … ich … privatisier.«

»Privatisieren tust du? Du alter böhmischer Schlawiner!«

»Na, man sagt doch so? Oder?«

»Auf gut Deutsch, du hackelst nix. Sag, willst nicht mitkommen? Ich bin Zugführer bei der Roten Garde. Wir haben uns in der Stiftskaserne einquartiert. Ich bräuchte eh einen verlässlichen Adjutanten. Karel, altes Haus, komm mit! mach' ma gemeinsam Revolution.«

Husak schwirrte der Kopf. Doch die Möglichkeit, den Fängen der Theresia Sinkovits zu entkommen, konnte er sich nicht entgehen lassen. Er schlug in Zachs ausgestreckte Hand ein, kletterte neben ihn auf den Beifahrersitz des Lastkraftwagens und fuhr an Zachs Seite als frisch gebackener Rotgardist in Richtung Stiftskaserne.

IV/5

Todmüde stapfte Nechyba vom Schloss Schönbrunn zur nebelverhangenen Hadikgasse vor, wo er in die Tramwaylinie 57 einstieg. Sie ruckelte durch die Sechshauser Straße über den Gürtel weiter in die Gumpendorfer Straße. Der Oberinspector war so müde, dass er einschlief und fast das Aussteigen verpasst hätte. Verschlafen stand er einen Augenblick lang auf dem Gehsteig in der Gumpendorfer Straße. Obwohl es keine Straßenbeleuchtung gab, trieben sich jede Menge Menschen herum. Gruppen von jungen Burschen und Soldaten streiften umher sowie Männer und Frauen, die Dinge anboten, die es schon lange nicht mehr legal zu erwerben gab. Inmitten dieses nächtlichen Durcheinanders leuchteten vor ihm die Fenster des Café Sperl. Ohne lange zu überlegen, ging er in das Kaffeehaus, das ihm wie ein Hort der Ruhe, der Ordnung und Geborgenheit erschien. Hier hatte sich zum Glück nichts verändert. Man roch Zigarettenrauch und das zweifelhafte Aroma des Ersatzkaffees, hörte die Schritte der Kellner, das Klirren von Gläsern und Schalen und das Rascheln der Zeitungen. Der Oberinspector begab sich zu seinem Stammplatz, setzte sich und dachte: Hoffentlich kommt heut der Goldblatt. Das letzte Mal, dass er ihn hier getroffen hatte, war schon ein paar Tage her. Goldblatt hatte damals gar nicht gut ausgesehen. Er war weiß wie die Wand gewesen, als er ihm erzählt hatte, dass seine Lebensgefährtin im Kriegsspital lag. Wenn den nur nicht auch die Grippe erwischt hat, dachte Nechyba voll Sorge.

Es gab viel zu erzählen. Dass er zum Beispiel seit zwei Tagen draußen in Schönbrunn Dienst versah. Zur Sicherheit des Kaisers. Das wusste Goldblatt noch nicht. Und dass der deutsche Kaiser Wilhelm abgedankt hatte, das war eine Neuigkeit, über die er gerne mit dem Herrn Leutnant diskutieren wollte. Deutschland auf dem Weg zur Republik! Unglaublich! Der deutsche Kaiser im Exil und der österreichische Kaiser nur mehr ein Schatten seiner selbst. Völlig isoliert, ohne Armee, ohne Macht und ohne Land saß er in seinem Schloss. Bin gespannt, was der Goldblatt dazu sagt, dachte Nechyba und sah sich suchend im Lokal um. Merkwürdig, heute war Sonntag, und da war Goldblatt am Abend immer im Kaffeehaus. Na ja, es ist ja erst halb acht, dachte Nechyba und bestellte beim Ober einen »Goldblatt«.

Der Ersatzkaffee war mit einem ordentlichen Schuss Trebernen aufgebessert worden und so einigermaßen trinkbar. Jaja, das war schon eine geniale Idee seines Freundes gewesen, als er vor vielen Jahren darauf bestanden hatte, seinen türkischen Mokka mit Trebernen veredeln zu lassen. Nechyba überlegte: Mein Gott, wie lange kenn' ich den Goldblatt schon? Es waren mehr als zwei Jahrzehnte – fast drei. Nechyba stand auf, ging zum Zeitschriftenständer und schnappte sich die Tageszeitungen, deren Überschriften ihm besonders ins Auge stachen. Wie zum Beispiel die christlichsoziale ›Reichspost‹, die er normalerweise nicht las. Doch deren Überschrift lockte zum Hineinlesen:

Völlige politische Umwälzung in Deutschland

Thronverzicht des Kaisers und des Kronprinzen. – Reichskanzler Ebert. – Voraussichtliche Einsetzung einer

Volksregierung aus allen Parteien. – Vorbereitungen für eine konstituierende Nationalversammlung.

Interessant war auch der Titel der ›Kronen Zeitung‹. Sie zeigte auf der Titelseite eine Karikatur des Deutschen Michel, der mit einem gewaltigen Besen Krone und Zepter hinwegfegte. Unter dem Bild stand dick und fett:

Das Reinemachen in Deutschland.

Und die ›Arbeiter-Zeitung‹ schrieb:

Heil Deutschland!

Die proletarische Demokratie hat den gewaltigsten, den entscheidenden Sieg errungen. Was das deutsche Proletariat ersehnt und erträumt hat seit siebzig Jahren; wofür Marx und Engels, Wilhelm Liebknecht und August Bebel gekämpft; wofür in den Sturmtagen von 1848, in den Kriegszeiten des Sozialistengesetzes Tausende deutscher Arbeiter Heimat und Freiheit, Gesundheit und Lebensglück geopfert haben, das ist heute zur Wirklichkeit geworden. Deutschland ist Republik! Die Hohenzollern sind gestürzt!

Nechyba ließ die Zeitung sinken, strich sich über den Schnauzbart und dachte: Es ist wahr. Der 9. und 10. November 1918 werden in die Geschichte eingehen. Wer hätte vor fünf Jahren gedacht, dass der deutsche Kaiser abdankt und das deutsche Volk die Macht übernimmt? Niemand. Verdammt noch einmal, wo ist der Goldblatt? Das würd' ich so gerne mit ihm besprechen. Nechyba sah sich neuerlich im Sperl um, doch von Goldblatt war nichts zu sehen. Nun sah er den Cafetier Kratochwilla. Er winkte ihm zu, und Adolf Kratochwilla grüßte höflich zurück. Dann verschwand er. Nechyba wunderte sich. Was hab' ich ihm denn getan, dass er nicht herkommt und mit mir ein paar Worte wechselt? Ist mir auch wurscht, dachte er sich und wandte sich wieder dem Leitartikel der ›Arbeiter-Zeitung‹ zu. Doch plötzlich wurde er beim Studium seiner Lektüre unterbrochen. Kratochwilla stand neben ihm und räusperte sich.

»Ich möcht' Sie nicht beim Lesen stören, Herr Oberinspector. Aber da ist ein Brieferl für Sie abgegeben worden.«

»Was? Ein Brieferl für mich? Von wem denn?«

»Keine Ahnung, Herr Oberinspector. Ein Dienstmann hat das abgegeben. Und zwar beim Herrn Rudolf. Der hat mir g'sagt, ich soll es Ihnen aushändigen. Mehr hat er mir net g'sagt, als er vorhin seinen Dienst beendet hat.«

»Na schau ma amal.«

Nechyba riss das Kuvert auf, faltete den Bogen Briefpapier auseinander und las:

Mein lieber Nechyba, hochgeschätzter Freund!

Leider kann ich nicht mit Ihnen im Café Sperl sitzen, da mich die Spanische Grippe aufs Krankenbett geworfen hat und ich mich hier im Kriegsspital befinde. So wie diese heimtückische Krankheit meine teure Gefährtin Judith von Zweytick bereits ausgelöscht hat, wird sie es bald auch mit mir tun.

Noch bin ich nicht zu schwach zum Zeitungslesen, was ich zwischen den heftigen Fieberschüben regelmäßig tue, um die restliche mir verbliebene Zeit nicht völlig sinnlos totzuschlagen. Ich lese, daß unsere alte Welt nun endgül-

tig dem Untergang geweiht ist. So fällt das Ende meines Lebens mit dem Ende einer Epoche zusammen. Was für eine Ironie des Schicksals!

Ich wünsche Ihnen und Ihrer Frau Gemahlin Gesundheit sowie alles erdenklich Gute in den neuen Zeiten.

Ihr ergebener
Leo Goldblatt

IV/6

Der Oberinspector ging auf das Schönbrunner Schlosstor zu. Beim Eingang zückte er seine k. k. Polizeiagentenkokarde, und der junge Bub, der Wache stand, salutierte. Eine Schande ist das, dachte Nechyba grimmig. Vor einer Woche war die ungarische Leibgarde des Kaisers auf Befehl des neuen ungarischen Verteidigungsministers abgezogen worden. Zurück war ein ungeschütztes und unbewachtes Schloss Schönbrunn geblieben. Als letztes Aufgebot rückten schließlich Mitglieder der Militärakademie in Wiener Neustadt sowie der k. u. k. Artilleriekadettenschule in Traiskirchen aus. Sie versahen nun den Wachdienst im kaiserlichen Schloss. »Lauter junge Hupfer!«, knurrte der Oberinspector, als er den Gardehof, in dem es keine Garde mehr gab, durchschritt. Im Schloss selbst war es gespenstisch still, und das Sprichwort von den Ratten, die das sinkende Schiff verlassen, kam Nechyba in den Sinn. Dass das Schiff sinken würde, daran zweifelte er nicht mehr. In der ganzen Stadt trieben sich zurzeit ehemalige Soldaten, Vagabunden und neuerdings auch Verbände der Roten Garde herum. Es wurde gepöbelt, geplündert und geraubt. Aus diesem Grund hatte Schober ihn vor ein paar Tagen gebeten, sich um die Sicherheit der kaiserlichen Familie zu kümmern. Da in diesen bewegten Zeiten jeder einzelne Polizist gebraucht wurde, um die Ordnung in der Stadt aufrechtzuerhalten, hatte Nechyba seine Trägheit überwunden und versah nun selbst Dienst in Schönbrunn. Außerdem hatte er einen persönlichen Leibwächter für den Kaiser abgestellt. Den Polizeiagenten Paul, einen langen Lulatsch, der vor ein paar Jahren bereits Leibwächter des damaligen Erzherzogs Karl gewesen war. Ihn stationierte Nechyba fix in Schönbrunn. Zusätzlich versahen er und sein Adjutant Pospischil abwechselnd Dienst im Schloss. Nechyba hatte die Tagesschicht von 7 Uhr morgens bis 7 Uhr abends übernommen. Zusätzlich hatte er von Schober einen Kraftwagen angefordert und auch zur Verfügung gestellt bekommen. Mit ihm könnte der Polizeiagent Paul, der über einige Fahrpraxis verfügte, im Notfall den Kaiser, die Kaiserin sowie deren Kinder ins Polizeigebäude in Sicherheit bringen. Nechyba schnaufte die Schlossstiegen empor. Die Dienstpistole, die er nun immer bei sich trug, drückte unter dem Sakko. Er ging zu den Privatgemächern des Kaisers, wo er im Vorzimmer den Polizeiagenten Pospischil laut schnarchend auf zwei nebeneinanderstehenden Stühlen liegend vorfand. Nechyba widerstand der Versuchung, Pospischil beide Stühle unter dem Körper wegzuziehen. Er baute sich direkt vor dem Schläfer auf und räusperte sich. Pospischil murmelte etwas und versuchte, sich umzudrehen und weiterzuschlafen. Nun zog der Oberinspector mit einem Ruck einen der Stühle weg. Pospischil setzte es auf den Hintern.

Verschlafen blinzelte er Nechyba an, sprang auf, stand stramm und meldete:

»Keine besonderen Vorfälle, Herr Oberinspector.«

»O doch!«, knurrte Nechyba. »Er ist eingeschlafen. Das ist vorgefallen. Wenn wir beim Militär wären, wäre dies ein schweres Wachevergehen und ich würde Ihn bestrafen, dass die Schwarten krachen. So aber sag ich nur: Geh Er mir aus den Augen. Schleich* Er sich! Ich will Ihn bis heute Abend um sieben nicht mehr sehen!«

»Jawohl, Herr Oberinspector!«

Pospischil knallte die Hacken zusammen und verschwand. Für dieses Verhalten hätte Nechyba ihm am liebsten einen der Stühle nachgeworfen. Er beherrschte sich und nahm seufzend Platz. Dem Oberinspector war die Ruhe im Schloss an diesem Montagmorgen unheimlich, denn in den letzten Tagen hatte es ein ständiges Kommen und Gehen gegeben. Viele Leute waren gekommen, um dem Kaiser, dessen Reich auseinanderbrach und dessen Macht von Stunde zu Stunde schwand, Ratschläge zu geben. Soviel Nechyba in den letzten Tagen mitbekommen hatte, ging es dem Kaiser vor allem darum, keinesfalls abzudanken. Er hatte gehört, wie der Kaiser ziemlich laut zu seinen Ratgebern sagte:

»Diese Krone ist eine Verantwortung, die mir Gott übertragen hat und auf die ich nicht verzichten kann. Abzudanken wäre dasselbe, wie an der Front zu desertieren.«

Plötzlich stand der Polizeiagent Paul neben ihm, und Nechyba schreckte aus seinen Gedanken hoch.

»Habe einen Rundgang durch das Schloss gemacht. Es ist alles in Ordnung, Herr Oberinspector!«

Nechyba erhob sich mühsam. Er gähnte, streckte sich und registrierte, dass er das frühe Aufstehen nicht mehr gewohnt war. Um pünktlich um 7 Uhr im Schloss Schönbrunn den Dienst anzutreten, musste er um halb sechs in der Früh gemeinsam mit seiner Frau Aurelia aufstehen.

---

* weggehen

Eine Unzeit für sein Empfinden. Zu der Müdigkeit und seinem allgemeinen Unbehagen gesellte sich nun auch ein nagendes Hungergefühl. Nechybas Magen knurrte, sein Gaumen war ausgetrocknet, und ein leichter Schwächeanfall ergriff von ihm Besitz. Er musste sich kurz an der Sessellehne anhalten. Dann sah er Paul streng an und befahl:

»Sie halten hier die Stellung. Ich vertrete mir ein bisschen die Füße. Ich brauch' frische Luft.«

»Jawohl, Herr Oberinspector!«

Nechyba verließ den Vorraum, eilte die Treppen hinunter, ging hinaus auf den Hof, atmete mit großer Genugtuung die herbstliche Morgenluft ein und lenkte seine Schritte in Richtung Hofküche. Ohne anzuklopfen, trat er in Herrn Leopolds Reich ein. Der Chefkoch stand alleine in dem riesigen Gewölbe und rührte in einem Topf. Nechyba grüßte mit einer Herzlichkeit, die für ihn, den alten Grantscherm, unüblich war:

»Mein lieber Herr Leopold, ich wünsche Ihnen einen schönen guten Morgen.«

Leopold sah kurz von seinen Töpfen auf und brummte:

»Haben S' Hunger, Herr Oberinspector?«

»Ich müsste lügen, wenn ich jetzt Nein sagen würde.«

»Setzen S' Ihnen, es gibt a Gulasch.«

»A Wahnsinn!«

Wie es ihm befohlen worden war, ließ sich Nechyba auf einem der wackeligen Holzstühle nieder. Der Chefkoch goss einen großen Schöpfer dampfendes Gulasch in eine mittelgroße Schüssel und reichte sie Nechyba. »Einen Löffel müssen S' Ihnen selber nehmen. Die Löffel liegen da drüben in der Lade.«

Nechyba strahlte:

»Ich weiß! Ich weiß! Ein bisserl kenn' ich mich ja schon in Ihrem Reich aus.«

»Nimmer lang«, knurrte Leopold.

»Was?«

»Das is' nimmer lang mein Reich. Bald ist es aus mit dem Kaiser. Und dann bin i hacknstad*.«

Er stemmte die Hände in die Hüften und sah sich um:

»Sie sehn eh, was los ist: keine Leut' mehr in der Küche. Die Böhmen und die Ungarn sind abpascht. Die kochen jetzt daheim ihr eigenes Süppchen. Ein Küchenbub und zwei Küchenmädeln liegen mit Spanischer Grippe im Spital, und die eine Köchin, die noch da ist, hab' ich zum Einkaufen geschickt. Weil die Hoflieferanten auslassen und uns kaum mehr was zustellen. Es ist traurig, Nechyba, sehr traurig.«

Nechyba schaufelte gierig das Gulasch in sich hinein. Mit vollem Mund bemerkte er:

»Drüben im Schloss is' heut sehr ruhig. Nicht nur bei Ihnen da in der Kuchl.«

»Jaja, die Ruhe vor dem Sturm«, orakelte der Koch.

* ohne Beschäftigung

IV/7

Als Nechyba aus dem Hofküchentrakt ins Schloss zurückkehrte, war es mit der morgendlichen Ruhe vorbei. Es herrschte eine angespannte Nervosität. Das fing damit an, dass der Kaiser aus seinen Gemächern herauskam und nervös auf und ab ging. Nechyba, der sich wie immer tief vor Kaiser Karl verneigte und dabei »Euere Majestät« murmelte, wurde von dem sehr blassen Kaiser mit einem zerstreuten »Ah, der Herr Oberinspector. Sehr gut, sehr brav. Weitermachen!« bedacht. Dann verschwand der Monarch in seinen Gemächern. Kurze Zeit später kam Karl Werkmann, der persönliche Sekretär des Kaisers, auf Nechyba zu:

»Herr Oberinspector, guten Morgen! Kann ich Sie einen Augenblick unter vier Augen sprechen?«

Nechyba nickte und folgte Werkmann in dessen Arbeitszimmer.

»Bitte Platz zu nehmen.«

Nechyba setzte sich und registrierte mit Unbehagen, dass das auf nüchternen Magen verzehrte Gulasch in seinen Eingeweiden rumorte.

Werkmann trat ans Fenster und sah in den Schlosspark hinaus.

»Wahrscheinlich wird die provisorische Staatsversammlung heute die Macht übernehmen.«

Nechyba schluckte.

»Und was wird Seine Majestät dagegen unternehmen?«

»Was soll schon unternommen werden? Wir sitzen hier in Schönbrunn fernab des Geschehens. Der Gang der Geschichte schreitet unerbittlich voran, und wir sind hier im Schloss zum Zusehen verdammt.«

»Der Kaiser ist immer noch der Kaiser.«

»Schon, schon! Aber er hat keine Macht mehr. Die Macht ist auf das Volk übergegangen. Sie sind doch gestern Abend zurück in die Stadt gefahren und heute Morgen wieder hier heraus. Was ist Ihr Eindruck?«

»Nun, die Stadt ist voll von zurückkehrenden Soldaten, solchen, die hierher wollen, und vielen anderen, die über Wien in ihre Heimat zurückkehren. Dazu gibt es jede Menge ehemalige Kriegsgefangene, Deserteure, Marodeure und alles mögliche Gesindel, das sich unter die Massen der führungslosen Soldaten mischt.«

Werkmann starrte weiter beim Fenster hinaus und nickte. Nach einiger Zeit sagte er leise:

»Meine große Sorge ist, dass sich der Pöbel zusammenrottet und das Schloss stürmt. Was wird dann mit der kaiserlichen Familie geschehen?«

»Nun, wir haben das Automobil im Hof bereitgestellt. Da können wir die kaiserliche Familie hineinverfrachten und ins Polizeigebäude bringen. Dort sind sie sicher.«

Werkmann lachte bitter auf:

»Ins Polizeigebäude! Wo sich auch das Polizeigefangenenhaus befindet. Dort wäre Seine Majestät dann de facto eingesperrt. Was für eine jämmerliche Perspektive.«

Das Telefon läutete. Werkmann kehrte an seinen Schreibtisch zurück, setzte sich und hob ab.

»Ah, grüß Sie, Herr Gesandter.«

Danach sagte er längere Zeit nichts mehr. Sein Gesicht wurde noch blasser, als es schon war. Werkmann nickte einige Male und verabschiedete sich schließlich mit einem knappen:

»Gott zum Gruß! Adieu!«

Er starrte kurz vor sich hin und wandte sich dann an Nechyba:

»Der Gesandte von Wiesner hat mich gerade darüber informiert, dass der deutsch-österreichische Staatsrat beschlossen hat, die Republik zu proklamieren sowie den Anschluss an Deutschland.«

Nechyba begann zu schwitzen. Jetzt ist es aus mit dem alten Österreich, dachte er, und Werkmann gingen ähnliche Gedanken durch den Kopf, denn er murmelte:

»Das ist das Ende. Kommen S', Nechyba, wir müssen Seine Majestät davon unterrichten.«

»Hat das nicht noch a bisserl Zeit?«

»Keineswegs. Erstens möchte ich mit dem Zurückhalten dieser Hiobsbotschaft nicht mein Gewissen belasten. Zweitens treffen in ein paar Minuten der Herr Ministerpräsident sowie Ihr oberster Vorgesetzter, der Herr Innenminister, hier in Schönbrunn ein.«

»Was? Der Professor Lammasch und der Hofrat Gayer?«

»So ist es.«

»Was wollen die hier?«

»Sie bringen ein Schriftstück mit, das Seine Majestät unterfertigen soll.«

»Die Abdankung?«

»Nein. Den Verzicht aufs Regieren. Das ist ein kleiner, aber essenzieller Unterschied.«

Werkmann gab sich einen Ruck und stand von seinem Schreibtisch auf.

»Kommen S', Herr Oberinspector, gemma! Bringen wir's hinter uns.«

»Was? Ich soll mitkommen?«

»Wollen S' mich allein gehen lassen? Was ist, wenn

Seine Majestät mir den Schädel abreißt? Ich hätt' Sie gerne als Verstärkung dabei.«

»Ich glaub' nicht, dass Seine Majestät das tun würde. Aber bitte! Wenn Sie drauf bestehen, dann begleit' ich Sie halt.«

Vor Werkmanns Bureau wurden sie von Graf Ledóchowski, dem Flügeladjutanten des Kaisers, aufgehalten.

»Meine Herren, wohin des Weges?«

»Wir wollen zu Seiner Majestät. Ich habe eine wichtige Nachricht erhalten.«

»Das muss jetzt leider ein bisserl warten, denn gerade sind der Herr Ministerpräsident und der Herr Innenminister vorm Schloss vorgefahren. Beide Herren wünschen ebenfalls dringend mit Seiner Majestät zu sprechen.«

»Ich hab' gehört, dass sie kommen. Aber dass sie schon hier sind?«

Eine Tür wurde von einem Diener geöffnet, und Lammasch und Gayer betraten den Vorraum. Ministerpräsident Lammasch war aufgeregt, zerfahren und nervös, der Innenminister wirkte eher gefasst.

Er trat auf Nechyba zu und begrüßte ihn:

»Habe die Ehre, Herr Oberinspector. Na, wie geht's Seiner Majestät? Alles so weit in Ordnung?«

Nechyba nickte.

»Sehr gut, sehr gut. Wir müssen dringend mit Seiner Majestät sprechen.«

Als den beiden Herren von einem Diener mitgeteilt wurde, dass der Kaiser sie erwarte, sagte Gayer zu Nechyba:

»Am besten ist es, Sie kommen mit hinein. Es wird unangenehm werden, und da hätte ich Sie gerne dabei. Aber halten S' Ihnen ein bisserl im Hintergrund auf.«

»Wie Sie wünschen, Herr Minister.«

Der Kaiser empfing seinen Ministerpräsidenten und den Innenminister im Arbeitszimmer. Nechyba blieb bei der Tür stehen, während Lammasch und Gayer die Beschlüsse des Staatsrates vortrugen. Lammasch war extrem nervös, als er dem Kaiser mit fahrigen Bewegungen ein Manifest überreichte und danach keinen Satz mehr zu Ende führte. Kaiser Karl war blass, wortkarg und sehr ernst. Es klopfte, und dem Kaiser wurde eine Botschaft überreicht. Er überflog sie und ließ seinen Sekretär Werkmann ins Arbeitszimmer rufen. Der berichtete, dass die christlichsoziale Partei, die bis zuletzt treu zum Kaiserhaus gestanden hatte, eine Mitteilung versendete, in der verlautbart wurde, dass sich der Kaiser noch vor der morgen stattfindenden Sitzung der Nationalversammlung zurückziehen und dass die kaiserliche Regierung unter Lammasch zurücktreten werde. Edmund Ritter von Gayer fragte Werkmann, ob diese Nachricht auch authentisch sei. Als dieser das bejahte, wandte sich der Innenminister an den Kaiser:

»Euere Majestät sehen, dass die christlichsoziale Partei drängt. Ohne die Unterschrift Euerer Majestät wird die Entscheidung schon heute gegen Euere Majestät fallen. Nach allen mir zukommenden Meldungen werden Euere Majestät nachmittags die Arbeitermassen vor Schönbrunn sehen. Gewiss werden Euere Majestät nicht ganz verlassen sein. Es werden aber die wenigen fallen, die Sie nicht verlassen. Und mit Euerer Majestät auch die Allerhöchste Familie.«

Nechyba begann heftig zu schwitzen und dachte: Na servas*! Jetzt sitz ich in der Bredouille.

Der Innenminister fuhr fort:

* Prost Mahlzeit!

»Es gibt keinen anderen Ausweg als das Manifest. Wir brauchen es sogleich, in dieser Minute. Es muss noch in die Staatsdruckerei gehen und soll um 3 Uhr am Nachmittag kundgemacht sein. Diese Kundmachung allein kann diejenigen aufhalten, die vor nichts mehr zurückschrecken.«

Lammasch hatte mittlerweile vollkommen die Fassung verloren, zappelte aufgeregt und schnaufte:

»Jawohl, es muss sein. Ich brauche das Papier gleich. Ich bitte um die Unterschrift.«

Der Kaiser war nun kreidebleich und sagte leise:

»Meine Herren, lassen Sie mich bitte einige Minuten alleine.«

Lammasch und Gayer nickten. Sie verließen das Arbeitszimmer, Nechyba folgte ihnen. Einzig Werkmann blieb auf Wunsch des Kaisers zurück. Lammasch war vollkommen erledigt. Er atmete schwer und ging nervös auf und ab. Gayer blieb ruhig. Er starrte ins Leere und sagte nach einiger Zeit in beiläufigem Tonfall:

»Ich hoffe, ich hab' Seine Majestät mit meiner Darstellung der Sachlage überzeugen können.«

Lammasch hielt im Hin- und Hergehen inne und fragte:

»Und wenn nicht? Gibt's dann ein Blutbad?«

Gayer wandte sich an Nechyba:

»Wie viel Mann könnten Sie zum Schutz der Allerhöchsten Familie abstellen?«

Nechyba zuckte mit den Achseln:

»20, vielleicht 30 Mann. Aber dazu muss der Dr. Schober seinen Sanctus geben.«

Lammasch fuhr dazwischen:

»Meine Herren, das reicht doch nicht. Wenn ein paar Hundert Leut' das Schloss stürmen, können sie nicht von 20 respektive 30 Polizeiagenten aufgehalten werden. Selbst wenn diese von ihren Dienstwaffen Gebrauch machen.«

Nechyba brummte:

»Das gäbe a Blutbad. So was möchte ich nicht verantworten.«

Gayer brauste auf:

»Glauben Sie, ich möchte das?«

Er wandte sich an den Flügeladjutanten Graf Ledóchowski, der mit sorgenvoller Miene das Gespräch mitverfolgte:

»Gehen S' bittschön rein zu Seiner Majestät und sagen S', dass wir dringend a Antwort brauchen.«

Ledóchowski nickte, klopfte an die Tür des kaiserlichen Arbeitszimmers, öffnete sie, ging hinein, und Nechyba hörte ihn sagen:

»Euere Majestät, die Minister bitten dringendst um Antwort.«

In kühlem Ton erwiderte der Kaiser:

»Sie mögen noch etwas warten.«

Ledóchowski kehrte achselzuckend zurück. Bleiernes Schweigen folgte. Lammasch verlor völlig die Nerven, rannte aufgeregt hin und her und bat Ledóchowski, neuerlich nachzufragen. Auch diesmal wurde er ohne Antwort zu den Wartenden zurückgeschickt. Nechyba glaubte, in einen Albtraum geraten zu sein. Er sah sich schon inmitten wütender Arbeitermassen, die alles im Schloss kurz und klein schlugen und die Kaiserfamilie sowie deren Beschützer lynchten. Eine Welle von Selbstmitleid durchflutete ihn. Er verfluchte sein Schicksal und dachte: Und das alles so kurz vor meiner Pensionierung! Edmund Ritter von Gayer hielt es nicht länger aus. Er klopfte und trat, gefolgt von Lammasch und Nechyba, in das kaiserliche Arbeitszimmer ein. Der Kaiser diskutierte mit seiner mittlerweile hinzugekommenen Gemahlin Zita sowie mit seinem Sekretär Werkmann. Der Regent verzog unwillig sein Gesicht und zog sich, ohne ein weiteres Wort zu sagen, in Begleitung von Zita und Werkmann ins angrenzende Porzellanzimmer zurück. Langsam, ganz langsam ging Nechyba, einem unerklärlichen Impuls folgend, dem Kaiserpaar und Werkmann nach. Vor der nicht ganz geschlossenen Tür des Porzellanzimmers blieb er stehen und lauschte. Er hörte des Kaisers erregte Stimme:

»Wer kümmert sich denn um das Vaterland, wenn derjenige nicht führt, den nicht Parteiinteressen leiten, sondern der Gedanke an die Zukunft aller Bewohner des Staates?«

Mit ruhiger Stimme antwortete Werkmann:

»Euerer Majestät pflichte ich bei, dass das Volk elend werden wird. Aber kann Seine Majestät das hindern? Euere Majestät wollen eines nicht übersehen: In dieser Stunde existiert keine Monarchie mehr. Ungarn ist abgefallen. Die Tschechoslowakei ist abgefallen. Kroatien ist abgefallen. Österreich ist eigentlich auch schon abgefallen. Das ist keine Monarchie, in der über den Kopf des Kaisers hinweg ein Kabinett eingesetzt, mit dem Gegner verhandelt und die Heimat einem anderen Staat angeboten wird. Wäre die Möglichkeit vorhanden, den Kaiser heute noch an der Macht zu erhalten – was wäre das Ende? Der Monarch bliebe in Schönbrunn – ohne Macht. Ist das erstrebenswert?«

Nach einer kurzen Pause sprach der Sekretär weiter:

»Der Kaiser ist auch nicht der Landesherr der Deutschösterreicher allein. Er ist ebenso gut der Souverän von

Ungarn, Tschechen, Polen und vielen anderen Völkern. Wer an die Zukunft denkt, der wird die Wiedervereinigung aller dieser Völker wollen. Sie kann kommen, indem die Völker in wirtschaftlicher Not sich wieder einander nähern. Dem Kaisertum Österreich wird es schwerer sein, mit der Tschechoslowakischen Republik in engere Beziehungen zu kommen als der Republik Deutschösterreich. Wenn Deutsche, Ungarn, Tschechen, Polen und sie alle sich ihres aufeinander Angewiesenseins wieder bewusstwerden, dann werden sie den Herrscher rufen, der ihnen allein Band und Spitze sein kann.«

Neuerlich hielt Werkmann inne, bevor er weitersprach:

»Heute regiert der Irrsinn. In einem Narrenhaus gibt es keinen Herrscher. Seine Majestät möge die Genesung der Völker abwarten. Dazu hält das Manifest die Wege offen.«

Und nach einer kurzen Pause fügte er hinzu:

»Euere Majestät wollen es unterfertigen.«

Des Kaisers Stimme klang verzweifelt:

»Gibt es keine noch so kleine Macht, die willens wäre, die Monarchie zu verteidigen?«

Werkmann antwortete betont ruhig und sachlich:

»Euere Majestät, die paar Hundert Leute, die notwendig wären, um die Massen im Zaum zu halten, sind vielleicht zu sammeln. Sie können verhindern, dass Euerer Majestät ein Leid geschehe. Sie könnten aber nicht erreichen, dass die Räder in den Fabriken sich drehen, dass die Eisenbahnen den gequälten Städtern Lebensmittel bringen.«

Nechyba hörte den Kaiser seufzen. Dann sagte er mit resignierendem Ton in der Stimme:

»Sagen Sie dem Ministerpräsidenten, dass das Manifest, so wie es mir vorliegt, veröffentlicht werden kann.«

Nechyba eilte schleunigst zurück zu Ministerpräsident Lammasch und Innenminister Gayer. Beide saßen zusammengesunken im Blauen Salon und beachteten ihn nicht. Erst als Werkmann kam und die freudige Nachricht verkündete, sprangen sie auf, schüttelten ihm dankbar die Hand und machten sich eiligst davon.

IV/8

Es war eng im Paternoster des Kriegsministeriums. Ächzend und krachend bewegte er sich. Vier Mann standen dicht gedrängt in der Kabine, die langsam nach oben fuhr. Es roch nicht gut. Zach rümpfte die Nase. Ein Bad täte uns allen gut. Aber daran war im Moment nicht zu denken. Das Blut pochte in Zachs Schläfen und er fieberte dem Augenblick entgegen, in dem sein größter Wunsch Wirklichkeit würde. Noch einmal dem Kaiser Aug in Aug gegenüberstehen. So wie damals in Aldeno. Diesmal würde er genügend Spucke im Mund haben. Aber war es wirklich erstrebenswert, einen Gefangenen anzuspucken? Nein, Zach würde den Kaiser nicht anspucken. Er würde ihm einfach eine Watsche geben. Eine Ohrfeige. Eine Haustetschn. Einmal in dieses blasierte kaiserliche Gesicht schlagen. Ja! Das wünschte er sich. Spucken war eine Geste der Ohnmacht. Aber mit der flachen Hand dem letzten Habsburger Kaiser ins Gesicht zu schlagen, das war eine revolutionäre Handlung.

»Wir sind da! Hinaus mit uns!«, kommandierte Egon Erwin Kisch, der Anführer der kleinen Gruppe. Zach, Husak und der Adjutant von Kisch drängten aus dem Paternoster auf den Gang hinaus. Ein Wachposten der Volkswehr lümmelte vor einem Zimmer.

Kisch steuerte auf den Mann zu und fragte:

»Ist das das Bureau des Unterstaatssekretärs Julius Deutsch?«

»Ja. Wieso?«

»Weil wir ihn sprechen müssen.«

»Das geht jetzt nicht.«

»Ich bin Egon Erwin Kisch, Kommandant der Roten Garde, und ich verlange, auf der Stelle zum Herrn Unterstaatssekretär vorgelassen zu werden!«

Ein Ruck ging durch den Volkswehrmann, er murmelte »Jawohl« und trat zur Seite. Kisch riss die Tür auf. Zu viert polterten die Rotgardisten in das Bureau des Unterstaatssekretärs.

Julius Deutsch saß an seinem Schreibtisch und sprang auf.

»Kisch! Was wollen Sie hier?«

»Ich bin gekommen, um mir den schriftlichen Befehl zur Besetzung des Schlosses Schönbrunn zu holen.«

»Sie wollen Schönbrunn besetzen?«

»Diese letzte Bastion der Habsburger muss vom Volk besetzt werden.«

Zach sah, wie Julius Deutsch nervös wurde. Sein Adamsapfel hüpfte aufgeregt hin und her, die Hände des Unterstaatssekretärs spielten nervös mit der Füllfeder. Zach konnte nicht länger stillhalten, er schlug mit der Faust auf den Schreibtisch und schrie Deutsch an:

»Jetzt wird Schluss gemacht. Schluss mit dem Kaiser und der ganzen Adelsbrut!«

Kisch und dessen Adjutant packten Zach bei der Schulter und zogen ihn zurück. Kisch zischte:

»Halt' die Gosch'n!«

Julius Deutsch war weiß im Gesicht. Kisch insistierte:

»Herr Unterstaatssekretär, ich fordere Sie auf, hier und jetzt den Marschbefehl für die Besetzung der kaiserlichen Residenz durch die Rote Garde zu unterfertigen!«

»Und wenn ich das nicht mache?«

Kisch holte tief Luft, zögerte einen Augenblick und sagte dann leise:

»Dann besetzen wir ohne Ihre Bewilligung Schönbrunn.«

Zach konnte nicht an sich halten, neuerlich drängte er vor zum Schreibtisch und geiferte:

»Jetzt wird abgerechnet. Vier Jahre Krieg, Not und Elend. Wir werden die Verantwortlichen verhaften.«

Zu Zachs Verblüffung nickte Deutsch. Er lehnte sich zurück und sagte in ruhigem Ton:

»Sie haben recht. Mit den Verantwortlichen muss abgerechnet werden. Deshalb schlage ich vor, dass Sie nicht das Schloss Schönbrunn, sondern zu allererst einmal das Militärkommando besetzen.«

Zach sah Deutsch verblüfft an. Noch ehe er ein Gegenargument vorbringen konnte, sagte Kisch:

»Das ist gar nicht so eine schlechte Idee. Für die ganzen Verbrechen während des Krieges sind ja in erster Linie die hohen Herren im Militärkommando verantwortlich.«

Julius Deutsch nickte, nahm ein Blatt Papier zur Hand und begann zu schreiben. Zach stand da und wusste nicht, wie ihm geschah. Deutsch drückte die flüchtig hingeworfenen Zeilen mit folgenden Worten Kisch in die Hand:

»Bitte sehr, Herr Oberleutnant. Hier ist der schriftliche Befehl für Ihren Marsch zum Armeekommando. Ich ermächtige die Rote Garde hiermit, diesen Hort der Offiziersreaktion zu besetzen.«

Kisch schmunzelte geschmeichelt. Schließlich stammte die Wortschöpfung »Offiziersreaktion« von ihm. Er hatte sie in die Welt gesetzt. Kisch schlug die Hacken zusammen und salutierte.

»Herr Unterstaatssekretär, ich danke für diese Ermächtigung. Die Rote Garde wird umgehend Ihren Befehl ausführen.«

Zach wurde von Kisch am Oberarm gepackt und aus dem Zimmer gedrängt. Draußen am Gang blieben Zach und Husak hinter den beiden anderen zurück. Zach flüsterte Husak zu:

»Und trotzdem: Heut' Nacht schau ma nach Schönbrunn hinaus.«

IV/9

Es war dunkel geworden und Nebel hatte sich über Schloss Schönbrunn und den Schlosspark gelegt. Die Luft roch modrig nach abgefallenem Laub. Nach und nach rollten die Personenkraftwagen, die Dr. Schober aus der Stadt geschickt hatte, in den Schlosshof. Sie hatten allesamt Verspätung, da es auf den Wiener Straßen Umzüge, Demonstrationen und jede Menge Unruhe gab. Nechyba, der Polizeiagent Paul, der Sekretär Werkmann sowie einige Kämmerer, Hofbeamte und Diener, die bis zum Schluss geblieben waren und sich nicht schon aus dem Staub gemacht hatten, versammelten sich im Zeremoniensaal. Hier erschien nun das Kaiserpaar in Begleitung seiner Kinder, um sich zu verabschieden. Der Kaiser selbst war die Ruhe in Person, er sagte jedem Einzelnen Lebewohl. Als er Nechyba die Hand drückte und sich für dessen Dienste bedankte, musste Nechyba schlucken und sich eisern beherrschen, dass ihm nicht das Wasser in die Augen schoss. Dem Polizeiagenten Paul neben ihm ging es nicht anders.

Nach dieser traurigen Zeremonie stieg die kaiserliche Familie in Begleitung von wenigen Vertrauten die Prunkstiege hinunter, gefolgt von denen, die zurückblieben. Im Schlosshof waren die Militärakademiker und Kadetten in Doppelreihe angetreten. Die Motoren der vom Polizeipräsidium zur Verfügung gestellten Kraftwagen blubberten leise, die Schritte der kaiserlichen Familie knirschten auf dem Kies. Die Abgase der Motoren vermengten sich mit der feuchten Nachtluft. Nechyba beobachtete, wie das Kaiserpaar und die Kinder mit Ausnahme des kleinen Karl Ludwig in die erste Limousine einstiegen. Graf Hunyadi nahm vorne neben dem Chauffeur Platz. In den nächsten Wagen stiegen Karl Ludwig, die Gräfin Kerssenbrock, eine Kinderfrau sowie Graf Ledóchowski ein.

Plötzlich sah Nechyba vor dem Schloss Bewegung. Lärm war zu hören. Er eilte in Richtung Schlosstor. Was er sah, gefiel ihm gar nicht. Ein bewaffnetes Bataillon der Volkswehr* marschierte vor dem Schloss auf.

Nechyba lief zu den abfahrbereiten Wagen zurück und rief:

»Warten S' um Gottes willen noch einen Augenblick!«

Graf Hunyadi raunzte:

»Was ist denn los?«

»Vorm Schloss marschiert die Volkswehr auf. Ich halte es nicht für opportun, wenn der Konvoi das Schloss durch das Haupttor verlässt. Wir müssen eine andere Ausfahrt benutzen.«

»Wir könnten das Meidlinger Tor nehmen«, antwortete Hunyadi. Nechyba nickte und gab dem Kraftwagenfahrer den Befehl:

»Fahren S' über den Schotterweg zum Meidlinger Tor. Der Herr Graf wird Ihnen den Weg weisen.«

Nechyba lief zu den anderen Automobilen und gab den Fahrern die Anweisung, der ersten Limousine zu folgen. Langsam drehte der Konvoi um und rollte aus dem Schlosshof in Richtung Osten davon. Nechyba und Paul sahen der im Nebel verschwindenden Karawane nach.

---

* Die Volkswehr war von Julius Deutsch aufgestellt worden. Sie unterstand seinem Befehl und war sozialdemokratisch ausgerichtet. Die Rote Garde hingegen war kommunistisch.

Inzwischen kamen immer mehr Volkswehrmänner in den Hof. Sie warfen ihr Gepäck auf den Boden, zündeten sich Zigaretten an und begannen laut zu reden und zu diskutieren. Nechyba zuckte mit den Achseln und fragte Paul:

»Haben S' heut Abend noch was vor?«

»Nein, Herr Oberinspector.«

»Na, dann kommen S' mit in die Schlossküche. Ich möchte mich vom Herrn Leopold verabschieden. Vielleicht hat er noch einen Bissen für uns. Ich hab' einen Bärenhunger.«

Paul nickte und folgte Nechyba. Ohne anzuklopfen, trat dieser in das Gewölbe der Schlossküche ein. Im Schein von zwei Petroleumlampen saß der kaiserliche Koch vor einer Flasche Wein und einer Stange Salami. Als er Nechyba sah, huschte ein Lächeln über sein mit weißen Bartstoppeln gespicktes Antlitz.

»Nechyba! Das ist schön, dass Sie an mich denken. Haben S' Hunger? Setzen S' Ihnen her zu mir. Und auch Sie, Herr Polizeiagent.«

Paul murmelte:

»Danke schön ...«

Der Koch schnitt von der langen Salamistange dünne Wurstscheiben ab, griff nach zwei kleineren Küchenbrettern, verteilte die Scheiben darauf und schob sie seinen Besuchern über den Tisch. Nechyba griff gierig zu, was Leopold zu einem Grinsen veranlasste. Zu Paul sagte er:

»Sie sind a junger Mensch, Ihnen fällt das Aufstehen noch net so schwer wie mir. Holen S' doch von da hinten zwei Glasln. Damit ich Ihnen auch einen Wein einschenken kann. Es ist a Roter aus Vöslau. Der passt ganz gut zu der Salami.«

Paul tat, wie ihm geheißen, und der Koch schenkte den beiden Wein ein. Dann erhob er das Glas:

»Alles hat a Ende, nur die Wurscht hat zwei. Prost, meine Herren!«

Nachdem Nechyba einen kräftigen Schluck getrunken hatte und die wohlige Wärme genoss, die der Rotwein in seinem Schlund verbreitete, fragte er:

»Was werden Sie jetzt tun, Herr Leopold?«

»Ich weiß es nicht. Darüber hab' ich noch nicht nachgedacht, weil das alles jetzt so schnell gegangen ist. Ich werd' mir halt irgendwo eine andere Hack'n suchen.«

»Wollen S' net nach Eckartsau gehen?«

»Was tu' ich bitte in Eckartsau?«

»Ah so! Das wissen Sie ja noch gar nicht. Nun, die kaiserliche Familie ist in das Privatschloss des Kaisers nach Eckartsau übersiedelt. Dort will sie fürs Erste einmal bleiben. Da könnten Sie ja hinfahren, die Hoheiten brauchen sicher einen Koch.«

»Und wenn s' keinen brauchen? Dann sitz ich am Arsch der Welt und bin der Ang'schmierte*.«

Plötzlich klopfte es draußen an der Tür. Leopold schaute auf und rief:

»Herein!«

Nechyba traute seinen Augen nicht, als er Pospischil sah. Der schlug die Hacken zusammen und schnarrte:

»Melde gehorsamst, trete meinen Dienst an. Leider etwas verspätet.«

»Und weshalb die Verspätung, Pospischil?«

»Es is' unglaublich viel Gsindel auf den Straßen. Und die Elektrische fährt nur sporadisch. Bitte um Entschuldigung, Herr Oberinspector.«

»Entschuldigung akzeptiert. Er kann heimfahren.«

---

* der Dumme

»Heimfahren? Aber ich muss doch die kaiserliche Familie …«

»Nix mehr muss Er. Er kann heimfahren. Einen Kaiser gibt's nicht mehr.«

»Dann stimmt es also.«

»Was stimmt, Pospischil?«

»Das, was man in den Straßen hört und was da in der Zeitung steht.«

Pospischil zog eine zweiseitige Sonderausgabe der amtlichen ›Wiener Zeitung‹ aus der Innentasche seines Sakkos und legte sie neben die Salamistange, die er mit gierigen Blicken anstarrte, auf den Tisch.

Nechyba nahm das Blatt, überflog es und brummte:

»Das stimmt. Der Kaiser ist weg. Es gibt nix mehr zu bewachen. Er kann gehen.«

Pospischil schlug die Hacken zusammen, knurrte »Jawohl!« und trollte sich.

Nechyba nahm die Sonderausgabe in die Hand und begann in bedächtigem Tonfall vorzulesen:

»*Wien, 11. November.*

Der Kaiser hat folgende Verlautbarung erlassen:

Seit meiner Thronbesteigung war Ich unablässig bemüht, Meine Völker aus den Schrecknissen des Krieges herauszuführen, an dessen Ausbruch Ich keinerlei Schuld trage.

Ich habe nicht gezögert, das verfassungsmäßige Leben wieder herzustellen, und habe den Völkern den Weg zu ihrer selbstständigen staatlichen Entwicklung eröffnet.

Nach wie vor von unwandelbarer Liebe für alle Meine Völker erfüllt, will Ich ihrer freien Entfaltung Meine Person nicht als Hindernis entgegenstellen.

Im Voraus erkenne Ich die Entscheidung an, die Deutschösterreich über seine zukünftige Staatsform trifft.

Das Volk hat durch seine Vertreter die Regierung übernommen. Ich verzichte auf jeden Anteil an den Staatsgeschäften.

Gleichzeitig enthebe Ich Meine österreichische Regierung ihres Amtes.

Möge das Volk von Deutschösterreich in Eintracht und Versöhnlichkeit die Neuordnung schaffen und befestigen. Das Glück Meiner Völker war von Anbeginn das Ziel Meiner heißesten Wünsche.

Nur der innere Friede kann die Wunden dieses Krieges heilen.

Unterschrieben ist dieser Erlass mit Karl m. p. und Lammasch m. p.*.«

Leopold und Paul stierten vor sich hin, schließlich sagte der Koch:

»Da siehst du's, da hast du's. Da glaubst, dass du a Lebensstellung hier am kaiserlichen Hof hast, und plötzlich gibt's das alles nimmer. Keinen Hof und keinen Kaiser.«

Er trank sein Glas auf einen Schwung aus, schenkte sich den Rest aus der Flasche nach und sagte zu Paul:

»Gehen S' doch bittschön hinunter in den Keller. Da lagern noch ein paar Flascherln. Greifen S' in die unteren Etagen, da liegen die besonders guten. Die trink ma jetzt alle aus. Die haben dem Kaiser g'hört, aber weil's den Kaiser nimmer gibt, gehören sie jetzt uns. Wir sind das Volk und wir saufen uns an. Prost, meine Herren!«

---

* Abkürzung von manu propria: mit eigener Hand

IV/10

»MEINE HERREN, ich krieg einen Hunger.«

Nechyba und Paul saßen mit fetten Fingern da und schauten den Koch verblüfft an. Sie hatten schon vor geraumer Zeit angefangen, sich, ohne zu fragen, Salamischeiben von der Stange herunterzuschneiden. Damit stopften sie ihre hungrigen Mägen voll, während sie den verschiedensten Rot- und Weißweinen aus dem kaiserlichen Weinkeller zusprachen. So ein Fest der Genüsse hatten sie schon lange nicht mehr erlebt. Doch der Koch wollte seine Gäste noch weiter verwöhnen:

»Meine Herren, was haltet ihr von gerösteten Erdäpfeln mit gebratenen Knackwürsten?«

Nechyba brummte nur zustimmend, doch der spindeldürre Paul seufzte:

»Das wäre himmlisch …«

»Na also, dann gemmas an!«, sagte Herr Leopold und stand mit einiger Mühe auf.

»Herr Oberinspector, Sie schneiden den Zwiefl*. Ihr Untergebener schält die Erdäpfel.«

Und so geschah es dann auch. Nechyba fühlte sich wie im Paradies, als er die Speis' betrat. Hier gab es eine reichlich gefüllte Erdäpfelkiste, mehrere von der Decke baumelnde Speckseiten, Selchfleischstücke, zwei weitere Stangen Salami sowie sorgfältig aneinandergereihte Knackwurstkränze.

* Zwiebel

Leopold, der in die Speis' vorangegangen war, murmelte: »Früher hingen da gekochte und rohe Schinkenbeine, Sur- und Selchfleisch, geräucherte Entenbrüste, luftgetrocknete Filets vom Wild sowie Hartwürste aus allen Teilen der Monarchie. Von der Eselsalami aus Oberitalien über Tiroler und Kärntner Bergwürstln bis hin zu Reh-, Hirsch- und Wildschweinwürsteln aus Ober- und Niederösterreich. Außerdem hamma immer etliche Stückln Speck vom ungarischen Mangalitzaschwein dag'habt. Aber das ist alles vorbei …«

Nechyba nahm eine schöne große Zwiebel in die eine Hand und eine Speckseite in die andere. So ausgerüstet stapfte er zu einem der großen Küchentische, an dem der junge Paul bereits fleißig Erdäpfel schälte. Leopold nahm Nechyba den Speck aus der Hand, griff zu einem Messer und begann, Speckscheiben abzuschneiden und zu würfeln. Nechyba quälte sich inzwischen mit dem Schneiden der Zwiebel. Eine Aufgabe, die ihm die Tränen in die Augen trieb. Der Koch hatte zuvor schon das Feuer, das im Herd nur mehr geglost hatte, neu entfacht und ordentlich Holz nachgelegt. Er stellte eine große gusseiserne Pfanne auf die mittlerweile heiße Herdplatte und warf die Speckstücke hinein. Binnen kürzester Zeit brutzelte der Speck, bald darauf schwamm er im eigenen Fett. Leopold hatte inzwischen die Knackwürste geholt, die er enthäutete und halbierte. Deren runde Oberseiten versah er mit kreuzweisen Einschnitten. Einen Teil des flüssigen Schmalzes goss er nun in eine zweite Pfanne. Er schöpfte die Speckstücke ab und warf die kleingeschnittenen Erdäpfelstücke ins heiße Fett, dass es nur so zischte. Als die Erdäpfel zu bräunen begannen, gab Leopold die feingeschnittene Zwiebel, Majoran, Kümmel, Salz und Pfeffer dazu. All das begann köstlich zu duften. Nechyba hatte so starken Speichelfluss, dass er ununterbrochen schlucken musste. Der Koch wies ihn an, die eingeschnittenen Knackwursthälften in Mehl zu wälzen. Ja, im kaiserlichen Haushalt gab es noch eine wohlgefüllte Mehllade! Dann musste Nechyba die zweite Pfanne auf eine heiße Herdplatte stellen. Als das Fett zu spritzen begann, legte er die mehlierten Knackwürste hinein. Nun roch es nicht nur nach Erdäpfelschmarrn, sondern auch nach gebratener Wurst.

Paul, der neben den beiden kochenden Herren stand, wurde in den Weinkeller geschickt, um von ganz unten eine Flasche Grünen Veltliner zu holen. Als er mit dem Doppelliter in die Küche kam, war bereits angerichtet. Jeweils drei Gupferln goldbrauner Erdäpfelschmarrn wurden von jeweils vier Hälften knusprig gebratener Knackwürste umringt. Wobei die Knackwürste wie gebratene Igel aussahen, so knusprig stachelig waren die eingeschnittenen Spitzen geworden. Leopold stellte ein Senffässchen auf den Tisch, und dann schnabulierten die drei Herren. Dazu tranken sie zügig den kellerkalten Veltliner. Neuerlich murmelte der junge Paul:

»Himmlisch … einfach himmlisch!«

Nach diesem Festmahl saßen alle drei mit prall gefüllten Bäuchen rund um den Tisch. Der Koch schickte Paul nochmals in den Getränkekeller, um eine Flasche Schnaps zu holen. Es war ein edler Marillenbrand aus der Wachau, dem sie nun zusprachen. Nach der dritten oder vierten Runde Schnaps senkte sich bleierne Müdigkeit über die Anwesenden und sie dösten im Sitzen ein.

Ein schrilles Geräusch riss Nechyba aus dem Schlaf.

»Was ist das? Herr Leopold, was ist da los?«

Verschlafen rieb sich der Koch die Augen und murmelte:

»Das klingt nach einem Alarm in den kaiserlichen Gemächern. Die Kaiserin hat dort einen Alarmknopf gehabt.«

»Paul, wachen S' auf! Kommen S', wir schauen nach!«

Völlig verschlafen taumelte der junge Polizeiagent hinter Nechyba hinaus in die nebelige Nacht. Im Laufschritt ging es zum Schlosseingang, der unversperrt war. Eine Gruppe von Volkswehrmännern hatte im Parterre des Schlosses ihr Quartier aufgeschlagen. Einige waren infolge des überall schrillenden Alarms aufgewacht und aufgestanden. Nechyba ignorierte sie und lief die Stiege empor zu den Gemächern der Kaiserin. Paul keuchte hinter ihm her. Oben angekommen, riss der Oberinspector das Schlafzimmer der Kaiserin auf und blieb überrascht stehen. Drei uniformierte Männer, alle bewaffnet und rote Abzeichen tragend, befanden sich im Raum. Einer saß frech auf dem kaiserlichen Bett, die zwei anderen versuchten gerade, den Wandsafe der Kaiserin aufzubrechen.

»Gsindl! Bagage! Legt die Waffen nieder und hebt die Hände! Polizei!«

Die zwei am Safe drehten sich um, einer hob die Hände, der andere griff zu seinem Gewehr. Er hatte dunkles, silbergrau meliertes Haar.

Schlagartig erinnerte sich Nechyba an die Begegnung im Treppenhaus des Vorwärts-Verlags und brüllte:

»Zach, leg' das Gewehr nieder!«

Doch Ambros Zach dachte nicht daran aufzugeben. Er richtete das Gewehr auf Nechyba. Nechyba sprang zur Seite und warf sich auf den Boden. Ein Schuss. Zach zuckte zusammen. Ein weiterer Schuss. In der Tür stehend, feuerte Paul aus seiner Dienstpistole. Nechyba zückte nun ebenfalls seine Dienstwaffe. Zach feuerte wild um sich und rannte zum Ausgang. Paul drückte neuerlich ab, aber seine Pistole hatte Ladehemmung. Er versuchte sich Zach in den Weg zu stellen, doch der stieß ihn nieder. Der, der auf dem Bett gesessen hatte, nützte diesen Augenblick und rannte ebenfalls davon. Nechyba rappelte sich auf, stürzte sich auf den Dritten und rang ihn nieder. Mit dem Griff seiner Pistole schlug er dem Gegner auf die Schläfe. Der verlor das Bewusstsein. Nechyba und Paul atmeten tief durch. Der Oberinspector brummte:

»Man kann keinen Augenblick Ruhe haben.«

Plötzlich erschien Karl Werkmann im seidenen Pyjama und dazu passendem Morgenmantel in der Tür des Apartments. Sein Haar war wirr, er murmelte verschlafen:

»Was ist passiert?«

»Drei Pülcher haben versucht, den Wandsafe der Kaiserin aufzubrechen. Wissen Sie, wo ein Telefon ist? Ich ruf im Polizeigebäude an und lass einen Kraftwagen kommen. Den Kerl da bring' ma ins Polizeigefangenenhaus.«

Der Kerl war übrigens wieder bei Bewusstsein. Er saß am Boden, lehnte sich an das Bett und massierte sich die Schläfe. Nechyba herrschte ihn an:

»Wie heißt du?«

Der Mann sah zu dem riesigen Polizisten empor. Er überlegte. Als er sah, dass Nechyba die Faust ballte, murmelte er:

»Husak. Karel Husak.«

IV/11

TODMÜDE SASS DER Oberinspector an seinem Schreibtisch. Nach einem kurzen Abstecher nach Hause – er wollte unbedingt seine Frau Aurelia sehen und sich frische Kleidung anziehen – war er zurück ins Polizeigebäude gefahren. Hier hatte er vormittags eine Unterredung mit Dr. Schober gehabt und war danach, kurz nach 11 Uhr, ins Gasthaus Zum Rebhuhn gegangen. Das grauenhafte Mittagsmenü hatte er hungrig wie ein Wolf hinuntergeschlungen. Es gab eine wässrige Kohlsuppe und danach ein Gemüsegulasch. In dem paprizierten Saft schwammen Kohlrüben-, Karotten-, Zeller- und Erdapfelstücke sowie weiße Bohnen und Fisolen*. Alles war drinnen, nur kein Fleisch. Was die Perversion eines Gulaschs an sich darstellte. Aber immerhin, das Mischmasch hatte seinen Magen gefüllt. Und das war nach der letzten aufreibenden Nacht absolut notwendig gewesen. In seinem Bureausessel mehr liegend als sitzend, erinnerte er sich an den guten Wein und die Delikatessen, die er gemeinsam mit dem kaiserlich königlichen Chefkoch genossen hatte. Kaiserlich königlich? Das war einmal, nun musste sich Leopold Kundera eine neue Stelle suchen. Und das in seinem Alter! Aber vielleicht konnte er auch in den Ruhestand eintreten. Wer aber würde für diesen ehemaligen kaiserlich königlichen Bediensteten die Pension bezahlen? Der neue deutsch-österreichische Staat? Würde der die Pensionsansprüche der kaiserlich königli-

* grüne Bohnen

chen Bediensteten und Beamten anerkennen? Ein heikler Punkt, der dem Oberinspector Kopfzerbrechen machte. Er selbst war ja mittlerweile 58 Jahre alt und hatte sich schon seit geraumer Zeit darauf gefreut, bald in den Ruhestand einzutreten. Aber war das nun möglich?

Seufzend griff Nechyba zu seiner Taschenuhr. Es war halb vier nachmittags. Das hieß, dass die Republik Deutsch-Österreich bereits ausgerufen sein müsste. Schober hatte ihn in ihrem Gespräch heute Vormittag darüber informiert, dass geplant war, pünktlich um 3 Uhr auf der Parlamentsrampe die Republik auszurufen. Schober hatte etliche Beamte dafür abgestellt und Nechyba gefragt, ob er eventuell die Leitung dieses Einsatzes übernehmen wolle. Der Oberinspector hatte abgewunken. Neue Zeiten brachen an, und niemand wusste, wohin die Reise gehen würde. All das interessierte den Oberinspector eigentlich nicht mehr. Er wollte seine Ruhe haben. Ruhe, nichts als Ruhe. Und während sich vor dem Parlament eine riesige Menschenmenge einfand, um an diesem 12. November 1918 die Proklamation der Republik Deutsch-Österreich mitzuerleben, glitt Joseph Maria Nechyba hinüber ins Reich der Träume. Im Halbschlaf erinnerte er sich noch an das, was Schober ihm auf seine Frage, wie denn nun das k. k. Polizeiagenteninstitut in Zukunft wohl heißen würde, geantwortet hatte:

»Das, mein lieber Nechyba, wissen nur die Götter. Aber eines ist gewiss: k. k. – kaiserlich königlich – können Sie vergessen.«

Lautstarkes Klopfen riss den Oberinspector aus seinem Schlaf. Wie in solchen Fällen üblich, rief er ungehalten:

»Wer stört?«

Die Polizeiagenten Paul und Drabek traten ein. Beide waren echauffiert. Paul sprudelte los:

»Wir haben ihn!«

»Wen?«

Drabek erwiderte mit triumphierender Stimme:

»Den Zach.«

»Was? Wieso?«

»Der war bei den Rotgardisten dabei, die rund ums Reichsratsgebäude für Ordnung sorgen sollten. Aber er und einige andere haben plötzlich zum Umadumschießen* angefangen …«

Paul fiel Drabek ins Wort:

»… und jetzt ist er schwer verletzt, der Pülcher.«

»Was? Der Zach ist verletzt?«

Drabek nickte:

»Der Paul und ich haben ihn im Kriegsspital identifiziert.«

Nechyba gähnte herzhaft, rieb sich den Schlaf aus den Augen und gab Drabek folgende Anweisung:

»Sorgen S' dafür, dass der Zach sofort zu uns ins Polizeigefangenenhaus verlegt wird. Dann gehen S' aufs Kommissariat, nehmen S' den Akt her, tragen S' das alles ein und übergeben S' ihn an die Staatsanwaltschaft. Damit ist der Fall Zach für uns erledigt.«

* herumschießen

IV/12

»STIMMT DAS, dass der Karel Husak bei dir gearbeitet hat?«

»Gott zum Gruß, Herr Oberinspector!«

»Karminsky, ich hab' dich was gefragt!«

»Bitte gerne. Nehmen S' doch an meinem Tisch Platz. Machen Sie sich's bequem.«

Nechybas Blutdruck schnellte in die Höhe. Trotzdem wurde er nicht laut. Schließlich war sein Benehmen wirklich nicht höflich gewesen. Sich grußlos an den Kaffeehaustisch eines Gastes zu setzen und ihm eine Frage entgegenzuschleudern, zeugte nicht gerade von einer guten Kinderstube. Es war halt die Art, wie sich ein Kiberer einem Pülcher gegenüber verhielt.

Trotzdem genierte sich Nechyba nun für sein Verhalten und lenkte ein:

»Na schön. Ich wünsch' dir einen guten Morgen, Karminsky, und hoffe, dass du nichts dagegen hast, dass ich mich zu dir an den Tisch setze.«

»Ganz im Gegenteil! Es ist mir eine Ehre!«

»Gut. Kannst mir jetzt eine Frage beantworten?«

»Der Herr wünschen?«, unterbrach der Ober das Gespräch.

Nechyba platzte der Kragen:

»Ich wünsche, in Ruhe gelassen zu werden!«

»Und was wollen Sie trinken?«

Nun schaltete sich der Guade ein:

»Der Herr ist mein Gast. Bringen S' ihm das, was Sie mir gebracht haben.«

»Sehr wohl, Euer Gnaden.«

Nechyba schielte auf den Tisch. Vor dem Guaden standen ein angebissenes Butterbrot sowie ein Milchkaffee. Mit knurrendem Magen sagte er:

»Aber ich hab' keine Lebensmittelmarken.«

Der Guade winkte gelangweilt ab und lächelte.

»Herr Oberinspector, machen S' Ihnen keine Sorgen. Wir sind da in meinem Stammcafé, und da regle ich die Dinge auf meine Weise.«

Er beugte sich zu Nechyba vor und fügte leise hinzu:

»Der Cafetier ist ein alter Bekannter von mir. Ich versorg' ihn mit Fleisch und Wurst, und er sorgt dafür, dass ich zum Frühstück mein Butterbrot und meine Melange bekomm. Außerdem hab' ich ihm letzte Woche 20 Kilo Mehl zugeschanzt.«

»Apropos Fleisch und Wurst: Ich hab' gehört, dass du letzte Woche meiner Frau nix geliefert hast.«

Neuerlich machte der Guade eine abwinkende Handbewegung.

»Das ist alles Schnee von gestern. Heute, eh jetzt am Vormittag, wird Ihrer Frau Gemahlin alles zugestellt, was sie vorletzte Woche bestellt hat.«

»Und warum die Verspätung?«

»Da kommen wir zu Ihrer Frage von vorhin. Der Karel Husak hat tatsächlich eine Zeit lang für mich gearbeitet. Als Gehilfe in der Fleischerei Trnka. Hat sich g'schickt angestellt, der Bursche. Das ist auch der seligen Frau Trnka aufgefallen und so hat sie ihm schöne Augen gemacht und ein Pantscherl* mit ihm ang'fangen.«

Der Speisenträger stellte Nechyba eine Melange und

* Verhältnis

ein Butterbrot vor die Nase. Ohne zu zögern, biss der Oberinspector ins Brot, kaute hastig und nahm dann gierig einen Schluck Melange. Warmer Milchschaum – ein Gedicht! Da schmeckte der grausliche Ersatzkaffee gleich viel besser. Nechyba schloss genussvoll die Augen. Karminsky grinste und steckte den letzten Bissen Butterbrot in den Mund. Die beiden Herren kauten und spülten mit Melange nach. Nechyba, der einen Riesenhunger hatte, war in Nullkommanichts mit seinem Butterbrot fertig. Er lehnte sich entspannt zurück und fragte:

»Wieso hast du vorhin von der seligen Frau Trnka gesprochen? Ist die am End' gar g'storben?«

»Spanische Grippe. Eine Kundin hat sie angesteckt. Es hat keine fünf Tage braucht, bis sie in den 71er g'stiegen is'*. Ja, und ab da hab' ich die Fleischerei zusperren müssen. Denn der Tod der Trnka hat den Husak völlig aus der Bahn geworfen. Nach ihrem Begräbnis is' er verschwunden. Untergetaucht. Der treibt sich jetzt wahrscheinlich mit irgendwelchen tschechischen Soldaten in der Stadt herum. Es geht bei uns zu, da könnt' man sich fast zum Fürchten anfangen.«

»Und wieso kannst heute wieder liefern?«

»Weil a Wunder g'scheh'n is'!«

»Geh! Wunder gibt's keine. Schon gar nicht in unserer Zeit.«

»Und ob! Der Trnka is' auferstanden von den Toten.«

»Was, der Fleischhauer? Der is' doch im Herbst 1914 in Galizien gefallen.«

»Das haben alle geglaubt. Das hat das Kriegsministerium auch so verlautbart. In Wahrheit ist er nur schwer

---

* in den 71er einsteigen: sterben (die Straßenbahnlinie 71 fährt zum Wiener Zentralfriedhof)

verwundet worden. Ein russischer Sanitäter hat ihn gerettet, und in einem russischen Lazarett haben s' ihn zusammengeflickt. Anschließend war er in Kriegsgefangenschaft. Und jetzt, jetzt is' er wieder da. Hat sich nach Wien durchgeschlagen.«

»Das is' ja eine unglaubliche Sauerei, die da vonseiten des Kriegsministeriums passiert is'!«

»Nicht Sauerei: Schlamperei, Herr Oberinspector! Schlamperei, Wurschtigkeit* und Korruption. So hamma den Krieg verloren.«

* Gleichgültigkeit

IV/13

In Gedanken versunken ging Joseph Maria Nechyba nach dem Gespräch mit dem Guadn zu Fuß zurück in das Polizeigebäude. Wobei er einen kleinen Umweg über den Karmelitermarkt wählte. Auch hier standen die Menschen vor den Marktständen Schlange.

»Der Krieg ist vorbei und wir haben eine Republik, aber zum Essen haben wir noch immer nix«, knurrte Nechyba. Dann kehrten seine Gedanken wieder zur Person des Karel Husak zurück. Bisher hatte er den Husak verdächtigt, der übrigens den Mord an Gotthelf hartnäckig leugnete, ein Asozialer zu sein. Ein Tunichtgut, der zuerst aus der Armee desertiert war und der dann einen Mord begangen hatte. Der Guade hatte ein völlig anderes Bild von Husak in Nechybas Kopf entstehen lassen. Ein fleißiger, geschickter Kerl, der hart arbeitete und in den sich eine g'standene Frau wie die Fleischhauerin verliebt hatte. Was Nechyba zusätzlich irritierte, war die Tatsache, dass er nach dem Tod der Trnka untergetaucht war. Hatte er die Fleischhauerin am Ende gar wirklich gerngehabt? Nechyba war sich nicht sicher. Im Polizeigebäude angelangt, ließ er sich von Pospischil ein Bier aus dem Wirtshaus und danach den Husak aus der Gefängniszelle bringen.

»Husak, leg' nieder*. Es hat keinen Sinn. Dein Hawarer**, der Ambros Zach, ist tot, und dich sperr' ma so lange

* leg' ein Geständnis ab
** Kumpel

ein, bis du verschimmelst. Weil, Mord is' Mord. Also erleichtere dein Gewissen und red'!«

Husak saß zusammengesunken da, zuckte mit den Schultern und sagte kein Wort. Nechyba versuchte es auf die gütliche Tour:

»Schau, erzähl mir jetzt, wie's war. Wir können ja reden. Wennst ma jetzt die Wahrheit erzählst, können wir schau'n, dass der Staatsanwalt nur Anklage wegen Totschlag erhebt. Da fasst wesentlich weniger Schmalz* aus, als wenn du wegen Mordes verurteilt wirst.«

»Wahrheit? Sie wollen wissen Wahrheit? Wahrheit is', der Gotthelf hat Ambros und mich in der Früh aus Schlaf geweckt und aus Hütte rausg'schmissen. Wir sind gangen in Keller von große Haus und wollten weiterschlafen, haben aber in Hof oben lautes Hilfeschrei'n g'hört. Sind zurück rauf, haben toten Gotthelf g'sehn und sind weggelaufen. Das ist Wahrheit.«

»Und warum seid's weggelaufen?«

»Weil wir Deserteure.«

»Und wo wart ihr dann?«

»Wir dann haben g'wohnt bei Zenzi. Die was Köchin einer gnädigen Frau is'. Gnädige Frau war auf Sommerfrische und Zenzi hat braucht einen Mann. Also hat sich der Ambros zu ihr ins Bett g'legt und wir haben dort wohnen können. Hat mir aber nicht g'fallen. Bin dann in Prater und in Leopoldstadt. Dort ich hab' kenneng'lernt Zygmunt Karminsky. Er mir hat Arbeit gegeben in Fleischhauerei.«

Nechyba merkte, dass die letzten Sätze dem Husak schwergefallen waren. Er vermeinte auch, ein feuchtes

* Strafe

Schimmern in dessen Augen zu erblicken. Der Oberinspector bekam den Eindruck, dass der Tod der Trnka dem Husak sehr naheging. Aber das ging den Oberinspector letztlich nichts an. Thema dieses Verhörs war der Tod Gotthelfs.

»Wie seid ihr eigentlich zum Gotthelf gekommen?«

»Der war alter Bekannter von Ambros. Und weil er früher selbst Probleme mit Polizei gehabt hat, hat er uns als Bettgeher genommen. Aber nur während Nacht, nix untertags.«

»Ist dir in der Zeit, wo du beim Gotthelf übernachtet hast, irgendwas aufgefallen? Dass er zum Beispiel mit jemandem Streit g'habt hat?«

»Streit? Dauernd hat er g'habt Streit.«

Und dann erzählte Husak dem Oberinspector eine sehr interessante Geschichte, die den Mord an Gotthelf in einem völlig neuen Licht erscheinen ließ. Verärgert brummte Nechyba:

»Warum hast mir das nicht schon früher erzählt?«

»Na, weil S' net mit mir drüber g'redet haben.«

IV/14

NECHYBA KLOPFTE AN DIE TÜR des Hausmeisters. Nach neuerlichem Klopfen erklang eine Stimme:

»I komm ja schon, i komm ja schon! Wo brennt's denn?«

Die Tür wurde aufgesperrt. Eusebius Hirnigl stand in einer grauen Wolljacke, die über und über von Flusen bedeckt war, vor Nechyba und Pospischil. Nechyba grantelte:

»Grüß Sie, Herr Hirnigl! Wir brauchen den Schlüssel für die Hütte vom Gotthelf.«

»Jessas na! Den hab' i do net! Das hab' i Ihnen doch schon letztes Mal g'sagt.«

Nechyba schaute Hirnigl irritiert an, dann erinnerte er sich und brummte:

»Der blede Schlüssel ...«

Er wandte sich an Pospischil und befahl:

»Geh Er hinauf in den ersten Stock, dort läutet Er an und bittet die Hausherrin um den Schlüssel. Falls der junge Gotthelf da ist, soll er gefälligst gleich mit herunterkommen!«

»Jawohl, Herr Oberinspector!«

Pospischil stieg die Stiegen hinauf, und Nechyba sagte zu Hirnigl:

»Es ist gut. Ich brauch' Sie nimmer. Habe die Ehre!«

Der Alte nickte, schloss die Tür und Nechyba hörte, wie er zurück in die hinteren Gefilde seiner Wohnung schlurfte. Der Gestank nach schmutziger Kleidung, ungewaschenem Geschirr und Urin, der aus der Wohnung herausgedrungen war, verflüchtigte sich. Nechyba atmete erleichtert durch.

Es dauerte nicht lang und Pospischil kam mit dem Schlüssel in der Hand die Stiegen herunter. Der Oberinspector nahm ihm den Schlüssel ab und ging voraus zu Gotthelfs Hütte. Er sperrte auf und trat in das schummrige Innere ein.

»Pospischil, mach' Er Licht! Da rechts steht a Petroleumlampe.«

»Ob da Petroleum drinnen is'?«

»Überlass Er das Denken den Pferden, die haben einen größeren Kopf als Er.«

»Jawohl!«

Pospischil fischte Schwefelhölzer aus der Tasche seines Überziehers, nahm den Glaszylinder der Lampe ab, drehte den Docht etwas heraus, schnüffelte und stellte überrascht fest:

»Das riecht ja wirklich nach Petroleum.«

»Anzünden!«

»Jawohl!«

Die Lampe leuchtete den Innenraum der Hütte leidlich gut aus. Nechyba sah sich um, zog einen Vorhang, der als Raumteiler fungierte, zur Seite und blickte auf ein Matratzenlager. Hier also hatten Zach und Husak genächtigt.

»Räum Er die Matratzen weg!«

Pospischil tat, wie ihm befohlen. Nechyba starrte auf den nun freigeräumten Bretterboden.

»Versuch Er, die Bodenbretter anzuheben!«

Pospischil sah den Oberinspector zweifelnd an, da er aber zuvor die Anweisung bekommen hatte, das Denken den Pferden zu überlassen, kniete er nieder und fuhr mit den Händen über die Bretter. Sie wackelten. Pospischil griff in die Innentasche seines Sakkos und holte ein Springmesser hervor. Mit einem »Klick« sprang die Klinge heraus, mit der er dann in eine Fuge zwischen zwei Bretter fuhr. Vorsichtig, um die Klinge nicht abzubrechen, hob er eines der Bretter hoch. Darunter befand sich ein Hohlraum. Pospischil packte das Springmesser ein und räumte die anderen Bretter, die den Hohlraum abdeckten, zur Seite. Leise pfiff er durch die Zähne. In dem Hohlraum lagen etliche Petroleumkanister.

Er hob einen heraus und murmelte:

»Voll!«

Erneut griff er in den Hohlraum, holte einen Kanister nach dem anderen heraus und stellte sie neben den ersten.

»Die sind alle voll.«

Nechyba nickte und strich sich zufrieden über den Schnurrbart. Plötzlich waren Schritte im Hof zu vernehmen. Dann stand der junge Gotthelf in der Tür.

»Was machen Sie hier? Die Hütte ist mein Eigentum, die hab' ich von meinem seligen Herrn Vater geerbt.«

Nechyba drehte sich langsam zu ihm um und kniff die Augen zusammen.

»Die Hütte ist Ihr Eigentum? Dann gehört dieses Hamsterlager also Ihnen.«

»Hamsterlager? Davon weiß i nix!«

Pospischil knurrte:

»G'schissener, willst uns verschaukeln?«

Nechyba trat einen Schritt zurück und überließ Pospischil das Feld.

»Da! Schau, was ich in deiner Hütte gefunden hab': ein Hamsterlager von Petroleum.«

»Davon weiß ich nix! Außerdem sind wir nicht per Du.«

Das hätte Gotthelf nicht sagen sollen. Im nächsten Augenblick erhielt er von Pospischil eine dermaßen wuchtige Watsche, dass er fast umfiel. Dies geschah nur deshalb nicht, weil er mit dem Hintern auf dem Diwan landete.

»Ihr verfluchten Kiberer. Misshandelt einen Kriegsinvaliden. Ihr, die ihr nie an der Front g'wesen seids! Ihr habt es euch im Hinterland bequem g'macht, während ich im feindlichen Feuer gelegen bin.«

Nun schaltete sich Nechyba ein:

»Jetzt reicht's, Gotthelf! Wir haben einen Zeugen, dass du Schleichhandel mit Petroleum betreibst.«

»Ah so? Und bitte wer soll das sein?«

»Der Husak. Der Bettgeher. Er hat mir den Zund* gegeben.«

»Diese Arschwarze! Dieser tschechische Verräter!«

»Der hat mir auch g'sagt, dass du dauernd Streit mit deinem Vater g'habt hast. Unter anderem wegen deinem Schleichhandel. Das war ihm gar nicht recht. Dein Vater war ein anständiger Mensch.«

»Anständig? Ha! Dauernd hat er den Kaiser und die Armee verteidigt. Der Dampfplauderer! Dabei hat er einen Schas eine Ahnung g'habt, wie's an der Front zugeht. Dauernd wollt' er, dass ich am Naschmarkt steh' und Planeten verkauf'. Aber dass ich ein Krüppel mit einem zerschossenen Haxen bin und dass ich net lang umadum stehen kann, das war ihm wurscht, dem Alten.«

»Und am 9. August hast ihn dann im Zuge einer Streiterei erschlagen, nicht wahr?«

Gotthelfs Gesicht verzerrte sich zu einer Fratze des Hasses, mühsam stand er auf und versuchte, sich auf

* Hinweis

Nechyba zu stürzen. Pospischil schnappte seinen Arm und drehte ihn auf den Rücken. Voll hilfloser Wut brüllte Gotthelf:

»Ich hasse euch alte Deppen! Ihr habt mein Leben ruiniert! Ihr habt diesen Scheißkrieg angefangen. Mein Alter hat mich sogar gefeiert, als ich als halbes Kind in den Krieg gezogen bin. Selber war er untauglich. Aber ich und meinesgleichen haben draußen an der Front den Kopf hinhalten müssen. Uns haben sie Arme, Beine und oft auch das Hirn wegg'schossen. Und als die Italiener die Flugblätter abgeworfen haben, hat sich mein Alter aufgeregt. Über die Scheißitaliener. Dabei ist auf den Flugblättern nur die Wahrheit g'standen. Ich war so wütend, dass ich ihn erschlagen hab'. Ich bereu's nicht! Weil, jetzt halt' er wenigstens die Gosch'n, der Alte. Und zwar für immer!«

EPILOG

Die Aufgabe, die die damals leitenden Männer des jungen Staates zu lösen hatten, war ebenso kompliziert wie undankbar. Unter den ungünstigsten Verhältnissen mußte das große Reich liquidiert und auf einem Teil seines Gebietes ein neues kleines Staatswesen aufgebaut werden.

Zitat aus: Julius Deutsch: Ein weiter Weg – Lebenserinnerungen, Zürich, Leipzig, Wien, Amalthea 1960.

28. NOVEMBER 1918

Nechyba sass voll Wehmut in seinem Bureau. Sein letzter Tag im k. k. Polizeiagenteninstitut war angebrochen. Blödsinn! K. k. gab es ja nicht mehr. Sein kaiserlich königlicher Dienstgeber war schon vor bald einer Woche aus der Residenz in Schönbrunn ausgezogen und hatte sich als Privatmann ins Schloss Eckartsau an der ungarischen Grenze verfügt. Ob Karl wohl König von Ungarn bleiben würde? Auch wurscht. Faktum war, dass Nechyba nun nicht mehr im Dienste des Kaisers stand. Nun war er Beamter der Republik Deutschösterreich. Leitender Beamter. Nechyba strich sich über seinen Schnauzbart und grinste zufrieden. Ab morgen würde er im Staatsamt des Inneren* seinen Dienst versehen. Gleichzeitig würde er zum Ministerialrat befördert werden. Als er dies seiner Frau Aurelia mitgeteilt hatte, war sie für einen Augenblick schmähstad gewesen** – was sonst nur sehr selten geschah. Verstört hatte sie nach einiger Zeit gestammelt:

»Nechyba! Da werd' ich ja Frau Ministerialrat … das geht doch net. Ich bin nur eine einfache Dienstbotin.«

»Na, dann wirst halt deinen Dienst quittieren«, hatte Nechyba gebrummt. Als leitender Beamter, der für die innere Sicherheit in der neu geschaffenen Republik mitverantwortlich war, würde er so viel verdienen, dass seine Frau nicht mehr arbeiten musste. Er hatte zwar schon als Oberinspector ein recht ansehnliches Gehalt bezogen,

---

* damaliger Name des Innenministeriums

** sprachlos

aber in den mageren Kriegsjahren war er froh gewesen, dass seine Frau im Haushalt des Hofrats Schmerda arbeitete. Das hatte die Lebensmittelbeschaffung und damit das Überleben wesentlich erleichtert. Jetzt, wo der Krieg vorbei war, hoffte Nechyba, dass sich alles – nicht nur bei der Lebensmittelversorgung – zum Besseren wenden würde. Ein letztes Mal pumperte er mit der Faust an die Wand seines Bureaus. Dieses vor Urzeiten eingeführte Signal informierte im Nebenraum seinen Adjutanten Pospischil, sofort in Nechybas Dienstzimmer zu erscheinen. Kurze Zeit später klopfte es und Pospischil trat ein. Wie immer katzbuckelnd.

»Der Herr Ministerialrat wünschen?«

»Er soll nicht so einen Schas daherreden. Kruzitürken noch einmal! Noch bin ich Polizeiagent und net Ministerialbeamter!«

»Ich bitte um Verzeihung, Herr Oberinspector.«

»Na also. Ich will frühstücken. Bring' Er mir mein Bier.«

»Jawohl!«

Pospischil knallte die Hacken zusammen und verschwand.

Das zackige Abtreten hab' ich ihm nie abgewöhnen können, räsonierte Nechyba. Hunderte Male hab' ich ihm gesagt, dass er diesen Unfug lassen soll. Ab sofort ist mir das wurscht. Ab morgen seh' ich den Pospischil nie wieder. Er wird mir nicht abgehen. Später, nachdem er sein Bier getrunken und dazu ein trockenes Stück Brot verzehrt hatte, lehnte er sich behaglich in seinem Bureausessel zurück und rülpste laut. Pospischil betrat umgehend den Raum. Mit der rechten Hand wischte er die Brotbrösel, die am Schreibtisch lagen, in seine linke Handfläche, dann nahm er das leere Bierglas, schlug zackig die Hacken zusammen und verließ den Raum. Nechyba wusste, dass sein Adjutant vor dem Bureau die Brösel von der Handfläche aufschlecken würde. Eine weitere, in diesem Fall besonders ekelhafte Angewohnheit, die er Pospischil im Laufe der vielen Jahre nicht abgewöhnen hatte können. Aber auch das war Nechyba nunmehr wurscht. Entspannt döste er vor sich hin und überlegte, wie er seinen letzten Arbeitstag im Polizeiagenteninstitut anlegen würde. Zu Mittag würde er wie immer ins Gasthaus Zum Rebhuhn essen gehen. Danach hieß es zusammenpacken, seine Dienstwaffe und seine Polizeiagentenkokarde abgeben, sich bei Dr. Schober, dem Leiter der Bundespolizeidirektion Wien, abmelden und anschließend heimgehen. Jaja, der Schober. Der hatte ihm den neuen Arbeitsplatz im Ministerium verschafft.

»Nechyba«, hatte er gesagt, »die Republik braucht erfahrene Beamte wie Sie und mich. Gerade jetzt nach dem Krieg. Deshalb hab' ich Sie dem Heinrich Mataja empfohlen. Der Herr Staatssekretär hat sich Ihre Dienstbeschreibung kommen lassen, und kurze Zeit später hat er mich wissen lassen, dass er Sie, obwohl Sie kein Akademiker sind, zum Ministerialrat ernennen werde. Er meinte, er brauche keinen Schreibtischhengst, sondern einen Praktiker. Und da seien Sie genau der Richtige.«

Als er so vor sich hin döste und seinen Gedanken freien Lauf ließ, kam ihm plötzlich Karel Husak in den Sinn. Die Selbstzufriedenheit verflog und ein flaues Gefühl machte sich in seiner Magengegend breit. Sein letzter Fall. Den hatte er nicht ordentlich abgeschlossen, denn Husak saß noch immer im Landesgericht als Untersuchungshäftling. Und das schon lang, obwohl sich der Grund für seine Verhaftung in Luft aufgelöst hatte. Gut, da war dieser dumme Einbruchsversuch im Schloss Schönbrunn. Aber es war ja kein Schaden entstanden. Mehr konnte man Husak nicht anlasten. Nechyba raffte sich aus seiner Agonie auf, griff zum Telefonhörer und ließ sich mit dem Untersuchungsrichter verbinden.

»Herr Dr. Müllner? Grüß Sie. Nechyba spricht … Ja, danke für Ihre Glückwünsche … Morgen! Morgen trete ich meine neue Stelle im Staatsamt des Inneren an. Heute ist mein letzter Arbeitstag hier im Polizeiagenteninstitut. Deshalb ruf ich Sie ja an. Bevor ich hier meine Sachen zusammenpacke, möchte ich eine letzte Angelegenheit in Ordnung bringen. Den Fall Karel Husak … Ja, das ist der Einbrecher vom Schloss Schönbrunn … Nein, die Sache mit dem Mord auf der Rechten Wienzeile ist aufgeklärt. Das war der Husak nicht. Deshalb haben Sie aber seinerzeit die Untersuchungshaft über ihn verhängt … richtig. Der Mord an dem Gotthelf ist aufgeklärt, nur: Der Husak sitzt immer noch in Untersuchungshaft … Ah so? Wegen dem Einbruch im Schloss Schönbrunn wollen Sie ihn weiter … Aber geh! Das ist doch eine Bagatelle. Gestohlen hat er ja nix, weil er in flagranti erwischt worden ist. Das war eine Verzweiflungstat. Der Husak wollte sich doch nur ein Bahnbillett kaufen können, um heimzufahren nach Prag. Ich meine, wir sollten ihn laufenlassen.«

Während er den nun folgenden Ausführungen des Untersuchungsrichters zuhörte, trommelte Nechyba ungeduldig mit den Fingern auf die Schreibtischplatte. Schließlich brummte er in den Telefonhörer:

»Ich mach' Ihnen einen Vorschlag: Ich zahl ihm das Bahnbillett nach Prag. Ja, dann sind wir ihn los. In Zukunft kann er dann daheim bei den Behm' einbrechen gehen. Mach' ma das so? Gut. Sie stellen seine Entlassungspapiere aus, und ich hol ihn ab. Nach dem Mittagessen. So um halb zwei. Ist in Ordnung. Danke, Herr Doktor, meine Verehrung. Grüß Sie! Wiederschau'n!«

Das Mittagessen im Rebhuhn war zwar sättigend, aber wenig zufriedenstellend. Wie Nechyba es nun bereits seit Jahren erduldete, mangelte es an allem, um schmackhafte Speisen herzustellen. Er fand sich mittlerweile damit ab, gewöhnen würde er sich nie daran. Inständig hoffte er, dass mit dem Frieden auch eine bessere Lebensmittelversorgung kommen würde. Heute hatte er gefüllte Paprika gegessen. An sich eines seiner Lieblingsgerichte. Da es aber weder Fleisch noch Reis gab, war die Paprikafülle aus einem Gerstel-Pilz-Gemisch hergestellt worden. Nechyba rieselte bei der Erinnerung daran ein Schauer über den Rücken. Nein, gut war das nicht gewesen. Es hatte ihn lediglich gesättigt. Das war aber auch schon alles. Im »Einser-Landl«, wie das Straflandesgericht in der Josefstadt auch genannt wurde, hatte man Husaks Entlassung bereits vorbereitet. Der tschechische Staatsbürger Karel Husak wurde des Landes verwiesen, und Nechyba unterschrieb, dass er dessen Abschiebung vollziehen würde. Dann führte man Husak vor. Als dieser Nechyba sah, runzelte er die Stirn und maulte:

»Marantjosef! Was machen Sie da? Ich hab' dacht, ich werd' entlassen.«

»Das wirst du auch. Allerdings hast du hier nix mehr zu suchen. Du wirst nach Tschechien abgeschoben.«

»Und wer wird zahlen Fahrkarte?«

»Ich.«

»Sind Sie gegangen unter die Wohltäter?«

Nechyba schüttelte den Kopf.

»Ich möcht' so ausländisches G'sindel wie dich nicht mehr hier haben. Wir ham sowieso genug eigene Pülcher. Deswegen kauf ich dir a Bahnkarte.«

Husak begann über das ganze Gesicht zu strahlen. Er breitete die Arme aus und rief:

»Abbusseln mecht' ich Ihnen am liebsten!«

Nechyba schlug ihm auf die Pratzen* und herrschte ihn an:

»Untersteh dich!«

Mit der Tramway fuhren sie zum Nordbahnhof, wo gerade noch so viel Zeit war, dass Nechyba ein Billett für Husak kaufen konnte. Im Laufschritt ging es dann zu jenem Bahnsteig, von dem der Zug nach Prag abfuhr. Sie suchten die Waggons der 3. Klasse, und Nechyba schubste Husak in einen solchen.

Husak blieb verlegen in der offenen Waggontür stehen und stammelte:

»Abbusseln möcht' ich Ihnen wirklich. So lange hab' ich gewunschen mir, zurückzukehren in geliebtes Prag. Díky! Děkuji**!«

Nechyba maß ihn mit einem bösen Blick und grantelte:

»Odprejskni! Už tě tady nechci ani vidět!***«

In diesem Moment pfiff der Schaffner und schloss mit einem Ruck vor Husaks Nase die Waggontür. Nechyba sah dessen dummes Gesicht und hörte ihn rufen:

»Vy jste Čech?****«

* Hände
** Danke schön! Danke!
*** Verschwinde! Ich möchte dich hier nie wieder sehen!
**** Sind Sie Tscheche?

Der Zug rollte an und Nechyba schüttelte den Kopf. Dann brummte er mehr für sich als für irgendjemand anderen:

»I bin Österreicher.«

GLOSSAR DER WIENER AUSDRÜCKE

abpaschen	abhauen, wegrennen
allanich	allein
Ärar	Staat
Ang'schmierte	der Dumme
anspeiben	sich übergeben
auf die Socken gehen	nerven
auf Lepschi gehen	sich vergnügen
ausfratscheln	befragen
Ba/Baner	Hure/Huren
Baba	tschüss
Bagasch	Gesindel
Bahöö	Wirbel
Ballawatsch	Kuddelmuddel
Bankert	uneheliches Kind
Bassena	gemeinsame Wasserentnahmestelle
Beisl	Kneipe, Gasthaus
betropetzt	konsterniert
Bettel	geringer Betrag
Bissgurn	zänkisches Weib
Blunze	Blutwurst
böhmakeln	mit tschechischen Akzent sprechen
Buckel	Rücken
dasig	matt, benommen
dippln	Karten spielen
Einbrenn	Mehlschwitze

Eierspeis	Rührei
Einserpanier	Sonntagsanzug
Englisches	Name der edelsten Teile des Rindes gemäß der Wiener Teilungsmethode (Lungenbraten, Beiried, Rostbraten)
einweimperln	einschmeicheln
Erdäpfel	Kartoffeln
fadisieren	sich langweilen
Falott	Lump
Faschiertes	Hackfleisch
Fisolen	grüne Bohnen
fladern	stehlen
Fleischer/Fleischhauer	Metzger
Fleischlaberl	Frikadelle, Bulette
Flitscherl	
Fratschlerin	Marktfrau
fudln	ungeschickt hantieren
Fuzerl	kleines Stück
Gagist	Offizier
Ganef	Gauner
Gatsch	Matsch
Gerschtl	Geld
Gfrast/Gfrastsackl	Schimpfwort; wird wie »Arschloch« eingesetzt
Gfrieß	Gesicht
Gilet	Weste
Gnackwatschn	Schlag in den Nacken
Gosch'n	Mund
Goldblatt	Türkischer Kaffee ohne Sud mit einem Schuss Tresterbrand verfeinert

Grammeln	Grieben
Grantscherm	grantiger Mensch
Greißler(ei)	Tante-Emma-Laden
Greißlerin	Besitzerin eines Tante-Emma-Ladens
Grätzel	nahe Umgebung, städtisches Viertel
Groskopferter	hochgestellte Persönlichkeit
Gschloder	wässriges, dünnes Getränk
g'schmalzen	teuer
Gstettn	Brache
gsöchter Aff'	dünner, dummer Mensch
Gspritzter	Weinschorle
Gustostückerl	Delikatesse
Habe die Ehre!/ Hawedere!	Altwiener Gruß oder Ausruf der Verwunderung
Hackler/hackeln/ Hack'n	Arbeiter/arbeiten/Arbeit, Job
hacknstad	arbeitslos
Häf'n	Gefängnis
hantig	barsch, unfreundlich
Hawarer	Kumpan
He	Polizei
Hesperiden-Essig	Tafelessig
Holler	Blödsinn
Jessas na!	Stoßseufzer
Kapskutscher	Kutscher eines zweirädrigen Pferdekarrens
Katzelmacher	Italiener
Kettenhändler	Schleichhändler
Kiberer/Kiberei	(Kriminal-)Polizist/Polizei
Kirtag	Kirchweihfest

Klobasse	grobe Brühwurst
Kluppensackl	Sack mit Wäscheklammern
Knöpfel	Name des hinteren Teils des Rindes gemäß der Wiener Teilungsmethode
Krauderer	alter, unfähiger Kerl
Kredenz	(Küchen-)Kasten
Krispindl	dünner Mensch
Krügel	großes, offenes Bier
kudern	kichern
Kukuruz	Mais
Leiberl	Unterhemd
leiwand	super
Liesl	Koseform für Elisabeth; Polizeigefangenenhaus an der Elisabethpromenade (heute: Roßauer Lände)
Lungenbraten	Filet
Mamlas	energieloser Mensch
Manderln machen	Schwierigkeiten machen
Marantjosef!	Maria und Josef! (Stoßseufzer)
Marille	Aprikose
matschkern	maulen
maukas machen	jemanden umbringen
Mokka	schwarzer Kaffee
Mensch (das)	junges Ding/Mädchen
nachwassern	ermitteln
Nebochant	minderwertiger Mensch
niederlegen	gestehen
Oaschwarz'n	Arschwarze
Öfe zöön	nicht zählen, von keinerlei Bedeutung sein

owefliegen	herunterfliegen
Pamperletsch	Kind
Pantscherl	Liebesverhältnis
Papperl	Essen
papierln	verarschen
Paradeiser	Tomate
parieren	folgen
Patschen	Hauspantoffeln
päule gehen/ päulisieren	abhauen, verschwinden
Pepi	Kurzform für Joseph bzw. Josefine
Pfeifenstierer	langer, dünner Mensch, der nicht viel zählt
pflanzen	verarschen
Piccolo	Kellnerlehrling
Planetenverkäufer	Fliegender Händler, der aus einem Bauchladen heraus Horoskopzettel verkauft
Plattler	Plattfüße
powidl	egal
Prater	Wiener Erholungs- und Grüngebiet samt Vergnügungspark
Pratzen	Hände
Pülcher	Verbrecher
pudern	Geschlechtsverkehr ausüben
pumpern	lautstark klopfen
Reindl	Kasserolle
Rotzer/Rotzpip'n	Rotzbub
Rozz'n	Ratten
Russe	eingelegter, marinierter Hering

Schastrommel	alte Frau, die von Blähungen geplagt wird
schleichen (sich)	verschwinden
schmähstad	sprachlos
Schmalz	Gefängnisstrafe
Schotter	Geld
Schwammerln	Pilze
Spe	Zigarette
speiben	kotzen
Spompanadln	Mätzchen
Stamperl	Schnaps- bzw. Likörglas
stecken	jemanden etwas verraten
Staubflankerl	Staubkorn
Stoßpartie	illegales Kartenspiel
Strizzi	Zuhälter
Tachinierer	Faulenzer, Faulpelz
Tetschn	Ohrfeige
Topfen	Quark/Blödsinn
Tramway	Straßenbahn
Tratsch/tratschen/ Tratsch'n	Rederei/reden, plaudern/ geschwätziges Weib
Treberner	Tresterbrand (Grappa)
Trum	unhandliches Teil
Tschercherl	mieses Vorstadtlokal
Tschick	Zigarettenstummel
Tuchent	Federbett
Türlschnapper	Türsteher
umadum	herum
verkutzen	sich verschlucken
verputzen	verspeisen
verzupfen (sich)	verschwinden
Wappler	unfähiger Depp

Watsche	Ohrfeige
Weh	Jammerlappen
Weidling	Rührschüssel
wurscht	egal
Wurschtigkeit	Gleichgültigkeit
Zinnober	Unfug
Zniachtl	kleine, schwache Person
Zund	Hinweis
Zwidawurzn	grantiger Mensch, dem alles zuwider ist
Zwiefl	Zwiebel

QUELLEN

ANNO – AustriaN Newspapers Online
Der virtuelle Zeitungslesesaal der Österreichischen Nationalbibliothek.
http://anno.onb.ac.at/

Barbara oder die Frömmigkeit
Franz Werfel, Paul Zsolnay Verlag, Berlin-Wien-Leipzig, 1929.

Die Abenteuer des braven Soldaten Schwejk 2
Jaroslav Hašek, Rowohlt Taschenbuch Verlag, Reinbeck bei Hamburg, 1960.

Der Tod des Doppeladlers
Manfried Rauchensteiner, Verlag Styria, Graz, Wien, Köln, 1993.

Der Tote von Madeira
Karl Werkmann, Verlag für Kulturpolitik, München 1923.

Die letzten Tage der Menschheit
Karl Kraus, suhrkamp taschenbuch 1320, Frankfurt am Main 1986.

Die Regelung der Volksernährung im Kriege
Dr. Hans Loewenfeld-Russ, Hölder-Pichler-Tempsky, Wien 1926.

Die Wiener Gauner-, Zuhälter- und Dirnensprache
Dr. Albert Petrikovits, Selbstverlag der Öffentlichen Sicherheit, Wien 1922.

Deutschland als Verbündeter – Kaiser Karls Kampf um den Frieden
Karl Werkmann, Verlag für Kulturpolitik, Berlin 1931.

Egon Erwin Kisch – Der rasende Reporter
Fritz Hofmann, Verlag Neues Leben, Berlin 1988.

Ein weiter Weg – Lebenserinnerungen
Julius Deutsch, Amalthea-Verlag, Zürich-Leipzig-Wien, 1960.

Geschichte der Rätebewegung in Österreich 1918 – 1924
Hans Hautmann, Europaverlag, Wien 1987.

Im Epizentrum des Zusammenbruchs – Wien im Ersten Weltkrieg
Herausgegeben von Alfred Pfoser und Andreas Weigl, Metroverlag, Wien 2013.

Kaiser Karl: der letzte Monarch Österreich-Ungarns 1887-1922
Heinz Rieder, Verlag Georg D. W. Callwey, München 1981.

Kaiser, Politiker und Menschen
Franz Brandl, Johannes Günther-Verlag, Wien-Leipzig, 1936.

Kampf und Sturz der Kaiserreiche
Generloberst Arthur Baron Arz, Johannes Günther-Verlag, Wien-Leipzig, 1935.

Kindheit im Ersten Weltkrieg
Christa Hämmerle (Hg.), Böhlau Verlag, Wien Köln Weimar, 1993.

Menschen im Krieg
Andreas Latzko, Milena Verlag, Wien 2014.

Österreichs Ende? Ein Wiener Revolutionsroman
Leopold Ed. Weydhoff, Kommissionsverlag: Vogelsang-Verlag, Wien 1921.

Schober
Dr. Oskar Kleinschmied, Manz-Verlag, Wien 1930.

Um Krone und Reich – Die Tragödie des letzten Habsburgerkaisers
Gordon Brook-Shepherd, Verlag Fritz Molden, Wien-München-Zürich, Zürich 1968.

Wienbibliothek Digital
http://www.digital.wienbibliothek.at/

Wo sind die Zeiten ... Zehn Jahre Wien in Skizzen
Ludwig Hirschfeld, Wiener Literarische Anstalt, Wien Berlin, 1921.

Weitere Titel finden Sie auf den folgenden Seiten und im Internet:

WWW.GMEINER-SPANNUNG.DE

GERHARD LOIBELSBERGER
Die Naschmarkt-Morde

978-3-8392-1006-2 (Paperback)
978-3-8392-3381-8 (pdf)
978-3-8392-3380-1 (epub)

MARKT DER EITELKEITEN Wien 1903. Auf dem nächtlichen Naschmarkt, dem größten Viktualien-Markt der Stadt, wird die junge Gräfin Hermine von Hainisch-Hinterberg brutal ermordet. Die Presse macht viel Lärm um den »Naschmarkt-Mord«, vor allem der Journalist Leo Goldblatt übt Druck auf die Polizei aus. Und während sich Joseph Maria Nechyba, Inspector des kaiserlich-königlichen Polizeiagenten-instituts und ausgewiesener Gourmet, lieber seinem leiblichen Wohlbefinden als den Ermittlungen widmet, geschieht ein weiterer Mord am Naschmarkt …

GERHARD LOIBELSBERGER
Reigen des Todes

978-3-8392-1068-0 (Paperback)
978-3-8392-3499-0 (pdf)
978-3-8392-3498-3 (epub)

DIE SPUR DES TODESENGELS Wien 1908. Als am Ufer des Donaukanals ein abgetrennter Unterarm entdeckt wird, wittert Gerichtsredakteur Leo Goldblatt die große Story. Doch nicht nur diese mysteriöse Angelegenheit schlägt dem Inspector und ausgewiesenen Gourmet Joseph Maria Nechyba gewaltig auf den Magen, sondern auch die Suche nach dem seit Tagen vermissten Oberstleutnant Vestenbrugg. Bewegung kommt erst in den Fall, als Vestenbruggs abgeschnittener Kopf auftaucht und sich herausstellt, dass er eine junge Geliebte hatte: Steffi Moravec, deren amouröse Fähigkeiten auch andere Herren der Wiener Gesellschaft sehr zu schätzen scheinen …

GERHARD LOIBELSBERGER
Mord und Brand

978-3-8392-1217-2 (Paperback)
978-3-8392-3697-0 (pdf)
978-3-8392-3696-3 (epub)

WIEN BRENNT! Wien, 27. Juli 1911. Ein Großbrand wütet auf den Holzlagerplätzen am Nordwestbahnhof. Erst nach zwei Tagen kann er unter Einsatz von 167 Mann der Wiener Berufsfeuerwehr gelöscht werden. Inmitten tausender Schaulustiger wird ein Mann brutal zu Tode geprügelt. Frantisek Oprschalek und sein bester Freund Nepomuk Budka, ein mehrfach verurteilter Gewaltverbrecher, ziehen eine blutige Spur von Morden und Brandstiftungen durch Wien. Inspector Nechyba und seine Frau Aurelia geraten in einen Strudel der Gewalt, der sie auch ganz persönlich bedroht …

GMEINER SPANNUNG

WWW.GMEINER-VERLAG.DE
Wir machen's spannend

GERHARD LOIBELSBERGER
Todeswalzer

978-3-8392-1467-1 (Paperback)
978-3-8392-4247-6 (pdf)
978-3-8392-4246-9 (epub)

WAHN UND WELTKRIEG Wien 1914. Zeitgleich mit Erzherzog Franz Ferdinand wird ein junger Mann ermordet. Inspector Nechyba kehrt aus seiner Kur zurück nach Wien, um die Ermittlungen zu übernehmen. In einer Atmosphäre des patriotischen Wahns und der Kriegshetze sucht er einen Serienmörder, der im Huren- und Zuhältermilieu sein Unwesen treibt. Während die Schlachten des Ersten Weltkriegs beginnen, kommt Joseph Maria Nechyba einer traumatisch gestörten Persönlichkeit auf die Spur, die ihre Opfer gnadenlos abschlachtet.

GERHARD LOIBELSBERGER
Der Henker von Wien

978-3-8392-1732-0 (Paperback)
978-3-8392-4727-3 (pdf)
978-3-8392-4726-6 (epub)

KRIEG UND KRIMINALITÄT Winter 1916. Vor den Lebensmittelgeschäften stehen täglich Menschenschlangen. Die Versorgungslage mit Lebensmitteln ist katastrophal. Ein Schleichhändler beginnt Konkurrenten und unwillige Lieferanten auszuschalten, indem er sie aufhängt. Als im k. u. k. Kriegsministerium ein hoher Beamter erhängt aufgefunden wird, werden Oberinspector Nechyba und ein hoher Militärgendarm mit den Ermittlungen betraut. Bei der Suche nach dem »Henker von Wien« geht es Nechyba diesmal selbst fast an den Kragen.

GMEINER SPANNUNG

WWW.GMEINER-VERLAG.DE
Wir machen's spannend

GERHARD LOIBELSBERGER
Kaiser, Kraut und Kiberer

978-3-8392-1577-7 (Paperback)
978-3-8392-4443-2 (pdf)
978-3-8392-4442-5 (epub)

13 FÄLLE FÜR NECHYBA In 13 Kurzgeschichten ermittelt Inspector Joseph Maria Nechyba diesmal nicht nur im alten Wien, sondern auch in Venedig, in Freiburg im Breisgau sowie in Röschitz im Weinviertel. Zusätzlich erhalten Nechyba-Fans interessante Einblicke in sein Privatleben. Natürlich wird auch wieder gekocht und gespeist. Und: Es kommt zur finalen Begegnung mit dem Naschmarkt-Mörder Aloysius von Schönthal-Schrattenbach.

LOIBELSBERGER, GERHARD [HRSG.]
Wiener Seele

978-3-8392-1606-4 (Paperback)
978-3-8392-4549-1 (pdf)
978-3-8392-4548-4 (epub)

13 X WIEN PERSÖNLICH 13 Autorinnen und Autoren aus 3 Generationen machen sich Gedanken über die Wiener Seele. Wie z. B.: Zdenka Becker, Franzobel, Peter Henisch, Andreas Pittler, Klemens Renoldner, Cornelia Travnicek.

Herausgeber Gerhard Loibelsberger hat sie so ausgewahlt, dass Ur-Wiener, »Zugereiste« und wieder »Fortgereiste« zu Wort kommen. Entstanden sind dreizehn spannende, liebenswerte und skurrile Texte über Wien, die ein einzigartiges Portrait der lebenswertesten Stadt der Welt (Mercer Studie 2012) zeichnen.

GMEINER SPANNUNG

WWW.GMEINER-VERLAG.DE
Wir machen's spannend

GERHARD LOIBELSBERGER
Quadriga

978-3-8392-2247-8 (Paperback)
978-3-8392-3945-2 (pdf)
978-3-8392-3944-5 (epub)

TOD IN DEN KANÄLEN Die Hölle ist in uns. Und der Teufel in Gestalt eines Profikillers sucht das Touristenparadies Venedig heim. Nackte Knabenleichen treiben in den Kanälen und die Medien sprechen bereits vom »Venedig-Ripper«. Eltern reagieren panisch, wollen ihre Kinder einsperren. Wurden Pornos gedreht? Oder steckt ein perverser Einzeltäter hinter den Morden? Privatdetektiv Lupino Severino und Commissario Ludovico Ranieri stochern im Nebel, doch sie müssen den Täter fassen, bevor es weitere Opfer gibt …

GERHARD LOIBELSBERGER
Young Dummies

978-3-7349-9461-6 (pdf)

TOD IN DEN KANÄLEN Die Hölle ist in uns. Und der Teufel in Gestalt eines Profikillers sucht das Touristenparadies Venedig heim. Nackte Knabenleichen treiben in den Kanälen und die Medien sprechen bereits vom »Venedig-Ripper«. Eltern reagieren panisch, wollen ihre Kinder einsperren. Wurden Pornos gedreht? Oder steckt ein perverser Einzeltäter hinter den Morden? Privatdetektiv Lupino Severino und Commissario Ludovico Ranieri stochern im Nebel, doch sie müssen den Täter fassen, bevor es weitere Opfer gibt …

© https://commons.wikimedia.org/wiki/File:The_Kiss_-_Gustav_Klimt_-_Google_Cultural_Institute.jpg
GERHARD LOIBELSBERGER
Alles Geld der Welt
Ein Roman aus Wien im Jahr 1873
GMEINER